SCIENCE FICTION

Herausgegeben
von Wolfgang Jeschke

Weitere Auswahlbände aus
THE MAGAZINE OF FANTASY AND SCIENCE FICTION
erschienen als Heyne-Bücher:

Saturn im Morgenlicht (06/3011/214)
Das letzte Element (06/3013/224)
Heimkehr zu den Sternen (06/3015/236)
Signale von Pluto (06/3017/248)
Die Esper greifen ein (06/3019/260)
Die Überlebenden (06/3021/272)
Musik aus dem All (06/3023/286)
Irrtum der Maschinen (06/3025/299)
Die Kristallwelt (06/3027)
Wanderer durch Zeit und Raum (06/3031)
Roboter auf dem Kriegspfad (06/3053)
Die letzte Stadt der Erde (06/3048)
Expedition nach Chronos (06/3056)
Im Dschungel der Urzeit (06/3064)
Die Maulwürfe von Manhattan (06/3073)
Die Menschenfarm (06/3081)
Grenzgänger zwischen den Welten (06/3089)
Die Kolonie auf dem 3. Planeten (06/3097)
Welt der Illusionen (06/3110)
Mord in der Raumstation (06/3122)
Flucht in die Vergangenheit (06/3131)
Im Angesicht der Sonne (06/3145)
Am Tag vor der Ewigkeit (06/3151)
Der letzte Krieg (06/3165)
Planet der Selbstmörder (06/3186)
Am Ende aller Träume (06/3204)
Das Schiff der Schatten (06/3219)
Stürme auf Siros (06/3237)
Der verkaufte Planet (06/3255)
Planet der Frauen (06/3272)
Als der Wind starb (06/3288)
Welt der Zukunft (06/3305)
Sieg der Kälte (06/3320)
Flug nach Murdstone (06/3337)
Ein Tag in Suburbia (06//3353)
Ein Pegasus für Mrs. Bullit (06/3369)
Traumpatrouille (06/3385)
Der vierte Zeitsinn (06/3402)
Reisebüro Galaxis (06/3418)
Stadt der Riesen (06/3435)
Der Aufstand der Kryonauten (06/3454)
Insel der Krebse (06/3470)
Das Geschenk des Fakirs (06/3486)
Wegweiser ins Nirgendwo (06/3502)
Ein Affe namens Shakespeare (06/3519)
Tod eines Samurai (06/3537)

Frankensteins Wiegenlied (06/3553)
Cagliostros Spiegel (06/3569)
Jupiters Amboß (06/3587)
Die Cinderella-Maschine (06/3605)
Katapult zu den Sternen (06/3623)
Altar Ego (06/3642)
Die Trägheit des Auges (06/3659)
Lektrik Jack (06/3681)
Sterbliche Götter (06/3718)
Jeffty ist fünf (06/3739)
Eine irre Show (06/3811)
Das Zeitsyndikat (06/3845)
Fenster (06/3966)
Gefährliche Spiele (06/3899)
Terrarium (06/3931)
Das fröhliche Volk von Methan (06/3946)
Cyrion in Bronze (06/3965)
Im fünften Jahr der Reise (06/4005)
Dinosaurier auf dem Broadway (06/4027)
Mythen der nahen Zukunft (06/4062)
Nacht in den Ruinen (06/4099)
Willkommen in Coventry (06/4127)
Kryogenese (06/4169)
Der Drachenheld (06/4208)
Der Zeitseher (06/4265)
Der Schatten des Sternenlichts (06/4315)
Sphärenklänge (06/4389)
Die Wildnis einer großen Stadt (06/4438)
Reisegefährten (06/4485)
Volksrepublik Disneyland (06/4525)
Die Rückkehr von der Regenbogenbrücke (06/4574)
In Video Veritas (06/4621)
Die Lärmverschwörung (06/4673)
Mr. Corrigans Hommunculi (06/4734)
Der Wassermann (06/4786)
Der magische Helm (06/4836)
Hüter der Zeit (06/4888)
Cyberella (06/4936)
Ebenbilder (06/5004)
Johnnys Inferno (06/5049)
Invasoren (06/5113)
Der letzte Mars-Trip (06/5166)
Ein neuer Mensch (06/5289)
Ansleys Dämonen (06/5341)
Die Untiefen der Sirenen (06/5429)
Die Halle der neuen Gesichter (06/5511)

sowie der große Sonderband:
30 Jahre Magazine of Fantasy and Science Fiction, hrsg. von Edward L. Ferman (06/3763)

Die Halle der neuen Gesichter

*Eine Auswahl
der besten Erzählungen*

aus

THE MAGAZINE
OF FANTASY AND SCIENCE FICTION

94. Folge

Zusammengestellt von
Ronald M. Hahn

Deutsche Erstveröffentlichung

WILHELM HEYNE VERLAG
MÜNCHEN

HEYNE SCIENCE FICTION & FANTASY
Band 06/5511

Deutsche Übersetzungen von
Uwe Anton, Falk Fouad, Ronald M. Hahn,
Michael Iwoleit und Thomas Ziegler

Das Umschlagbild malte Stefan Theurer

Umwelthinweis:
Dieses Buch wurde auf
chlor- und säurefreiem Papier gedruckt

Redaktion: Werner Bauer
Copyright © 1992, 1994, 1995, 1996 by Mercury Press, Inc.
(Einzelrechte jeweils am Schluß der Erzählungen)
Copyright © 1996 der deutschen Übersetzungen
by Wilhelm Heyne Verlag GmbH & Co. KG, München
Printed in Germany 1996
Umschlaggestaltung: Atelier Ingrid Schütz, München
Technische Betreuung: M. Spinola
Satz: Schaber Satz- und Datentechnik, Wels
Druck und Bindung: Elsnerdruck, Berlin

ISBN 3-453-10949-X

INHALT

Kit Reed
DIE HALLE DER NEUEN GESICHTER 7
(THE HALL OF NEW FACES)

Jeff Bredenberg
STELL DIR EINE VOLLBUSIGE FRAU VOR... 25
(IMAGINE A LARGE-BREASTED WOMAN)

Robert Reed
VERGRABENE SCHÄTZE 45
(TREASURE BURIED)

Esther M. Friesner
ZWEI LIEBENDE, ZWEI GÖTTER UND EINE FABEL 75
(TWO LOVERS, A GOD, AND A FABLE)

Michael Armstrong
MUTTER DER ELFEN 89
(MOTHER TO ELVES)

Brian Stableford
FLEISSIGES STERBEN 114
(BUSY DYING)

Mary Soon Lee
EBBE 147
(EBB TIDE)

Matthew Wells
DER AUSCHWITZ-ZIRKUS 161
(THE AUSCHWITZ CIRCUS)

Ray Bradbury
DORIAN IN EXCELSIS 177
(DORIAN IN EXCELSIS)

David Brin
NATULIFE™ 195
(NATULIFE™)

Harlan Ellison
IN EINER VERNÜNFTIGEN STADT 224
(SENSIBLE CITY)

Kit Reed

DIE HALLE DER NEUEN GESICHTER

Frauen sparen ihr ganzes Leben lang für die Halle der Neuen Gesichter; und wir, wir fliehen unser ganzes Leben lang vor dem Messer. Wir blicken in den Spiegel und wissen, eines Tages wird unsere Zeit kommen. Ich nicht, denken wir. Noch nicht.

Aber selbst du wirst eines Tages aufstehen und in den Spiegel schauen und denken: Das bin ich nicht.

»Die Halle der Neuen Gesichter.« Sich zusammenreißend sagt Maria schließlich zu ihrer Tochter: »Wir alle enden dort.«

Die neunzehnjährige Molly denkt: ich nicht. Mir wird das nie passieren. Automatisch antwortet sie wie eine gute Tochter: »Für mich wirst du immer wunderschön sein.«

Aber die zornige Maria geht zur Arbeit und liest es in ihren Augen – Rückzug, Verachtung; sie blickt in ihre Augen und sieht sich selbst alt werden. Hastig flieht sie in die ungeschickte Umarmung ihrer Tochter, verbirgt ihr Gesicht, damit Molly nicht sieht, was die Welt weiß: beginnender Zerfall. »So schlimm wird es schon nicht sein.«

»O Mama, versprich mir, daß du nicht hingehst.« Maria wird nichts versprechen. Aber die Probleme:

– Du kannst alles verkaufen, was du hast, und du wirst trotzdem nicht genug haben, um die Sache zu bezahlen. Was getan werden muß, wird nicht dauerhaft sein. Das ist das Schlimmste.

– Obwohl du dies weißt, wirst du es tun. Du wirst es auf jeden Fall tun. Trotz Kindern wie Molly, die dich lieben, und Männern, die dich mögen.

– Nun die Wahrheit: Wer hat *noch nicht* daran gedacht? Wer von uns hat noch nicht in den Spiegel geblickt und gedacht: Oh, glattere Haut! / Weniger Falten! / Kleinere Nase! / Mehr Kinn? Wer hat noch nicht die Finger gegen die Schläfen gedrückt und mit einer sachten Bewegung die Haut gestrafft, damit das Gesicht glatter aussieht?

O Gott! denkt Maria wehmütig, ich möchte schön sein, bin jetzt schön, im günstigen Licht.

– Wer würde *nicht* gern ständig begehrenswert aussehen? Aber die Konsequenzen sind hart.

– Wunder geschehen in der Halle der Neuen Gesichter, aber wie das Leben selbst, sind auch die Mirakel nicht von Dauer; manche Dinge bleiben nicht.

– Das erste Jahr ist schlimm, berichten ihre Freundinnen; dein Körper braucht Zeit, um sich von der Belastung zu erholen, sagen sie. Sie sagen, wenn dir das Schicksal günstig gestimmt ist, folgen danach vielleicht zwei gute Jahre, und dann, im vierten Jahr, bröckelt das Kunstwerk der Chirurgen.

»Es ist, als würde man sich einen Zeitrafferfilm von *Das Bildnis des Dorian Gray* ansehen«, sagt ihre Freundin Margaret, »oder eine Rose, die kurz vor dem Verblühen steht.«

»Natürlich mußt du im fünften Jahr wieder zu deinem Arzt gehen«, fügt ihre beste Freundin hinzu.

– In der Halle der Neuen Gesichter bereiten sie dich auf deine Rückkehr vor. Sie geben dir dein pfirsichfarbenes Krankenhausnachthemd mit deinen aufgestickten Initialen und bringen dich auf dein altes Zimmer. Die Angestellten begrüßen dich mit einem warmen Lächeln, denn im Lauf der Jahre lernen sie dich sehr gut kennen. »Wie nett, Sie wiederzusehen.«

»Beim ersten Besuch kommt es dir lächerlich vor«, erzählt Margaret. »Eitelkeit, sagst du, weil du zu vital bist, um alt zu sein, aber sieh dich an, du siehst schon jetzt zu – wie sagt man, zu erschöpft? – aus, um jung zu sein.«

»Gefährlich«, sagt Margaret, weil Frauen Horrorgeschichten sammeln – Silikon- oder Collageninjektionen, die sich unter der Haut der Patientin verfestigen oder die verrutschen und sich in Klumpen in den Wangen oder unter dem Kinn ablagern: Seemannsgarn, aber trotzdem ...

Weil wir Frauen sind.

Zornig schimpft Maria: »Warum sollte ich es dann überhaupt tun?«

»Ich persönlich habe mir die Zuneigung einer dankbaren Nation verdient«, antwortet Margaret mit einem Lachen. »Niemand will wie eine alte Schachtel aussehen.«

Maria kocht. »Ich meine, für wen tue ich es? Für mich selbst oder für die anderen?«

»Niemand möchte häßlich sein«, sagt Margaret und berührt ihr eigenes verschönertes Gesicht. Im Moment verraten nur drei winzige Narben, daß sie sich hat behandeln lassen. »Niemand möchte alt werden.« Was sie meint, ist: *Niemand möchte sterben.*

Maria preßt die Finger gegen ihre Schläfen und strafft die Haut. Laufe ich auf etwas *zu* oder vor etwas davon?

Mit dem Idealismus der makellosen Jugend erklärt Molly ihr, daß es nicht wichtig sein sollte, wie die Leute aussehen, solange sie gut und freundlich und fleißig sind, aber es wird immer schwerer und schwerer, sich dem Gesicht zu stellen, das sie jeden Morgen im Spiegel sieht; Maria muß sich schminken, ehe sie den Anblick ertragen kann.

Sie denkt: Zum Teufel damit. Sie sollen mich nehmen, wie ich bin. Als Zwischenlösung fängt sie an, ihr Haar zu färben.

Braune Flecken erscheinen, die sie nicht loswerden kann. Der Chef gibt den wichtigen Auftrag ihrer Assistentin, die zehn Jahre jünger ist. Es wird immer schwerer, sich dem Messer zu entziehen. Aber da sind ihre Ängste.

– Gehst du zu spät, ist der Schmerz unerträglich, und es datiert eine Ewigkeit, bis du dich erholt hast; gehst du zu früh, riskierst du, das gute Aussehen, das dir geblieben ist, zu ruinieren. Gehst du gar nicht, wirft dich die Gesellschaft auf den Müll.

Im Gegensatz zur Legende, informiert Margaret sie, liegt die Schönheit nicht im Auge des Betrachters. Sie steht dir im Gesicht geschrieben. »Hör zu«, sagt sie – und selbst die skeptische Maria muß zugeben, daß die Resultate von Margarets dritter Behandlung hinreißend sind – »die Schönheit mag vielleicht nur auf die Haut beschränkt sein, aber glaube mir, sie ist das erste, was die Leute sehen.«

Genug. Maria läßt sich einen Termin geben.

Margaret sagt: »Paß auf die psychiatrische Untersuchung auf. In der Halle der Neuen Gesichter weigert man sich, das Richtige mit dir zu tun, wenn sich herausstellt, daß du das Falsche willst.«

»Mein Gott«, ruft Maria, »was wollen sie von mir?«

»Sie wollen sichergehen, daß deine Motive aufrichtig sind.«

Maria sagt bitter: »Ich habe keine Motive. Die Uhr treibt mich dazu.«

Margaret berührt ihren frisch gestrafften Hals. »Dann schau mir in die Augen und sage mir, daß du nicht schöner sein willst.«

Ein Volltreffer: Peng! Maria muß die Augen abwenden.

Darauf gibt Margaret ihr eine Warnung: »Erwarte

nicht, daß dies dein Leben verändern wird. Besser *auszusehen* muß dir genügen.« Sie seufzt. »Aber so ist es nicht. Es ist nur ein weiterer Versuch der Verzögerung. Okay?« Für einen Sekundenbruchteil wabbelt ihr neues Kinn. »Wir alle wollen weiterleben, ohne uns äußerlich zu verändern.«

Wie sich herausstellt, ist Maria zu aufgewühlt, um die Sache in Angriff zu nehmen.

An manchen Tagen, in günstigstem Licht, glaubt Maria, daß ihr hervorragender Knochenbau ihr helfen wird, die Katastrophe zu überstehen, die mit der Zeit ihr Gesicht erfaßt; sie mag verschrumpeln wie *Die Mumie*, aber sie wird immer schöne Züge haben. An anderen Morgen blickt ihr aus dem Spiegel ein Monstrum entgegen – das Doppelkinn! Die Falten am Hals! Während sie Retin-A-Creme gegen Krähenfüße auf ihre Haut reibt, denkt Maria verbittert, daß ihr langsam die Alternativen ausgehen.

Molly hört ihre Mutter stöhnen und sagt: »Ich verstehe nicht, worüber du dich eigentlich so aufregst. Ich finde dich immer noch schön.«

Zum ersten Mal fährt Maria sie an. »Du kannst so etwas leicht sagen.« Der Anblick von Mollys makelloser Haut läßt sie seufzen. »Du glaubst wahrscheinlich nicht, daß ich auch einmal neunzehn war.

Das herzlose Mädchen kann seine Skepsis nicht verbergen.

Maria ist im Herzen dieselbe Person geblieben, aber der Spiegel vergißt. »Deshalb werde ich es tun, verstanden?«

»Es ist so ein *hübsches* Gesicht. Das ist es wirklich.« Molly keucht. Zum ersten Mal versteht sie. »O Mama!« Sie sieht ihre eigene Zukunft ins Gesicht der Mutter geschrieben. Frauen können das.

»Hör zu«, tröstet Maria sie. »Du bist so hübsch, du wirst nie vor diesem Problem stehen. Außerdem tue ich es nur aus beruflichen Gründen.« Teilweise stimmt es; sie haben soeben über ihren Kopf hinweg ihre hübsche Assistentin befördert. Es wird schwerer und schwerer, ein Geschäft abzuschließen. Ihr neuer Mann läßt sich leicht ablenken, blickt an ihrer Schulter vorbei – wohin? Zu einer Jüngeren? Schöneren? Sie glaubt, daß er sie liebt, aber für wie lange?

Es ist fast Zeit.

– Die Halle der Neuen Gesichter! Resultate werden versprochen, aber niemals garantiert. Es gibt Greuelmärchen, Geschichten über Kunstfehler, Frauen, die hinterher wie Quasimodo aussehen, die wegrennen und ihre brennenden Gesichter in den Schlamm am Flußufer graben, durch den Nebel irren und sich im Sumpf verstecken. Sie weiß, daß das Gesicht nicht aus Stoff besteht. Es *wird nicht bleiben*, wie es war. Sobald du anfängst, mußt du es immer wieder neu in Form bringen. Sie hat mehr Wut als Angst.

– Warum muß ich mir ein neues Gesicht schneidern lassen, um im Büro zu bestehen?

– Warum muß ich diejenige sein, die sich aufschneiden und zunähen läßt, damit unsere Liebe am Leben bleibt?

– Warum sind es immer wir und nicht die Männer?

– Warum kann ich nicht einfach *sein*?

Sie würde am liebsten auf eine Insel ohne Spiegel auswandern. Wo es in den Augen der anderen keine häßlichen Wahrheiten gibt.

– Ich bin zu jung, denkt sie. Noch nicht. Nicht ich. Zum Teufel mit euch allen.

Ihr neuer Mann liebt jetzt eine andere. Es ist ihre ehemalige Assistentin aus dem Büro.

Es ist Zeit.

»Molly, schau mich nicht so an!« Maria hat ihr soeben die Neuigkeit mitgeteilt.

»Ich werde nicht zulassen, daß du es tust«, sagt Molly. »Du hast es doch gar nicht nötig«, sagt sie.

»Du kannst mich nicht daran hindern«, sagt Maria. Jetzt, da sie ihre Entscheidung getroffen hat, ist sie wie eine Astronautin vor dem Start. Sie wird sich durch nichts und niemand aufhalten lassen.

»O Mama, was ist, wenn sie dir weh tun? Was ist, wenn du stirbst?«

»Es ist nicht lebensgefährlich.« Ich glaube es nicht. *Wenn es dir passieren kann, kann es auch mir passieren.*

»Was ist, wenn sie dich verunstalten?«

»So was ist nicht möglich. Wirklich.« Maria plappert den Chirurgen nach. »Eine ganz einfache Behandlung. Wie die Lippenvergrößerung«, sagt Maria zu laut. »Laserchirurgie, nur ein paar Stiche. Man spürt nicht das geringste.«

Mit vor Furcht geweiteten Augen sieht Molly den Rest. Sie hat den Körper ihrer Mutter geerbt. Die Zukunft ihrer Mutter ist ihre Zukunft. Verunstalte Maria, und du verletzt Molly. Ich will nicht, daß an meinem Gesicht herumgeschnitten wird!«

»Sch – sch«, macht Maria. »Es passiert dir ja nichts.« *Noch nicht. Armes Kind! Früher oder später finden sie vielleicht ein Mittel gegen das Altern. Vielleicht können Schweine bald fliegen. Oh, hört doch; die Welt kann sich verändern.*

Molly nagt an ihren Fingerknöcheln. Sie kommt zum Kern des Problems. »Was ist, wenn ich hinterher wie jemand anders aussehe?«

»Sch – sch. Du bist doch noch gar nicht an der Reihe. O Molly«, sagt Maria traurig und läßt die Katze aus dem Sack. »Wenn du doch nur ein Junge geworden wärest.«

Molly zuckt wie unter einem Schlag zusammen. »Mama!«

Maria weiß, daß alle Frauen ihre Mütter töten müssen, um erwachsen werden zu können, eine Tatsache, die sie bis jetzt von Molly ferngehalten hat. Protestiert Molly wirklich um ihretwillen, oder geht etwas viel

Komplizierteres in ihr vor? Maria weiß, daß sie sich heimlich davonschleichen muß, wenn sie ihren Plan in die Tat umsetzen will.

Sie tut so, als hätte sie sich von Molly überreden lassen. »Okay, Molly«, lügt sie.

Molly durchschaut ihr Doppelspiel nicht. »O Mama, ich bin ja so froh.«

»Aber ich muß *irgend etwas* tun.« Maria sagt teilweise die Wahrheit. »Im Lauf der Zeit wird man seiner selbst überdrüssig.«

Was sie meint, ist: *Ich bin meines Lebens überdrüssig.*

Um die Zeit zu nutzen, bis sie Mollys mißtrauischen Blicken entkommen kann, greift sie zur Verzögerungstaktik. Sie geht in eine Klinik und läßt sich chemisch die oberste, abgestorbene Hautschicht abschälen. Die Ägypter haben die Gesichter ihrer Sklavinnen verbrannt, damit sie schön blieben. Die Chemikalien verbrennen ihr Gesicht, wie die Gesichter der ägyptischen Sklavinnen verbrannt wurden; ihr Gesicht schmerzt, ist rosa und glatt wie eine frisch verheilte Wunde, und dann der Schorf; es ist schrecklich. Sie versteckt sich, bis das Rot der Haut zu Weiß verblaßt. Die ganze Zeit sagt die liebe Molly: »Warum weinst du? Ich finde dich schön.«

Der Schmerz legt Bitterkeit in ihre Stimme. »Oh, sicher.«

Maria hat sechs gute Monate, um ihren Plan zu perfektionieren. Der Freund sagt, daß sie hinreißend aussieht; der Chef fragt, ob sie abgenommen hat. Dann, zu ihrer Verzweiflung, heilt die verbrannte Haut und nimmt rasch ihre alten Konturen an. Mit einem Stift könnte sie ohne weiteres markieren, was mit ihrem Gesicht geschehen muß – und zwar schnell! Aber, Gott, wie die Gesichtsbehandlung ist es nur eine Verzögerungstaktik. Ich muß es tun, denkt Maria. Ein für allemal.

Molly beobachtet ihre Mutter mit zunehmender Besorgnis. Ihre Mutter hebt ihre Ersparnisse ab, verkauft Gemälde und das Wochenendhaus. Molly weiß, daß sie versuchen sollte, das Kommende zu verhindern, aber sie weiß nicht, was sie tun kann. Eines Morgens steht das Mädchen auf und das Apartment ist leer, und für alle Zeiten prägt sich ihr die Küche ein: Sonnenlicht fällt auf staubige Schränke; der Toaster ist unberührt, die Kaffeemaschine schweigt, und im Wohnzimmer findet sie dann die Nachricht: *Mach dir keine Sorgen. Bin bald wieder zurück.* Molly preßt den Zettel an die Brust und weint um ihre Mutter, aber als sie in den Badezimmerspiegel schaut, hört sie zu weinen auf, weil die Tränen rote Flecke auf ihr Gesicht zeichnen und das ganze Reiben der empfindlichen Haut um ihre Augen zu schaden droht.

Bin bald wieder zurück, hat der Zettel versprochen, aber seitdem sind drei Wochen vergangen und Molly hat noch immer nichts gehört.

Als sie die Halle der Neuen Gesichter anruft und um Auskunft bittet, wimmelt man sie ab, denn schließlich könnte ja jeder ankommen, eine Konkurrentin aus dem Büro oder eine Nebenbuhlerin, und Diskretion gehört zu ihrer Geschäftspolitik. Einige Frauen belügen ihre Freunde, wenn sie dorthin gehen; sie kehren strahlend heim, und der Chef fragt: Haben Sie abgenommen?

Maria ist unauffindbar in der Halle der Neuen Gesichter verschwunden. Sie wird als andere Frau wieder auftauchen, da ist sich Molly sicher – aber in welcher Hinsicht verändert?

»Mach dir keine Sorgen«, sagt die gute alte Margaret, als Molly sie voller Panik anruft. »Manchmal müssen sie Fettgewebe aus den Schenkeln nehmen, um das Gesicht voller zu machen, und bis zur Heilung vergehen Wochen. Es hat nichts zu bedeuten.

Vielleicht müssen sie einen kleinen Knochen verpflanzen, um das Kinn zu verstärken, und manchmal ...«
»Oh, hör auf!«
Molly ist aufgebracht. Sie muß herausfinden, wo ihre Mutter ist. Hat man Maria für einen Tausender pro Nacht in eine Zelle eingesperrt, während sie psychiatrisch untersucht wird, oder liegt sie im Dunkeln mit einem feuchten, leichten Mullverband auf dem Gesicht, oder hat man sie für immer weggeschlossen, weil die Operation auf grausige Weise mißlungen ist?

Margaret sagt, daß sich Frauen nach einer erfolgreichen Operation in dem riesigen, glitzernden Krankenhaus immer in dem kleinen Hotel auf der anderen Straßenseite erholen. Sie teilen sich die Lounge und den Speisesaal mit Frauen von außerhalb, die auf ihren Termin warten. Als Molly in das Hotel geht, behaupten sie, daß ihre Mutter nicht dort wohnt. Ist das die Wahrheit?

Und in der Halle der Neuen Gesichter sind alle peinlich diskret.

Molly entschließt sich, von innen heraus weiterzuforschen. Aber die Sicherheitsüberprüfung durch das Krankenhaus dauert sechs Monate – zu lange –, und obwohl sie Jurastudentin ist und eine vielversprechende Karriere vor sich hat, gibt sie alles auf, um im Speisesaal des Hotels zu servieren.

Die Frauen, die sich dort erholen, meiden die Frauen, die dort auf die Erneuerung ihrer Gesichter warten. Ein Geheimnis umgibt jene, deren Gesichter fertig sind; außerdem: sie haben Schmerzen und Blutergüsse und warten darauf, daß die Schwellungen zurückgehen. Dennoch, die Blutergüsse sehen in Mollys Augen blaß aus, die Narben klein, die Schwellungen minimal, so daß selbst aus der Entfernung die Überlebenden wahrscheinlich ein Vorbild für jene Frauen sind, die immer noch auf das Messer warten. Die Veteraninnen sind geheimnisumwittert und geben sich leicht überlegen, wie Frauen, die die Fragen ängstlicher Jungfrauen herablassend abtun. Du wirst es schon früh genug erfahren. Nur keine Aufregung.

In regelmäßigen Abständen schneit ein neues Gesicht herein und rauscht in einer Wolke aus Pelz und Parfüm um die anderen Frauen an den Tischen. Seht, wie wunderschön ich bin! Ohne Ausnahme machen die anderen viel Aufhebens und Getue; das ist das mindeste, was sie tun können. Und die heimkehrende Schönheit? Trotz ihrer Anmut trägt sie etwas, das von ihrem Aussehen ablenken soll: fotograue Pilotenbrille oder einen Hut mit einem feinen, gepunkteten Schleier.

Molly bringt bedrückt der ehemaligen Studentin ihr Perrier; wenn sie Maria findet, wird sie dann ihre Mama überhaupt erkennen können?

Die Aspirantinnen tuscheln nervös, denn die Wartezeit auf ein Bett im Krankenhaus ist lange. Es ist deprimierend, sich die Gründe für ihr Hiersein anzuhören.

– »Die Kinder sind aus dem Haus, und er geht jeden Tag ins Büro, und ich bin so einsam.«
– »Ich mache es, weil ich nach Hause gekommen bin und meinen Mann mit einem Teenager im Bett erwischt habe.«
– »Die Leute machen sich hinter meinem Rücken über mich lustig. Sie behandeln mich so *herablassend*.«
– »Aus beruflichen Gründen. Niemand will von einer alten Schachtel eine Versicherung kaufen.«
– »Ich habe keine Falten, aber ich habe meine Nase schon immer gehaßt.«
– »Er sagt, daß er mich liebt, aber er behandelt mich, als wäre ich seine Mutter.«
– »Es ist einfacher als eine Scheidung.«

Die Frauen geben all diese Gründe an, aber es

steckt immer noch mehr dahinter. Molly sieht es in ihren Gesichtern geschrieben: *In Wirklichkeit versuche ich nicht, mein Gesicht zu ändern. Sondern mein Leben.*

In der Hotelküche entdeckt Molly, daß doppelt so viele Mahlzeiten zubereitet werden, als sich Gäste im Speisesaal befinden. Wohin gehen diese Tabletts, die sorgfältig zugedeckt und auf rollenden Warmhaltetischen transportiert werden? Gibt es irgendwo noch einen anderen Speisesaal? Mit der traumwandlerischen Sicherheit eines Mannes, der jeden Schritt seiner zugeteilten Route kennt, schiebt der blinde Louie den Tisch in den Lastenaufzug.

»Für wen sind die Tabletts?«

»Frag nicht«, sagt einer der Kellner zu Molly, die Augen gen Himmel gerichtet.

Der alte Koch blickt finster drein. »Glaube mir, es ist besser, wenn du es nicht weißt.«

Aber wie das Leben so spielt, wird der blinde Louie von den Warmhalteplatten krank und bleibt einen Tag zu Hause. Die Kellner dürfen nicht nach oben – keine Männer! – und so fällt die Wahl auf Molly, den Warmhaltetisch in den Aufzug zu rollen und nach oben zu fahren. Man hat sie angewiesen, die Patientinnen, die zur Erholung in den Zimmern im vierten Stock weilen, nicht zu stören; sie soll die Tabletts vor den Türen abstellen. Der Koch sagt: »Sie wissen, wann das Essen kommt, also brauchst du nicht mal anzuklopfen.« Der Koch senkt seine Stimme. »Sie wollen nicht, daß man sie *so* sieht.«

Aufgeregt denkt Molly: *Gegen mich werden sie schon nichts haben.*

»Abendessen«, sagt sie fröhlich vor der ersten geschlossenen Tür, und ehe die Frau im Innern »Bitte nicht stören« sagen kann, hat Molly geöffnet und das Tablett hineingetragen. Zum erstenmal ist sie mit einer dieser Frauen allein. Sie kann sie über das Krankenhaus ausfragen; vielleicht hat eine von ihnen

Maria gesehen, und Molly kann herausfinden, wo ihre Mutter *ist*.

»Eines Tages mußte es herauskommen«, sagt die erste Patientin mit überwältigender Würde. Die zweite sieht Molly, schaut sie an und weint. Kein Wunder, daß man ihr befohlen hat, diese Türen nicht zu öffnen. Bis auf die Schwestern, die die Wäsche dieser Opfer verpfuschter Operationen wechseln und ihnen neue Infusionsflaschen bringen, darf niemand die Frauen vom vierten Stock sehen. Die Horrorgeschichten der Frauen: die Opfer sind alle hier.

Sie vermutet, daß sich hier auch ein paar erfolgreich operierte Frauen befinden, Frauen, die nur vorübergehend verunstaltet sind, aber schreckliche Schmerzen haben, doch kann sie nicht erkennen, wer sich erholen wird und wer nicht. Weinend vor Mitleid öffnet sie jede Tür. Immer schlimmere Dinge sehend, nach einem Wort des Trostes für jede Frau suchend, erforscht sie Zimmer für Zimmer. Bei einer Patientin sorgt ein beschädigter Gesichtsnerv für eine erstarrte boshafte Fratze; der Mund einer anderen ist auf einer Seite zu einem dauerhaften höhnischen Grinsen verzerrt.

»Sie sehen gut aus, wirklich; Sie können immer noch nach Hause«, sagte Molly mit falscher Munterkeit. Sie weiß so gut wie diese Frauen, daß, selbst wenn sie den Mut aufbrächten, wieder unter Menschen zu gehen, die erstarrten Gesichtszüge all ihre Bemühungen zunichte machen werden. Ganz gleich, was sie tun oder sagen, man wird sie mißverstehen.

Nach Gesellschaft hungernd, klammern sie sich an Molly, und jede hat eine Geschichte zu erzählen.

– Da ist die Frau, deren Haut so stark und so oft gestrafft wurde, daß sie in der Öffentlichkeit nicht mehr essen kann, weil sich ihre Lippen nicht mehr schließen lassen, und ganz gleich, wie sehr sie aufpaßt, das Essen fällt ihr immer aus dem Mund.

– Sie begegnet der Frau, die nicht schlafen kann, weil ihre Haut so stark gestrafft wurde, daß sie nicht mehr in der Lage ist, die Augen zu schließen.
– Molly spricht mit den Opfern von Silikonunfällen, von Lippenauffüllungen, deren untere Gesichtshälften aussehen, als wären sie von Lepra zerfressen, sieht Gesichter, von verpfuschten Collageninjektionen und Fetttransplantationen verunstaltet, Leute, deren Wunden sich entzündeten und deren Gesichter von hungrigen, neuartigen Staphylokokken verzehrt wurden – und bei allen Opfern handelt es sich um Frauen. Trotz der Behauptungen der Zeitschriften, daß Schönheitsoperationen in Managerkreisen allgemein üblich sind, passieren Männern derartige Dinge nicht.

Molly ist zu außer sich, um sich länger mit den Körperkatastrophen zu beschäftigen: die weggeschnittenen Bäuche mit den bei der Operation versehentlich beschädigten inneren Organen; Oberschenkel, die beim Fettabsaugen auf den Durchmesser knochiger Unterschenkel geschrumpft sind. In der Halle der Neuen Gesichter wird weiter an Körpern herumgepfuscht, aber Molly kann sich damit jetzt nicht beschäftigen.

Im letzten Zimmer beugt sich die weinende Molly weit nach vorn, als die letzte Patientin ihre Bitte flüstert. Ungeübt, wie sie ist, tropft Molly künstliche Tränen in die Augen der Frau, die ihre Augen nicht mehr schließen kann. Vorsichtig schiebt sie ihr den Glasstrohhalm in den Mund, der im Zuge eskalierender Nachoperationen auf die Größe eines Knopflochs geschrumpft ist. Die Frau, die nicht schlafen kann, kann ebenfalls ihren Mund nicht mehr schließen.

Die kosmische Horrorgeschichte ist demnach nicht eine, die Molly im Kino gesehen hat. Sie handelt nicht von Dingen, die hereinsickern oder sich einschleichen, oder von äxteschwingenden Leichen, die auf unvorsichtige Teenager einschlagen, die im Ferienlager miteinander schlafen. (Sie murmelt: »O Mama!«)

Sie handelt von den Dingen, die Frauen sich selbst antun.

Hier ist Molly, verrückt vor Angst um ihre Mutter, und am Rande ihrer nächsten Entdeckung. Sobald sie das letzte Tablett abgestellt hat und geflohen ist, kehrt sie nicht zum Aufzug zurück; statt dessen reißt sie sich die Hotelschürze und das Häubchen vom Leib, stopft beides in einen Standaschenbecher und eilt zur Feuertreppe. Sie muß hier raus. Sie muß in die Halle der Neuen Gesichter einbrechen und zu Gott beten, daß sie noch rechtzeitig kommt, um ihre Mama zu retten.

Hineinzukommen erweist sich als leichter, als sie gedacht hat. Die pastellfarbene Eingangshalle ist frei zugänglich, in Silber tapeziert und in Malvenfarben möbliert und ausgelegt. An den Wänden suggerieren großformatige Fotos von erfolgreichen Operationen, daß es ihrer Mutter doch gutgehen könnte. Die überlebensgroßen Fotos kosmetischer Triumphe lächeln ein Standardlächeln und sehen sie aus Standardaugen an, in Gesichtern, die so geformt, getrimmt und zurechtgeschnitten sind, daß sie klassische Züge haben – oder sind es Standardzüge? Molly gibt vor, die Fotos zu bewundern, ringt um eine Entscheidung, wo sie anfangen soll, als sie ihren Namen hört. Verblüfft fährt sie herum.

Die Rezeptionistin hinter dem bumerangförmigen Lucite-Empfangstisch hat ihren Namen gerufen. Als sich Mollys leeres, ausdrucksloses Gesicht in hilfloser Antwort ihr zuwendet, sagt die Rezeptionistin: »Ah ja, das dachte ich mir. Ihre Mutter erwartet Sie im Fünften.«

Und Maria? Sie hat kaum noch Schmerzen; die Schwellung ist fast abgeklungen und der Zorn, der seit ihrer Kindheit in ihr brannte, hat sich an die

Oberfläche gesengt, aufgezehrt und ist erloschen. Sie hat ihren Frieden gefunden.

Wie eine Gestalt in einem alten Joan-Crawford-Film sitzt Maria halb im Schatten in ihrem Sessel; obwohl es Nacht ist, hat sie sich halb zum Fenster gedreht, damit Molly nicht auf einmal sehen muß, was passiert ist. Als die treue Molly an die Tür klopft, ruft Maria: »O Süße, ich bin so froh, daß du gekommen bist. Es ist alles in Ordnung, Molly. Mach dir keine Sorgen; mir geht es gut.« Sich der Tatsache bewußt, daß ihre Tochter noch immer hinter der Schwelle lauert, ängstlich sich hinter der offenen Tür versteckt, sagt Maria: »Hör doch, es ist alles vorbei.«

Molly kann sich nicht überwinden, einzutreten.

»Versteh doch: Ich habe bekommen, was ich wollte«, sagt ihre Mutter.

Als Molly nicht reagiert, sagt Maria mit strengerer Stimme: »Es ist vorbei.«

Noch immer erschüttert von ihren Erlebnissen in dem kleinen Hotel auf der anderen Straßenseite zögert Molly weiter. Ihre Mutter kennt sie gut genug, um sie zu durchschauen. Mit fester, herzlicher, mütterlicher Stimme ruft sie: »Hör zu, Schatz, ich habe einen Weg gefunden, das Problem zu lösen. Wenn wir alle mutig genug sind, können wir das Problem ein für allemal lösen.« Sie gibt ein gekünsteltes leises Lachen von sich. »He, möglicherweise wird es sogar schick.«

Maria, redet weiter, während Molly sich näher tastet; ihre Tochter späht um die Türkante; dann wagt sie sich in das abgedunkelte Zimmer. »Als ich hier ankam, habe ich viel nachgedacht. Ich habe die Zwänge erforscht und ich habe die Möglichkeiten erforscht.«

Gutes, kluges, zähes Mädchen, denkt Molly; sie sagt mit zitternder Stimme: »O Mama.«

»Du kannst nicht behaupten, daß ich mich nicht tapfer geschlagen hätte«, sagt Maria. Sie erinnert an die endlose Morgengymnastik, die Kältepackungen, die Gesichtsmasken, gewisse Nebenwirkungen der Retin-A-Creme. »Aber wir kämpfen hier nicht gegen die Natur; sondern gegen die Gesellschaft.«

Recht so, Mama, denkt Molly. Gib's ihnen. Aus der Ferne, in den Schatten, scheint Maria wie ihr altes Selbst auszusehen, denkt Molly. Sie muß es sein. Molly sagt mit beginnender Erleichterung: »Du hast also deine Meinung geändert.«

»Stimmt.« Maria bringt sie zum Schweigen. Sie sagt mit Nachdruck: »Bis auf einen Punkt.«

Wenn Maria in den Schatten bleibt, denkt Molly, dann hat sie einen Grund dafür. Verängstigt weicht sie zurück.

Die Stimme ihrer Mutter nagelt sie fest. »Warte!«

Sie wartet, aber sie *wird sie nicht anschauen*.

»Wir alle hassen, was das Alter unseren Gesichtern antut, aber es gibt schlimmere Dinge«, erklärt Maria. Sie will nicht einsehen, daß sie selbst jetzt, wo sie der Wahrheit so nahe ist, sie mißverstanden hat.

»Das, was wir uns selbst antun.«

»Wir hassen uns selbst, obwohl wir das hassen sollten, was die anderen uns antun.«

»Die Chirurgen«, sagt Molly. *Ja!*

»Nein. Zeit. Alter. Alle.« Zum erstenmal kriecht Schmerz in Marias Stimme. »Unsere Rivalinnen. Unsere Männer. Was sie aus uns machen. Was sie erwarten.«

O Mama!

»Niemand kümmert es, was wir leisten. Sie achten nur darauf, wie wir aussehen. Warum soll ich mich schuldig fühlen, weil ich alt werde? Nun, ich werde es nicht tun. Molly, hör zu.« Ihre Stimme klingt jetzt tief, liebevoll, kräftig. »Ich werde mich nie wieder schuldig fühlen.«

Molly keucht vor Erleichterung. »Du hast dich entschlossen, dich nicht operieren zu lassen.«

»Nein. Ich habe alles gelöst.« Maria fährt in einem Ausbruch wundervoll verdrehter Logik fort: »Wenn man etwas tun muß, kann man es auch richtig tun, und das Schöne daran ist, daß ich es nur einmal tun muß.«

»Mutter, was...«

»Du wirst schon verstehen.« In dieser Stimmung, in diesem Licht, klingt sie sogar wie Joan Crawford – ein Frauengesicht! Was verbirgt Maria? Sie wird es nicht mehr lange verbergen. Während Molly zusieht, von einem Gefühl der Unausweichlichkeit beherrscht, hebt Maria die Hand, um die Stehlampe hinter dem Sessel anzuknipsen, und dreht sich gleichzeitig um, damit Molly genau erkennen kann, was sie getan hat. »Auf meine Weise bin ich eine Pionierin. Du kannst jetzt schauen. Begreife doch: Ich werde nie alt werden!« Ihre Stimme sinkt zu einem vertraulichen Raunen herab; es klingt gefühlvoll, sexy, endgültig. »Und wenn doch, wird es niemand merken.«

Molly preßt ihre Faust gegen den Mund und schreit. Das Gesicht, das ihre Mutter ihr zugedreht hat, ist blank und glatt wie ein Ei. Es gibt keine Konturen, keine Braue, keine Nase, nichts als Schlitze für die Augen und einen Schlitz, wo einst der Mund war. Es gibt keine Falten. Keine Züge. Überhaupt nichts.

Sie ist ganz aus dem Häuschen. »Siehst du?«

Maria hat sich das Gesicht entfernen lassen.

Originaltitel: ›The Hall of New Faces‹ · Copyright © 1992 by Mercury Press, Inc. · Aus: ›The Magazine of Fantasy & Science Fiction‹, Oktober/November 1992 · Aus dem Amerikanischen übersetzt von Thomas Ziegler

Jeff Bredenberg

STELL DIR EINE VOLLBUSIGE FRAU VOR...

Gossap, der Aufseher, machte sich an die unangenehme Arbeit, mir das Abflußrohr aus dem Rektum zu ziehen. Er ging recht vorsichtig zu Werke. Muß ein wichtiger Besucher sein, der mich sehen will, dachte ich.

Er kippte die Wanne, in der ich festgeschnallt war, bis ich fast aufrecht stand und die weißen Bodenfliesen ruckelnd in Sicht kamen. Die Bewegung ließ mein Arm- und Beingeschirr in den Stahlgelenken quietschen. Sehen Sie, im Gefängnis darf ich meine Gliedmaßen in eingeschränktem Umfang bewegen – sogar trainieren. Gelegentlich ist es von Bedeutung, daß der Eindruck der Barmherzigkeit gewahrt bleibt, selbst in Fällen wie meinem.

Gossap pfiff *The Stars and Stripes Forever* vor sich hin, was er ganz gut kann, außer wenn er sich in den Pikkolo-Tonlagen verpfeift. Er löste mit einem metallischen Schnappen meine Halskrause und befreite mich von der Gummi-Maulsperre. Dann öffnete er die Schlösser des windmühlenartigen Arm- und Beingeschirrs – *klack, klack, klack, klack*.

Mir drehte sich der Magen um, als ich mich aus der Wanne beugte. Die aufrechte Haltung war zu etwas Unnatürlichem geworden. Die Wände des Zimmers schienen von ungleichmäßig wirkenden Stoßdämpfern abgefedert zu werden. Ich tat einen unsicheren

Schritt, und Gossap packte mich sogleich an den Schultern und war eifrig darum bemüht, daß ich mich wieder an den ›Landgang‹ gewöhnte.

»Wer ist es denn?« fragte ich. »Wer ist denn dieser furchtbar wichtige Besucher?« Meine Zunge schien in Torfmoos eingewickelt zu sein; so hörte ich mich jedenfalls an.

Gossap runzelte die Stirn – ich konnte nun wirklich nicht derart unter Drogen stehen, daß ich die Vorschriften vergessen hatte. Er schaute weg und pfiff wieder den Refrain, fast so, als wollte er mich ermahnen. (»Seid nett zu euren Freunden mit den Schwimmhäuten...«)

Ich watschelte zur Plexiglastür, ein dickes Stück laserfestes Material, und schlurfte durch den Korridor ins Vorzimmer, wo ich meinen Kittel abgab und es einigen Bundesbeamten erlaubte, mich einer Leibesvisitation zu unterziehen. Einer schaute mir in den Anus, wo er nichts fand außer dem Gleitgel, das vom Abflußrohr zurückgeblieben war. Die Prozedur diente mehr dazu, mich zu demütigen, als der Sicherheit – eine ruppige Gedächtnisstütze, wem ich Rechenschaft schuldete, wenn mein Besucher gegangen war.

Im Verhörzimmer saß ein kleiner, kahlköpfiger Mann mit rundem Gesicht. Er trug eine Brille – was heutzutage eine modische Marotte der Reichen oder ein notwendiges Übel der unteren Klassen darstellt. Jeder Krankenversicherte kann sich eine Linsenoperation leisten.

Der Bursche trug einen Schlips und einen abgetragenen Harris-Tweedanzug. Seine Wangen hatten diese säuglingsartige Glätte, die auf regelmäßiges Laser-Peeling hindeutet. Na also.

»Ich schätze, Sie haben mehr als eins von diesen weißen Hemden«, sagte ich zu ihm.

Der kleine Mann stand nicht auf, deutete nur auf

einen leeren Stuhl. Er riß den Deckel von einem Schaumstoffbecher und stellte ihn vor den Stuhl, in den ich mich setzen sollte. Dampfender schwarzer Kaffee.

»Sie kennen mich nicht«, sagte der Mann. Sein Blick irrte zu Gossap ab, der uns drei gerade in das Zimmer einschloß.

O nein. Die Sache wurde allmählich kompliziert – eine schreckliche Aussicht, wenn man in den letzten sechs Jahren das Gefühl hatte, nur einen Klumpen Gelee im Kopf zu haben. Gerade als ich dachte, dieser Mann käme mir bekannt vor, sagte er mir, daß es nicht stimmen konnte. Das Krankenhauspersonal hatte er sichtlich eingeschüchtert, aber Gossap schien ihn nervös zu machen.

Ich drehte meinen Kopf in Gossaps Richtung.

»Sie lassen mich nie allein«, sagte ich. »Was immer ich mache, immer ist jemand dabei.«

Der kleine Mann nickte wissend, eine Angewohnheit, die in mir Erinnerungsfunken sprühen ließ. Ich erinnerte mich daran, wie derselbe Mann vor Unzeiten auf eine Bemerkung von mir ebenso wissend genickt hatte; in einem Restaurant offenbar. Er spießte eine marinierte Artischocke in seiner Salatschüssel auf, und ein kleiner Tropfen Saft tropfte aufs Tischtuch. Und dabei nickte er – so wie dieser Mann hier jetzt. Es war ein Jahrzehnt her, vielleicht noch länger.

»Sie sind ein Redakteur«, sagte ich. »Sie haben mir einmal ein Manuskript abgekauft. Wir haben hier in Manhattan zu Mittag gegessen.«

Der kleine Mann schüttelte den Kopf. Gossap stand immer noch in der Tür, runzelte jetzt die Stirn.

»Vielleicht sollten Sie Ihren Kaffee trinken, Mack«, sagte mein Besucher. »Das wird Ihnen den Kopf frei machen.«

Ich trank einen Schluck. Er hatte einen widerlich

chemischen Beigeschmack, der an Putzmittel erinnerte. Der Redakteur drang mit starren Blicken in mich, die mich wie zwei ellenlange Stahlbolzen an den Stuhl festnagelten und mich davon abhielten, eine Reaktion auf den schrecklichen Geschmack zu zeigen.

»Köstlich, nicht?« murmelte er kühl.

»Mhm«, erwiderte ich.

Aber das Zeug machte mir wirklich den Kopf frei. Ein prickelndes Gefühl überflog meine Zunge, wirbelte mir die Speiseröhre herunter und explodierte wie ein winziges Feuerwerk in meinen Gliedern. Ja, ein wunderbarer Kaffee.

»Ich könnte mir vorstellen«, sagte der Redakteur, »daß Sie eine Zeitlang betäubt worden sind. Ich glaube, hier benutzt man dieses A2-Zeug.«

»Aufhören damit!« unterbrach Gossap. »Sie dürfen hier nicht über Klinik... – äh, über Behandlungsmethoden reden.«

Aber der Redakteur war Gossap weit voraus. Er wollte mich wissen lassen, daß die chemische Substanz in dem Kaffee, die mir so den Magen umdrehte, mich immerhin von der Wirkung des A2-Plunders befreite.

Es war, als werde mir ein Schleier vor den Augen weggezogen. Plötzlich hatte der Mann, der sich auf den Marmortisch zwischen uns stützte, einen Namen – Angus Doggler. Er hatte eine Vorliebe für altmodische Kleidung, Martinis und blutige Rinderfilets. Diese Dinge waren mir viele neblige Jahre lang nicht mehr präsent gewesen.

»Also dann«, munterte mich Angus Doggler auf. »Fühlen wir uns der Sache jetzt gewachsen, Mack?«

»Welcher Sache?« fragte ich.

»Welcher Sache?« fragte Gossap, der an der Tür herumzappelte.

In diesem Moment glühte ein großer orangefarbener Kreis in der Plexiglastür auf und zerschmolz zu feurigen Fäden, die Gossaps Schuhe versengten. Der Aufseher gab ein Kreischen von sich, dann sackte er mit einem kläglichen *kracks-kracks* leblos auf den Fußboden.

Irgendwer – nein, mehrere Personen sogar – waren durch das in die Tür gebrannte Loch ins Zimmer geklettert. Es waren verwaschene Schemen, die Art von flüchtigen Gestalten, die man aus dem Augenwinkel erblickt, eine kaum wahrnehmbare Präsenz, die ihr Schlurfen über die Fliesen verriet. Und sie hatten gerade Gossap umgebracht.

Mit neuem Körpergefühl stand ich auf. Doggler grinste über meine Verwirrung.

»Ich möchte Ihnen Iris und Cochran vorstellen«, sagte er. »Sie tragen FPOs, die Ihnen helfen, nicht entdeckt zu werden. Optische und psychologische Illusionen.«

»FPOs?«

Ich hörte das Ratschen eines Klettverschlusses, dann erschien ein Gesicht über Dogglers Schulter – Cochran, nahm ich an. Noch ein Ratschen, dann zeigte auch Iris ihr Gesicht.

»Fluoro-protektive Overalls«, erklärte Cochran.

»Oder Fuzzy Pyjamas, wenn Ihnen das lieber ist«, sagte Iris.

Gossap starrte uns aus der Zimmerecke mit großen, runden, toten Augen an. Sie hatten ihm offenbar den Hals gebrochen.

»Ich würde gern erfahren, was hier vorgeht«, sagte ich.

»Das werden Sie noch«, flüsterte Doggler fast. »Aber erst müssen wir Sie hier rausbringen. Iris, gib uns unsere FPOs. Cochran, hole die Photonenkanone aus dem Korridor und bau sie auseinander – wir werden sie nicht mehr brauchen.«

»Raus hier? Flüchten wir etwa?«

Iris reichte mir einen wolligen Stoffball. Wenige Zentimeter vor meinem Gesicht schwankte seine Farbe zwischen grau, grün und violett. Auf eine Armlänge Entfernung war er praktisch unsichtbar.

Ich fand die Armlöcher und begann mich anzuziehen.

»Was ist los, Cochran? Du siehst verwirrt aus«, sagte Doggler.

Cochran blickte von seiner Arbeit auf und deutete auf die Tasse, aus der ich die gräßliche Chemikalie geschlürft hatte. »Ist Ihnen das nicht aufgefallen, Mr. Doggler? Er sagte, die Tasse bestünde aus Styroschaum.«

»Ja, genau«, sagte Doggler.

»Und die Tür aus Plexiglas«, warf Iris ein.

»Mein Gott«, rief Doggler.

Die Beine meines FPOs waren ein bißchen lang und offenbar dazu gedacht, Straßenschuhe zu bedecken, die ich lang nicht mehr getragen hatte. Iris half mir mit den Klettverschlüssen an den Handgelenken.

»Ich kapier das nicht«, sagte ich.

»Styroschaum ist ein eingetragenes Warenzeichen«, erklärte Doggler. »Außerdem werden keine Kaffeetassen mehr aus Styroschaum hergestellt. Man sollte Schaumstoff dazu sagen – das ist der Oberbegriff.«

»Gut, schon verstanden. Aber wen interessiert's?«

»Die Tür«, sagte Iris, »besteht aus Ferroplex, einer vollkommen anderen Substanz als Plexiglas.«

»Doggler, *wer zum Teufel sind diese Leute?*«

Doggler drückte gerade den Klettverschluß auf der Vorderseite seines Anzugs zu und warf mir einen nervösen Blick zu.

»Wir haben keine Zeit für Geschwätz. Wir müssen uns beeilen«, sagte er. Er nickte seinen Komplizen zu. »Was meinen Sie denn, was für Leute ich auftreiben kann? Cochran und Iris sind meine Zeitungsredakteure.«

Von da an hielt Doggler die Klappe und verschwand wie ein Geist.

Doggler ging voran, und wir hielten uns an den Händen. In einem Frachtaufzug fuhren wir in einen Liefertunnel hinunter und durchquerten eine Reihe von Wartungsräumen, die mit hohen grauen Maschinen vollgestellt waren. Vor einer letzten zerbeulten Tür zogen wir unsere FPOs aus. Cochran gab mir ein gelbes T-Shirt, eine passende Latzhose und Pantoffeln. Ich zog sie über, verfluchte seinen schlechten Geschmack, was Kleidung anging, dann traten wir in einen U-Bahn-Tunnel.

Es war der Morgen eines gewöhnlichen Arbeitstages im New Yorker Untergrund. Hüte und Schirme, ein Duft nach Parfüm und Pisse.

»Ihr meint wohl, daß ich unauffällig aussehe, wenn ihr mich wie eine Ninjabanane anzieht«, brummelte ich.

Iris schüttelte ihr Haar, das von der Kapuze ihres Anzugs völlig matt war. »So laufen tatsächlich viele Leute rum«, sagte sie kleinlaut. Dann hatte sie also die Klamotten ausgesucht. »Es ist nichts fürs Büro, aber drüben in Greenwich Village sehen alle so aus.«

Zwei Treppenfluchten führten hinauf in einen hupenden, schiefergrauen Morgen.

Doggler marschierte auf eine Kaffeestube zu, die beiden Redakteure und ich folgten ihm.

»Wir können uns jetzt wieder sehen«, bemerkte Iris. »Sie brauchen nicht mehr meine Hand zu halten.«

»'tschuldigung«, sagte ich und ließ sie los. »Es ist schon eine Weile her, seit ich das letzte Mal einen Spaziergang gemacht habe.«

Wir fanden einen freien Tisch. Doggler ging zur Theke und kam mit einem Tablett zurück, das mit vier dieser elenden Styroschaum-Kaffeebecher beladen war.

»Ich werde Geld brauchen«, sagte ich.

Doggler hob die Augenbrauen, während er in seinem Kaffee rührte.

»Wofür?« fragte Iris.

»Key West«, sagte ich. »Ich schätze, ich könnte da untertauchen.«

Iris schnaubte.

Doggler zuckte mit den Achseln. »Ganz ruhig«, ermahnte er seine Mitarbeiter. »Mack kann gehen, wohin er will. Ich werde ihm sogar das Fahrgeld und Taschengeld spendieren. Wenn er nach Key West will.«

»Und was wird aus Roland T. Price?« fragte Cochran.

Bis zu diesem Moment hatte ich eine idyllische Szene bei Sonnenuntergang mit Segelbooten und leichtbekleideten Menschen vor Augen gehabt. Die Vision zerstob. Ich starrte in Cochrans pusteliges Gesicht. Unser Gespräch hatte etwas Theatralisches an sich – als hätten die drei den Verlauf des Dialogs im voraus geplant.

»Also gut«, sagte ich. Die bloße Erwähnung dieses Namens brachte mich in Wut. »Was soll das Ganze? Was ist mit Roland T. Price?«

Doggler schlürfte seinen Kaffee. »Ich glaube, es gibt Großverleger, für die Sie damals mehr Respekt hatten...«

Iris kicherte, und Doggler bedachte sie mit einem strengen Blick.

»...aber Price ist ein ganz besonderer Kotzbrocken«, fuhr Doggler fort. »Besonders hier in New York. Er lenkt bereits die Hälfte der Buchverleger, und einige seiner Tochtergesellschaften haben es auf Blackstone & Sons und sogar auf unser Stanton Little, Inc. abgesehen. Wenn er Erfolg hat, sind wir geliefert –

dann gehört alles von Bedeutung ihm. Dann ist er, Gott sei uns gnädig, der Monopolist.«

»Roland T. Price kennt nur eine Art von Romanen«, brummte ich. »Nur diese kleinen Heile-Welt-Geschichten, die seit einem Jahrhundert immer wieder neu aufgekocht werden.«

»Er hält sich für einen Puristen«, sagte Doggler.

»Er ist wohl eher ein *Pubi*st.«

Cochran hörte aufmerksam zu. »Das steht nicht im Wörterbuch«, erwähnte er.

»Genau«, stimmte Iris zu. »Pubist – das Wort gibt es gar nicht. Außerdem ist er aus finanzieller Sicht ziemlich erfolgreich.«

»Sonst könnte er nicht auf seine Hintermänner an der Wall Street bauen«, warf Cochran ein.

Ich probierte den Kaffee. Diesmal schmeckte er vernünftig.

»Ihr seid also ins Gefängniskrankenhaus eingebrochen«, sagte ich, »habt meinen Wächter umgebracht und mich befreit, und das alles, damit ich mir die morgendlichen Wirtschaftsnachrichten anhören kann?«

»Mack, ich glaube, Sie haben dieses Verlagsdesaster früher kommen sehen als jeder andere von uns«, sagte Doggler. Hinter seiner dämlichen Brille kniff er verschwörerisch die Augen zusammen. »Und Sie haben dafür bezahlt. Mein Gott – zehn Jahre Rehabilitation für – wie haben Sie das genannt?«

»Kriminell undisziplinierte Literatur«, sagte ich. »Man soll die Genres nicht vermischen. Man soll eine Geschichte nicht mit verzweifelten Menschen enden lassen. Man soll keine surrealistischen ...«

»Sie sind die leibhaftige Antithese zu Roland T. Price«, unterbrach Iris. »Das ist der Grund, warum wir Sie befreit haben.«

»Wir brauchen einen freien redaktionellen Mitarbeiter«, fügte Cochran hinzu. »Und Sie sind der richtige Mann dafür.«

»Um genau zu sein«, sagte Doggler und tupfte sich mit einer Serviette den Schnurrbart ab, »wollen wir, daß Sie Roland T. Price umbringen.«

Ich spuckte den Kaffee aus und spürte, wie ich mir die Flüssigkeit über die Weichteile kleckerte, die die unterdrückte Wut mir schon zusammenzog. Mein Brustkasten blähte sich unter dem Druck. Das dünne gelbe T-Shirt, das Iris ausgesucht hatte, spannte sich straff um meine Bizepse.

Ein knorriger Mann, kaum einszwanzig groß, hatte an einem Nachbartisch gewartet. Sein Unterkiefer sackte herab, und er badete einen Kunden in Cappuccino, als er sah, wie mein Hemd einriß und in kleine gelbe Stoffbahnen zerplatzte.

»Doggler, kennen Sie diesen Zwerg?« fragte ich und deutete auf den erschrockenen Kellner.

Doggler schien meine Verwandlung zu amüsieren, und ich schärfte mir ein, nie wieder seinen Kaffee zu trinken. Der Gnom hetzte hinter die Theke.

»Ihr wißt, hinter was ich her bin!« rief ich und flankte geschmeidig über den Auslagekasten. Ich packte den Alten am Bart und hob ihn zehn Zentimeter vom Linoleumboden. Er strampelte vergeblich mit den Beinen und würgte.

»Eine scharfe Klinge«, forderte ich von ihm, »die selbst einem Eisbären das Herz im Leib gefrieren läßt.«

Seine Augen traten aus den Höhlen. Sein Atem rasselte. Er zeigte mit einem lahmen Finger auf die Registrierkasse. Dort war ein einsfünfzig langer Degen an der Unterseite der Theke befestigt. Ich warf den armen Teufel gegen die chromglänzende Kühlschranktür und zog mit aller Kraft am Heft des Schwertes.

Die Klinge tönte wie ein Glocke, und das ganze Restaurant verstummte, wie verzaubert von dem markerschütternden Geräusch. Der kunstvolle Juwelenbesatz warf Myriaden Regenbögen an Wände und Decke.

Der Zwerg brachte sich mühselig wieder in Ordnung. »Das hält die Schwachköpfe in Schach«, sagte er, als bitte er um Verzeihung. »Es nennt sich Dirge – der Trauergesang.«

Ich ging um die Theke, kniete vor Dogglers Stuhl nieder und küßte seinen rechten Knöchel.

»Ich hatte gehofft, Sie blieben diskret«, grinste Doggler.

»Scheint nicht möglich zu sein«, erwiderte ich.

Ich zog Iris vom Stuhl hoch. »Ich darf keine Zeit vergeuden«, erklärte ich ihr. »Sobald du fertig bist, müssen wir los.«

»Was soll das heißen – bereit?« fragte sie.

Ich bedachte ihren Aufzug mit einer vagen Geste – ihre adrette weiße Bluse, ihre Kordsamtweste und die passende Hose. Sie war unbestreitbar eine schöne Frau, aber ihre Proportionen waren bestenfalls mittelmäßig.

»Diese Rolle«, sagte ich, »erfordert eine vollbusige Frau in einem ledernen Lendenschurz, die ein Schwert schwingt.«

»Ich habe heute morgen vergessen, meine Corn Flakes zu essen, gut? Du mußt halt ... äh, deine Phantasie anstrengen.«

Wir gingen auf die Straße und überließen Doggler und Cochran die Rechnung. Ich verfiel in einen lockeren Trab, brachte mit jedem Schritt anderthalb Meter hinter mich und konnte feststellen, daß Iris mühelos mitkam. Die Passanten machten gehorsam Platz – eine Mauer abgestumpfter Gesichter, die kein Outfit mehr schocken konnte, die aber vernünftig genug waren, sich einem halbnackten Mann mit einem Schwert nicht in den Weg zu stellen.

Am Ende des zweiten Blocks wurden Iris und ich aufgehalten. Ein Schnorrer trat uns mit ausgestreckter Hand in den Weg und murmelte etwas über den Marokko-Konflikt. Er stank wie ein Haufen Scheiße.

»Ich brauche fünf Dollar!« erklärte er.

»Ich habe keine Brieftasche«, sagte ich, »und keine Zeit. Ich muß sofort zur 53sten Straße.«

»Ach was«, sagte der Schnorrer und schien gleich zu begreifen, worum es ging. »Da treiben sich Monster rum!«

»Ich weiß«, sagte ich.

Als wir auf die 53ste einbogen, lag eine leere Straße vor uns. Staub und ein paar alte Nachrichtenfaxe wirbelten durch den Beton-Cañon. Hinter uns hörten wir das Geheul der Avenue of Americas, übervölkert wie stets. Vor uns lag eine Geisterstadt.

Ein Windstoß traf uns, und mein Schwert, der Dirge, sang sein tiefes Klagelied.

Iris zeigte auf einen schwarzen Granitbau mit drei Drehtüren. »Price hat sein Hauptquartier im vierzehnten Stock, glaube ich.«

Wir nahmen jeder eine Drehtüre und betraten gleichzeitig die Lobby. Hinten bei den Aufzügen standen ein Dutzend riesiger Männer in Trenchcoats. Nein, keine Männer, sondern Drachen. Gut vier Meter groß, stapften sie in ihren Trenchcoats auf und ab und schleiften ihre schuppigen Schwänze über den polierten Marmorboden. Anfangs widmeten sie uns wenig Aufmerksamkeit, rauchten lange Zigarren und grunzten einander gelegentlich etwas zu, was wie eine Drachensprache klang.

»Das war nicht besonders klug«, flüsterte Iris. »Wir werden einen anderen Weg suchen.«

Ich ließ den Dirge über dem Kopf kreisen, und die glänzende Klinge begann zu heulen.

»Bleib zurück«, befahl ich Iris. »Ich werde eine Bresche in ihre Reihen schlagen, und dann nehmen wir die Treppe. Wenn das alles ist, was er zu seiner Verteidigung aufbieten kann, dann hat Roland T. Price seinen Kopf schon so gut wie verloren.«

Die Drachen unterbrachen ihr Gegrunze. Sie betrachteten uns schweigend und klopften ihre Zigarren ab. Eine dicke Schicht Asche hatte sich auf dem Marmorboden angesammelt, kreuz und quer von Schwanzspuren gemustert.

Ein aufgedunsener Drache trat vor. Seine Augen waren blutunterlaufen, sein Gesicht blaß und schwammig, und seine Nüstern blähten sich.

Wuuum-wuuum-wuuum heulte der Dirge, als ich vorpreschte.

Der Feuerstoß des Drachen klang wie ein Gewehrschuß. Plötzlich erstrahlte das Foyer in einem blendenden Licht, und Iris und ich purzelten rücklings durch das Glas der Eingangsfront.

Ich kam draußen auf dem Asphalt wieder zu Bewußtsein. Iris pulte gerade einen großen Glassplitter aus meiner linken Schulter. Blut strömte aus der Wunde.

»Meinst du, sie kommen uns nach?« fragte sie.

Ich zuckte mit den Achseln, und mit dieser Bewegung begann der Riß zu brennen. Im Moment hielten sich die Drachen noch zurück.

Ich stand langsam auf und untersuchte mich auf weitere Verletzungen. Bis auf die gelben Pantoffeln waren mir die letzten Stoffetzen vom Leib gesengt worden, doch ansonsten schien mein frischer steroider Leib unbeschadet zu sein. Der Dirge war auf die Bordsteinkante geknallt, voller Ruß, außerdem hatte er eine Kerbe davongetragen – er sah wie ein alter Schürhaken aus.

Iris hatte bei dem Feuerstoß den Großteil ihrer Haare verloren, und an einigen Stellen war der Stoff ihrer Bluse durchgeschmort. Hier und dort schwelte der Kordsamt immer noch.

»Komm, verschwinden wir«, sagte sie. »Wir verstecken uns in dem Laden auf der anderen Straßenseite.«

Es war ein Tandy-Laden. Es schienen sich keine Kunden in dem Geschäft aufzuhalten, aber das Licht war an, und der Bursche hinter der Theke glotzte auf die Straße und schien sich zu fragen, was die Explosion bedeutete.

»Tolle Idee, Iris. Was sollte ich da bloß sagen? ›Hallo, ich bin ein übergroßer nackter Mann mit einem Schwert und gelben Pantoffeln. Ich bin gerade aus einer Haftanstalt für literarische Kriminelle ausgebrochen. Ich blute und bin völlig fertig. Darf ich mich etwas umsehen?‹«

»Genau«, sagte Iris und klopfte mir auf die frischgestählte Brust. »Wenn jemand was gegen deine Anwesenheit haben sollte, wird er sicher nicht so dumm sein, etwas dagegen zu sagen.«

Iris zog mich geradewegs zu einer Reihe gepolsterter Kabinen im hinteren Teil des Ladens. Der Verkäufer machte ein besorgtes Gesicht.

»Sir, Sie bluten ja«, sagte er.

Ich hielt den Dirge in die Höhe. »Und ich bin ziemlich sauer.«

Iris schlug den mattschwarzen Vorhang einer Kabine zurück und schob mich in den Polstersitz. Sie probierte nacheinander die plastikumhüllten Handsets aus, die an der Wand hingen, bis sie ein mit flirrenden Hologrammen verziertes Modell fand. Mit flinken, methodischen Bewegungen riß sie die Verpackung auf, schüttelte das Kabelgewirr und stach zwei Nadelelektroden in meine Unterarme, die sie mit Klebeband befestigte.

»Hier ist das Steuerpult«, erklärte Iris hastig. »Du bewegst den Joystick so und betätigst gleichzeitig diese Tasten – stell dir einfach vor, das sei eine gewöhnliche Tastatur, die zu lange in der Sonne gelegen hat.«

»Du willst also, daß ich Price im Netz jage, stimmt's?« protestierte ich. »Ich soll mein Hirn in eine elektronische Arena einklinken und versuchen, das kleine Schwein in den finanziellen Sphären zu stellen, während er in die Übernahmeverhandlungen vertieft ist? Hah! Mir sind schon ein paar Synapsen durchgebrannt, aber mich soll der Schlag treffen, wenn ich mir das ganze Hirn grillen lasse. Gib mir mein Schwert zurück – gegen die Drachen habe ich größere Chancen.«

Iris trat gegen den Dirge, und er schepperte auf den Boden.

»Äh, Ma'am?« rief der Verkäufer. Er schwitzte. »Wenn er das Jupiter-Set kaufen will, brauche ich seinen Namen und Adresse für unsere Datenbank.«

»Danke, wir wollen's nur mal ausprobieren«, erwiderte Iris. Dann sagte sie zu mir: »Keine Sorge. In den letzten zehn Jahren ist das ganze Netz von elektronischer auf photonische Hardware umgestellt worden – tausendmal effizienter. Zufällige Hirnschäden sind so gut wie ausgeschlossen. Jemand muß dich schon direkt angreifen – und zwar ziemlich vehement –, um dir Schaden zuzufügen.«

»Wie beruhigend.«

Iris setzte mir die undurchsichtige Brille auf die Nase und machte Anstalten, mich in die dunkle Kabine einzuschließen. Ich spürte ihre Finger auf der Wange.

»Mack«, sagte sie zärtlich. »Bevor du gehst, äh, solltest du wissen, daß ...«

»Ja?«

»Nun, ich habe den Splitter nicht aus der Wunde *gepult*. Und der *Marokko-Konflikt* war nie ein erklärter

Krieg, also sollte man das anders formulieren. Und *Steroid* als Adjektiv zu benutzen..."

Ich streckte blind die Hand aus, fand den Innengriff der Kabinentür und zog sie zu.

Die photonischen Sphären flirrten an meinem Sichtfeld vorbei wie eine gewaltiger Wirbel von Spielkarten. Wenn man eine zu fassen bekam, glitt man direkt in ein simuliertes Milieu hinein, wo ein Segment der Computerwelt seinem Tagwerk nachging. Verkehr, Naturwissenschaften, Literatur, Finanzen, Graphik. Ah ja, und die Verleger. Es gab einige Dutzend solcher Sphären, schätzte ich, die alle paar Sekunden aufeinanderfolgten. Sie waren durch keinerlei Beschriftung gekennzeichnet. Man wußte einfach intuitiv, daß in dieser besonderen Sphäre die Verleger angesiedelt waren. Vielleicht lag es am schwachen Geruch druckfrischer Ware.

Bei der nächsten Runde griff ich die Verleger-Karte und spürte, wie mein Pixelkörper von ihr angesaugt wurde.

Ich wirbelte durch eine Strudelgalaxie, schoß an Büscheln von Sternbildern und Staubwolken vorbei. Im fernen Zentrum herrschte eine höllische Dunkelheit, ein Objekt von so hoher Dichte und Masse, daß ihr kein Licht entkommen konnte. Es verzehrte Sterne wie ich Popcorn, kleine Leuchtpunkte, die in seinen Rachen verschwanden.

Das mußte Roland T. Price sein, erkannte ich sofort. Das schwarze Loch der Verlagswelt.

Ich stürzte in die Dunkelheit und beschleunigte. Die Sterne versengten mir im Vorbeistreichen das Gesicht. Immer schneller. Sie peitschten und verbrannten mir die Haut. Dann tauchte ich ins Nichts – in ein schwarzes, gummiartiges Nichts.

Ein schöner Wald erschien. Ich stand, bis auf die gelben Pantoffeln nackt, auf Kiefernnadeln. Ein massiger Mann in einem leichten Leinenanzug trat aus einem breiten Rotgehölz. Er hatte ein weiches Kinn und schwere Ringe unter den Augen.

»Ich komme mir wie gelähmt vor«, preßte ich zwischen unbeweglichen Zähnen hervor.

»Ich weiß«, erwiderte Roland T. Price – oder besser seine photonische Entsprechung. »Sie hätten sich an die Drachen halten sollen. Sie hatten Anweisungen, sich den ganzen Tag mit Ihnen zu beschäftigen. Ihr Eindringen dagegen bedeutet eine unverzeihliche Zeitverschwendung für mich. Wir werden schnell miteinander fertig sein.«

Er bleckte zwei lange Fangzähne und knirschte durch die digitalen Kiefernnadeln auf mich zu. An den nadelspitzen Zähnen glänzte simulierter Speichel. Price streichelte meinen gelähmten Hals, richtete sich auf die Zehenspitzen auf und machte sich für einen Biß bereit. Ich fragte mich, wie sich das auf meinen Körper auswirken würde, der in der Kabine in dem Tandy-Laden festsaß. Würde er tot in sich zusammensacken? Würde er hirnlos vor sich hinvegetieren und künstlich ernährt werden müssen?

Plötzlich bahnte sich etwas Großes seinen Weg durch den Wald und lenkte Price ab. Ich spürte, wie die Wärme in meine Muskeln zurückkehrte. Price wedelte mit einem ausgestreckten Zeigefinger durch die Luft und rief seine unverständlichen Befehle, wie ich annahm, den technischen Zauberern zu, die ihm in dieser photonischen Welt die Flanken sicherten.

Der Lärm näherte sich, und haushohe digitale Bäume knickten um, als ob sich jemand mit einer Riesensense zu uns durcharbeitete – *kracks, kracks, kracks.*

Dann stapfte eine Riesin durchs Unterholz hervor.

Price zog einen Kondensstreifen hinter sich her, als er davonflitzte. Die Riesin war schneller. Mit einem schnellen Schwung ihres Schwerts durchtrennte sie ihm in Kniehöhe beide Beine. Mit einem Dutzend weiterer Hiebe hatte sie Roland T. Price zerstückelt. Blut tränkte die Kiefernnadeln.

Nach getaner blutiger Arbeit wandte sich die Riesin mir zu. Sie trug einen ledernen Lendenschurz, der wenig von ihrer straffen Muskulatur verdeckte. Ein Kettengeschirr hielt ihre großen, schwingenden Brüste aufrecht.

»Du gibst ihm jetzt besser den Rest«, sagte sie mit vertrauter Stimme. Ich betrachtete ihr Gesicht – die sanft gerundete Nase, die zart geschwungenen Augenbrauen, die langen schwarzen Löckchen. Iris.

Ich warf einen Blick auf das Gemetzel.

»In wie viele Teile muß man einen Gegner hier denn zerlegen?« fragte ich.

»Er ist dir in Gestalt eines Vampirs erschienen, nicht? Dann solltest du ihn entsprechend behandeln – und zwar schnell.«

Iris hatte recht. Prices Körperteile krümmten sich auf dem Waldboden. Der Torso hatte sich bereits wieder zusammengefügt und rutschte auf den linken Arm zu.

Ich lief in die Waldschneise, bis ich einen zersplitterten Stumpf gefunden hatte, aus dem ich einen ein Meter langen spitzen Splitter lostrat. Dann kehrte ich zu dem sich windenden Torso von Roland T. Price zurück und rammte ihm den Pfahl ins Herz.

Der Wald verschwand und ringsum materialisierte ein Sitzungssaal, wie ihn große Firmen vorzuweisen hatten. In dem Saal hielten sich fünf uniformierte Polizeibeamte auf. Ein Krankenhauswächter gurtete mich an eine Rollbahre. Einige Stühle wurden umgestoßen und gaben den Blick auf einen Gegenstand frei, der wohl einmal ein kristallener Wasserkrug gewesen war und nun zerschmettert an der Rückwand lag.

Roland T. Price war in eine Ecke gelehnt worden, und seine toten Augen starrten mich an. Ein Stück eines abgebrochenen Stuhlbeins ragte aus seiner Brust.

Angus Doggler redete mit einem der Bullen. Sein kleiner Kahlkopf hüpfte über dem Schlips aufregt auf und ab. »Mr. Price war für eine, äh, geschäftliche Besprechung hier«, berichtete Doggler. »Wir hatten gerade Platz genommen, als dieser Irre hier hereinstürmte und ihn angriff.«

»Und Sie haben ihn noch nie gesehen – den Verdächtigen, meine ich?« fragte der Polizist.

»Sein Gesicht kommt mir bekannt vor«, sagte Doggler. »Vielleicht ein Autor von damals. Er muß Price auf den Fersen gewesen sein – anders kann ich's mir nicht vorstellen.«

Die Aufseher rollten mich in den Flur. Draußen wartete Iris und tat offenbar so, als sei sie über den Mord schockiert. Sie trug immer noch diese adrette Bluse und das Kordsamtkostüm. Ihr Haar war kurzgeschnitten, damit ihr niemand die Auseinandersetzung mit den Drachen anmerkte.

»Mit großen Möpsen hast du mir besser gefallen«, sagte ich ihr.

»Tut mir leid, Ma'am«, sagte der Aufseher und rollte mich in den Aufzug. »Wo er ausgebrochen ist, kriegt er nicht viel weibliche Wesen zu sehen.«

»Sie sollten besser aufpassen«, sagte Iris, als ich an ihr vorbeigeschoben wurde. »Das nächste Mal rettet Ihnen kein Redakteur mehr den Arsch.«

Die Aufzugtür glitt zu.

»*Kriegt*«, tadelte ich den Aufseher. »Wie hört sich das denn an: er *kriegt* keine weiblichen Wesen zu sehen.«

»Diese Schreiberlinge«, spottete der Aufseher. Er würdigte mich keines Blickes, sah nur zu, wie die leuchtenden Zahlen abwärts kletterten.

»Diese Redakteure«, erwiderte ich.
Die Glocke tönte, als wir das Foyer erreichten.
»Hätten Sie was dagegen, mich in Key West abzusetzen?« fragte ich den Aufseher.
»Nächstes Mal vielleicht, Junge.«

Originaltitel: ›Imagine A Large-Breasted Woman ...‹ · Copyright © 1994 by Mercury Press, Inc. · Aus: ›The Magazine of Fantasy & Science Fiction‹, Februar 1994 · Aus dem Amerikanischen übersetzt von Michael K. Iwoleit

Robert Reed

VERGRABENE SCHÄTZE

Die Forschungsabteilung trat gegen die Titanen vom Marketing an. Sieben Innings eines nerven- und sehnenzerfetzenden Softball-Matches, in dem keine Gefangenen gemacht wurden, und die Marketingabteilung hatte ihr Team mit unlauteren Mitteln verstärkt, das sah Mekal auf einen Blick.

»Was meinen Sie, Wallace? Dieser Junge im Center Field? Der spielt bestimmt in der College-Liga. Und ihr Shortstop, wie heißt sie noch? Mit diesen Unterarmen? Ich wette, wenn man da hineinsticht, fließt mehr Testosteron als Blut. Darauf setze ich jede Summe. Und Himmel, dieser Pitcher da muß eine Dosis Schimpansengene abbekommen haben. Hatten Sie da vielleicht Ihre Hände im Spiel, Wallace? Was für Arme. Wenn er sie ausstreckt, reicht er halb bis zur Home Plate. Aber he, Meiter hat gerade einen Lauf geschafft. Wenn sie uns nicht fertigmachen, komme ich gleich dran. Also wünschen Sie mir viel Glück, Wallace. Ich will einen draufmachen!«

Wallace nickte, auch wenn er nicht recht wußte, was Mekal damit meinte, und war sichtlich gelangweilt von dem Trubel ringsum. Er bekam noch mit, wie Mekal aufstand – ein großer, schlaksiger Mann, alt genug, um nicht mehr jungenhaft zu wirken, aber noch nicht abgeschlafft genug, um den reiferen Jahrgängen zugerechnet zu werden –, dann beschäftigte ihn nichts mehr außer der Sonnenschein und seine eigenen wirren Gedanken. Die ›Schimpansengene‹ erinnerten ihn an ein Problem bei der Arbeit. Nicht Wallaces Problem, aber er war der hiesige Nothelfer, und die Primatenabteilung hatte offensichtlich Schwierigkeiten mit ihren Weltraumaffen. Die kleinen Viecher benahmen sich im Orbit nicht anständig, entweder wegen ihrer mangelhaften Ausbildung oder weil ihre teuren Gene defekt waren. Sie wurden in Raumstationen eingesetzt, um sauberzumachen und dem Personal Gesellschaft zu leisten. Als freundliche, herzige Kuscheltiere und so. Aber die Prototypen schissen überall hin und schrien Tag und Nacht. Und Wallace fragte sich, ob sie nicht etwas Subtiles, vielleicht ganz Banales übersehen hatten. Nullgravitation, der freie Fall... war es eine Art angeborene Panikreaktion? Vielleicht hatten die Affen Schwierigkeiten mit der Schwerelosigkeit. Was war, wenn... wenn ihre Anlagen und ihr Instinkt sie glauben machten, daß sie stürzten, von einem unendlich hohen Turm herabtaumelten, ein Tausend-Kilometer-Sturz – wie mußten sich die armen Biester fühlen! –, und als ihm dieser verführerische Gedanke durch den Kopf ging, hörte er das laute *Tschak* eines Billigschlägers. Mekal stand an der Home Plate und schrie.

»Nun flieg schon, du dämlicher Scheißball!«

Ein verwaschenes weißes Etwas flog in hohem Bogen durch den blaßblauen Himmel, mit einer geometrischen Perfektion, die Wallaces Aufmerksamkeit erregte; und dann sprang der Center Fielder am Rückzaun hoch, Ball und Handschuh trafen sich mit einer beiläufigen Eleganz, die etwas Unverschämtes hatte, dann war das Inning vorbei. Damit lagen sie nun fünf Läufe zurück, und Mekal stürmte in der schlimmsten Form eines Wutanfalls – nämlich wortlos – zum Unterstand zurück, blieb einen langen Augenblick reglos stehen und war außerstande, den Blick auf etwas zu richten oder auch nur nachzudenken. Es war diese Intensität, für die Mekal berühmt war. In der Forschungsabteilung war er gefürchtet und wurde umschwänzelt, und es gab Angestellte, die offen die Hoffnung geäußert hatten, daß ihm eines Tages bei einem Wutanfall eine lebenswichtige Ader im Gehirn platzen würde. Man wünschte ihm nicht unbedingt den Tod, nein. Aber ein konstruktiver Hirnschaden, der einige der offensivsten Teile seiner Persönlichkeit auslöschen würde ...

... und dann hörte er aus unmittelbarer Nähe eine fast zärtliche Stimme. »Aber du hättest es beinahe geschafft«, sagte die Stimme zu Mekal. Die Stimme einer Frau. Eines Mädchens. Nobody Wallace wußte Bescheid, und er drehte den Kopf, bevor die Schüchternheit ihn lähmen konnte. Das Mädchen betrachtete Mekal mit einer Mischung aus Vorsicht und Sorge. »Vielleicht solltest du dich aufwärmen«, fuhr sie fort. »Was ist, Schatz?« fügte sie dann etwas leiser hinzu.

Mekal löste sich aus seiner Starre und fand seine alte Entschlossenheit wieder. »Ja, klar«, sagte er mit einem Schnauben. Sein Handschuh ... wo steckte das Ding bloß? »Wallace?« fragte er schließlich. »Warum notieren Sie nicht, wenn Sie schon einmal hier sind, die Schläge der Marketingabteilung? Was halten Sie davon? In welches Feld und wie weit, solche Daten eben. Bringen Sie uns das nächste Mal ein bißchen in Schwung. Tun Sie mir den Gefallen, Kumpel?«

»Sicher. Ich werd's versuchen.«

»Versuchen?« Mekal lachte und schüttelte den Kopf. »Machen Sie's einfach!«

»Viel Glück«, wünschte das Mädchen, und Wallace warf ihr noch einen Blick zu. Ihr hübsches Gesicht war etwas zu rund für die aktuelle Mode, ihr langes, weißblondes Haar schlicht frisiert, ihre blauweißen Augen strahlten, und die Glätte der beiden Hände, die durch den Absperrzaun griffen, deuteten auf echte Jugend hin. Ein Finger war mit einem schweren Diamantring geschmückt, um das Handgelenk schmiegte sich ein Goldarmband. »Liebling...?« sagte sie.

»Geh jetzt besser auf die Tribüne zurück«, sagte Mekal. »Ich komme schon klar. Mir geht's gut, keine Sorge.«

Sie nickte, wagte ein Lächeln und versuchte mit der Intensität ihres Mannes »Mach's einfach!« zu sagen. Das war Mekals Schlachtruf in der Forschungsabteilung. »*Mach's einfach!*« Aus ihrem Munde hatte er allerdings nicht die gewünschte Wirkung. Einige andere Spieler der Forschungsabteilung lächelten beim Klang ihrer Stimme, und Mekal marschierte in dramatischer Pose zum Pitcher-Hügel. Die Spieler der Forschungsabteilung waren ebenso wie die vom Marketing froh darüber, daß jemand den langen Flugball gefangen hatte. Wallace konnte es spüren, geradezu riechen. Denn jeder wußte, daß Mekal, wenn er sein Spiel ohne Hilfe anderer gewann, für mindestens eine Woche nicht mehr zu ertragen sein würde. Er würde herumstolzieren und grinsen und den Alltag in den Laboratorien zur Hölle machen, was der Grund dafür war, daß einige seiner Leute jetzt kicherten, ihre Aufwärmbälle aus dem Staub aufhoben und über die bevorstehende Niederlage witzelten.

Wallace selbst war Mekal nicht so unsympathisch. Zumindest nicht allzusehr. Er nahm an, daß der Mann von einem gewissen Unsicherheitsgefühl getrieben wurde, eine versteckten Schwäche oder Unfähigkeit, und wenn er sich das vor Augen hielt, war Mekal zu ertragen. Und auch amüsant. Unter den richtigen Umständen sogar freundlich. Allerdings war Wallace für sein duldsames Wesen berühmt. Seine egoistischen Gene waren gelöscht worden und hatten wichtigeren Talenten Platz gemacht. Ihn trieb ein ganz anderer Impuls...

Während Mekals Frau auf ihren Platz zurückging,

betrachtete Wallace ihre nackten Beine – etwas dick, aber fest – und wie sie sich hielt, nicht unterwürfig, sondern mit einer anhaltenden Geduld, die es zwei kreischenden Kindern erlaubte, um ihre Beine Nachlaufen zu spielen, ehe sie einer alten Dame von der hölzernen Tribünenbank half. Mrs. Mekal: eine seltsame Vorstellung. Aber Wallace staunte immer wieder über das Privatleben anderer Leute... und jetzt nahm das Mädchen hoch oben, fast in der Mitte der Tribüne Platz, sah mit ungespieltem Interesse zu und applaudierte aufrichtig, wann immer der Forschungsabteilung ein Out gegen den Moloch vom Marketing gelang.

»Was zum Teufel machen wir hier, Leute?« brüllte Mekal vom Hügel, und sein Gesicht lief dabei so rot an, als drohe es zu platzen. »Macht flott! Sperrt die Augen auf! Macht sie fertig! Acht Läufe sind so gut wie nichts!«

Ein weiterer Pitch, dann ein verhängnisvoll scharfes *Tschak*.

»Mach's einfach«, murmelte Wallace bei sich und notierte einen weiteren Schlag ins linke Feld. »*Mach's einfach.*«

Er löste das Rätsel mit den Affen – es lag zum Teil an dem Gefühl des freien Falls –, dann half er Simmons und Potz in der Mikrobenabteilung und lernte genug über die Genetik grüner Algen, um neue Möglichkeiten zu erkennen; und irgendwann, mitten in der Arbeit, ohne es geplant zu haben, fragte er Potz über Mekals junge Frau aus. Wie lang waren sie schon verheiratet? Wieviel Kinder hatten sie?

»Drei Jahre, und keine Kinder.« Potz warf einen mißtrauischen Blick in ihren Kaffee. »Angeblich stimmt mit Mekal etwas nicht. Er will Kinder, kann aber keine zeugen. Es könnte natürlich sein, daß die Gerüchte auf dem Wunschdenken von Leuten beruhen, auf denen er herumtrampelt. Wäre ja was, wenn bei ihm nur heiße Luft käme.«

Wallace ließ die Bemerkung auf sich wirken, nickte und sagte dann: »Er trägt keinen Ring, oder?«

»Vielleicht ist er dagegen allergisch.«

»Sie sieht jung aus. Wie alt ist sie? Zehn Jahre jünger als er?«

»Eher fünfzehn. Er hat sie bei einer dieser öffentlichen Lesungen am College kennengelernt.« Potz fischte ein dickes braunes Haar aus ihrer Kaffeetasse. »Das ist nicht meins. Ihres? Nein? Gott, ich war heute morgen in Meiters Labor. Er hatte diesen Yeti-Skalp auf der Theke liegen, und Sie glauben doch wohl nicht... Bääähh!« Darauf kippte sie den Kaffee runter und funkelte Wallace mit fröhlichen Augen an.

Er bemerkte nichts davon, dachte statt dessen angestrengt über einige Dinge nach, von denen ein paar sogar für ihn unsichtbar waren. Wallace war berühmt für seine langen Pausen und seine schleppende, nachdenkliche Stimme, vor allem wenn ein Problem seine ganze Aufmerksamkeit erforderte. Der Yeti-Skalp, genau. Er mußte sich freimachen, um mit Meiter die Genkarten durchzugehen, deren Echtheit feststand, auch wenn die Firma noch nicht wußte, was sie mit der Investition anfangen sollte. Gerüchten zufolge hatten ihnen tibetanische Mönche für eine kleine Gegenleistung den Schopf verkauft. Ihr Volk rüstete sich wieder gegen die Chinesen und verkaufte Kunstschätze und diversen Krempel weltweit. Was war, wenn sie andere Yeti-Artefakte an ihre Konkurrenten verkauft hatten? Das war schon ein Problem. Das Klonen des Yeti würde seine Ausrottung rückgängig machen, was sicher eine gute Nachricht war. Aber waren die Gene den menschlichen nicht zu ähnlich? Das war im Moment die Hauptfrage. Es gab eine halbe Milliarde Vorschriften und Regularien zum Umgang mit menschlichem Genmaterial. Vielleicht war es das beste, wenn ihre Konkurrenten den ersten Schritt taten und ihre bescheuerten Anwälte vorschickten, um die Hindernisse beiseitezuräumen. Das war sicher im Moment die vorherrschende Meinung in der Verwaltung. Außerdem stellte sich die Frage, welchen Profit geklonte Yetis abwerfen sollten. Sie würden für Furore sorgen, aber nicht so wie vor zehn oder zwanzig Jahren. Die Wiedererweckung der Toten – eines von Wallaces Lieblingsthemen – hatte ihre größte Popularität erreicht, als die Japaner die Marktlücke der Carnosaurier entdeckten. Im Grunde nichts als maßgeschneiderte Komodo-Warane. Aber wie sollten scheue Humanoide mit diesen Maßstäben mithalten?

Irgendwann bemerkte Wallace, daß er allein am Tisch saß, Potz und ihr Kaffee verschwunden waren und sein Magen vor Hunger schmerzte. Er hatte das Mittagessen vergessen. Wie spät war es? Drei? Er ging in die Cafeteria, kaufte sich ein paar Schokoriegel und eine Pepsi, dann ging er – in der Absicht, sich wieder an die Arbeit zu machen – in sein Büro zurück. Allerdings ertappte er sich immer wieder dabei, wie er an Mekals Frau dachte, doch seine Phantasie reichte gerade soweit, sich ein Gespräch am Softball-Platz vorzustellen. Natürlich war die Wahrscheinlichkeit, daß Wallace je die Gelegenheit dazu bekäme, verschwindend gering. Er war berühmt für seine Vorstellungskraft – genaugenommen wußte jeder in der Industrie die eine oder andere Geschichte über Wallace zu erzählen –, aber um sein Leben nicht zu gefährden, wagte er sich nicht mehr vorzustellen, als mit dem Mädchen zu sprechen, und sei es nur für ein paar Sekunden. Im Vorbeigehen.

»Also schlag's dir aus dem Kopf«, warnte er sich. »Mach dich an die Arbeit, klar?«

Potz hatte ihn mit einigen Daten versorgt. Wallace schlürfte warme Pepsi, kippte einen kalten Schluck abgestandenen Kaffee hinunter und rief Dateien ab, die er bereits auf dem College angelegt hatte. Diese Dateien waren wie alte, vertrauenswürdige Freunde. Vertrauenswürdig und verschwiegen. Genkarten huschten vor ihm in lebhaften Farben über den Monitor, Tausende von Basenpaaren, die sich in anderen Spezies *fast* identisch wiederholten. Ob verwandt oder nicht, darauf kam es nicht an. Jeder eukaryontische Organismus auf der Erde wies überschüssige DNA auf. Der Großteil davon war aus früheren Epochen zurückgeblieben. Die frühen Lebensformen waren, genetisch gesehen, die reinste Flickschusterei gewesen, angefüllt mit nutzlosem genetischen Rauschen, das die natürliche Auslese zu einer Art Summen gedämpft hatte. Flach und harmlos. Ein beträchtlicher Anteil bestand aus Poly-A – über lange Sequenzen aufeinanderfolgende Adenin-Basen. Aber was Wallace schon als Zwanzigjährigem aufgefallen war und ihn damals verwirrt hatte, waren die ins Poly-A eingefügten DNA-Abschnitte. Eine Art statischer Entladungen. Es waren mehrere tausend Basenpaare, von denen einige *allen* Eukaryonten gemeinsam waren. Doch die Stücke produzierten keine Polypeptide, noch schienen sie die Aktivitäten anderer Gene zu beeinflussen. Was konnte so wichtig sein, daß es Grünalgen und Philosophieprofessoren gemeinsam hatten? Er hatte keine Ahnung – was der Grund dafür war, daß er bei jeder Gelegenheit neue Daten festhielt. Seit über einem Jahrzehnt protokollierte Wallace nun schon die Unterschiede zwischen allen möglichen Spezies und fand keine evolutionären Muster. Keine Spur. Er hatte hier ein nutzloses, aber charakteristisches genetisches Rauschen vor sich – mehr ein biochemischer Aufschrei als irgend etwas anderes – und fand es demütigend, alle nasenlang darüber nachzugrübeln. So wie jetzt. Potzes Algendaten paßten ins Bild, und Wallace hockte über dem Bildschirm und hoffte wider alle Vernunft auf eine Inspiration.

Was, wie er selber wußte, keinen Sinn ergab, oder aber auf einem Mißverständnis beruhte.

Ob Mißverständnis oder Dummheit, Wallace empfand die heilige Verpflichtung, das Rätsel oder den Irrtum aufzuklären.

»Was machen Sie da?« fragte eine Mädchenstimme.

Und Wallace stellte sich vor, wie er Mrs. Mekal das Problem erklärte, wie sie mit herabhängendem silberblonden Haar über ihm stand, und dabei fühlten sich die weichen Strähnen, die über seine Wangen strichen, sehr echt an.

Wallace besuchte drei weitere Softball-Spiele. Die Forschungsabteilung gewann eines knapp mit 11:10 gegen eine Rotte grauhaariger Typen aus der Verwaltung; aber Mekals Frau tauchte nie wieder auf, nicht einmal kurz. Was zu helfen schien, denn Mekal war nicht ganz so unausstehlich. Er schaffte es sogar, sich zu beherrschen, als sein Team gewann, und zügelte die Euphorie seiner Mitstreiter, denn die erschöpften, rotgesichtigen Gegner waren schließlich immer noch seine Vorgesetzten. Ihre Position in der Hackordnung war unantastbar, und Mekal war kein Idiot. Doch seine gute Laune hielt bis zum nächsten Morgen an, und er brachte für zweihundert Dollar Doughnuts mit und lud einige seiner engeren Mitarbeiter für kommenden Samstag in sein Haus ein. »Zur Abwechslung mal ein kleiner Umtrunk.« Er grinste und fragte Wallace: »Haben Sie Lust?«

»Um welche Uhrzeit?«

Das überraschte Mekal, aber nur kurz. »Dann wollen Sie wohl auch mal unter die Leute, was? Na gut, dann um acht Uhr. Bringen Sie jemanden mit, wenn Sie wollen. Ein nettes Mädchen vielleicht.«

Er verzichtete darauf. Er hätte eins der beiden Mädchen fragen können, mit denen er sich gelegentlich traf, aber sie hätten ihn nur abgelenkt, seine Sinne getrübt. Statt dessen fuhr er allein zu dem großen Haus, das auf einer begradigten Felsklippe gebaut war, wurde von Mekal an der Tür empfangen, ging in das große Wohnzimmer mit dem Panoramafenster, wo er die Aussicht auf die Dämmerung über dem Fluß genoß, und fragte sich die ganze Zeit, wo sie steckte. Es war kurz nach acht. Noch war kaum jemand eingetroffen. Wallace hatte auf Lärm und Ablenkung gehofft, die seine Schüchternheit überdeckt und ihm unangenehme Redepausen erspart hätten. Aber die Leute kamen nie pünktlich zu Parties; diese bedeutsame Tatsache hatte er vergessen. Und er drehte sich gerade in dem Moment um, als das Mädchen aus der Küche kam. Sein Plan zerstob gleich, als sei die Luft daraus entwichen. Er wagte ein schwaches Lächeln, und sie reichte ihm ein schweres Glas mit süßem Punsch, heller als Blut. »Sie sehen durstig aus«, bemerkte sie. »Er hat gesagt: ›Gib Wallace einen Drink‹, und Sie sind doch Wallace, oder?«

»Ja.« Sonst war ja niemand da. Nur sie beide...

»Ich bin Cindy. Oder kurz Cin. Was Ihnen besser gefällt.« Sie lächelte und zeigte perfekte Zähne, klein wie die eines Kindes. »Wie schmeckt der Punsch, Wallace?«

Er probierte und sagte: »Sehr gut, danke.«

»Mein Mann hat ihn gemacht. Sein Geheimrezept.«

Plötzlich schmeckte er nicht mehr so köstlich, aber Wallace trank weiter. Er war ziemlich durstig und fürchtete, daß Cindy – Cin – ihn gleich alleinlassen würde. Sie würde meinen, daß sie ihre Pflicht als Gastgeberin erfüllt hatte, oder etwas in der Art. Also wandte er sich wieder dem Fenster zu und sagte gezwungen: »Schöne Aussicht haben Sie hier.«

Hatte er es so sagen wollen, wie es klang?

Aber sie erwiderte »Danke« und nickte zufrieden.

»Und es ist ein schönes Haus.«

»Waren Sie noch nie zu Besuch?«

»Nein.«

»Dann nochmals danke.«

Doch wenn er seine Umgebung in Augenschein nahm – Wohn- und Speisezimmer und die ferne Eingangstür –, fand er nichts, das nicht Mekals Handschrift trug. Alles war sauber, doch die Möblierung und die Wandbehänge betont maskulin, nach dem Gesichtspunkt der Zweckmäßigkeit ausgesucht und frei von leuchtenden Farben. Die einzige feminine Note war Cindy selbst; sie trug sehr weibliche Kleidung, leicht und blau wie ihre Augen und mehr als anschmiegsam. Doch das Mädchen – das wie eine College-Studentin aussah, die eine Erwachsene spielte – gehörte offenkundig nicht hierher. Sie war ein Fremdkörper. Wallace war das gleich aufgefallen, und er mußte den Zwang unterdrücken, ihr zu raten: »Verschwinden Sie von hier! Sie gehören nicht hierher! Laufen Sie weg!«

Sie setzten ihre Konversation fort, die sich um angenehm alltäglich Dinge drehte, und mittendrin versicherte sie ihm ohne jede Vorwarnung: »Er hält große Stücke auf Sie.« Dann zwinkerte sie ihm zu, wenn auch flüchtig. »Das hat bei ihm schon etwas zu bedeuten.«

Mekal. Sie meinte Mekal. Wallace wußte nicht, wie er reagieren sollte, und ließ sein leeres Glas von einer Hand in die andere wechseln.

»Sie stehen jedem in der Forschungsabteilung mit Rat und Tat zur Seite, sagt er. ›Wallace ist die intellektuelle Schmiere in unserem Getriebe!‹ Ich glaube, er ist sogar ein bißchen neidisch, obwohl er das nie zugeben würde. Niemals.«

»Das glaube ich nicht«, sagte Wallace.

»Sie kennen meinen Mann ...«

Worauf Wallace dachte: »Sie und er passen nicht zusammen. Das mit euch kann nicht gutgehen. Das war ein Fehler!«

Er spürte es – *wußte es* – und zitterte fast unter der Anstrengung, diese Gewißheit für sich behalten zu müssen.

Er dachte nicht an Liebe, nicht einmal an seine Liebe zu dem Mädchen. Dafür war er blind. Wenn jemand ihm gesagt hätte: »Du bist verknallt, Wallace«, dann hätte er es abgestritten und selbst nicht gemerkt, daß er log.

Und außerdem ging es hier nicht um Liebe.

Worum es ging – und es schien nichts Wichtigeres in der Welt zu geben –, war die Tatsache, daß Cindy und Mekal gegen die Natur lebten. Eine Ehe sollte eine funktionsfähige Einheit sein. Das arme Mädchen suchte zweifelsohne eine Vaterfigur. Und Mekal legte sich krumm, um seine Jugend wiederzuerlangen. Es war eine Schande, fand Wallace, und sogar ein wenig traurig; und er runzelte unwillkürlich die Stirn, während Cindy darüber plauderte, wie reizend sie solche Gesellschaften fand, und daß sie gern öfter Gäste hätte und ob er nicht noch ein Glas Punsch wolle. Einen Imbiß vielleicht? »Bedienen Sie sich«, sagte sie. »Fühlen Sie sich wie zu Hause.«

»Das müssen Sie sich ansehen«, sagte Meiter. »Wir haben sie heute morgen bekommen.«

Ein Monat war vergangen, die Softball-Saison beendet, und die Volleyball-Saison fing gerade an. Wallace schreckte aus seinem Tagtraum, blickte an Meiter hoch und fragte: »Worüber reden Sie?«

»Die Hand! Sie ist endlich da!«

Er meinte natürlich die Yeti-Hand. Wallace erinnerte sich an Gerüchte, daß das Institut im Austausch gegen Luftabwehrgeschosse ein abgetrenntes Stück Fossilien-Gewebe erworben hatte. Meiter führte ihn zum Kühlschrank und ließ ihn durchs Eis hineinspähen. »Sehen Sie? Ziemlich zermanscht, aber vollständig. Und alt. Vielleicht dreißigtausend Jahre, vermuten wir. Durch irgendwelche günstigen anaeroben Bedingungen ist sie erhalten geblieben. Torfmoos, eine tiefe Höhle, etwas in der Art. Was immer es war, es hat praktisch kein Verfall stattgefunden. Wir haben bereits die ersten Genkarten erstellt. Fossilien enthalten angeblich keine vollständigen Zellkerne, aber zum Glück schert sich die Hand nicht um die Lehrbücher. Es waren ein paar ordentliche Zellklümpchen dabei. Wir brauchen nichts zusammenzustückeln, ist alles gut erhalten!«

»Sieht so menschlich aus«, bemerkte Wallace. »Finden Sie nicht auch?«

Das verwirrte Meiter. »Oh, das würde ich nicht sagen.« Dann fragte er: »Woran sollte man das auch erkennen? Es könnte genausogut eine Affenhand sein...«

»Möglicherweise.«

»Und was das Schöne ist, das Allerbeste, sie stammt von einem Weibchen. Der Skalp war von einem Männchen, und hier haben wir die Dame. Sie liegen dreihundert Jahre auseinander, was eine genetische Streuung garantiert. Mekal sagt, daß unsere Spielkinder da oben drüber nachdenken, daraus eine große Sache zu machen und uns als Wohltäter zu verkaufen, die die Yetis wieder zum Leben erwecken. Sie überlegen sogar, einen Teil von Nepal anzukaufen, wo sie ein Reservat anlegen, neue Wälder pflanzen und die kleinen Biester von menschlichen Freiwilligen austragen lassen wollen. Toll, was? Ich find's klasse!«

Wallace betrachtete den häßlichen Klumpen aus Knochen und zerquetschtem Fleisch und wußte, daß er von einem Menschen stammte. Die Chromosomenzahlen von Menschen und Halbmenschen waren identisch. Er tadelte Meiter nicht, aber Tatsachen waren nun einmal nicht vom Tisch zu wischen. Was jemand glaubte, änderte nichts an den tatsächlichen Sachverhalten. Das war die wichtigste Erkenntnis, die er täglich in die praktische Arbeit umsetzte – die erdrückende Machtlosigkeit seiner eingefleischten Überzeugungen –, die ihm beim Denken und Neudurchdenken und dabei half, das Vertraute immer wieder in einem neuen Licht zu betrachten.

Später überbrachte ihm Meiter die betrüblichen Neuigkeiten. »Es ist eine menschliche Hand«, sagte er tapfer, »aber noch ist nicht alles verloren. Sie verfügt über ein primitiveres Genom, was die Akademiker neugierig machen dürfte. Von wegen menschliche Evolution und so.«

Wallace hatte eine Idee.

»Werden Sie die Karten vervollständigen?« fragte er. »Ich nehme nämlich an, daß noch niemand eine vollständig Kartierung eines so alten, gut erhaltenen Fossils vorgenommen hat.«

»Soll ich dafür die Geräte in Beschlag nehmen? Und Laborzeit vergeuden?«

Er konnte ihm keine vernünftigen Gründe dafür nennen; Wallace hatte nur das unabweisliche, doch vage Gefühl, daß dabei etwas Nützliches herauskommen konnte.

»Hören Sie«, sagte er. »Warum setzen Sie nicht ein paar Leute darauf an? Ich hole Mekals Unterschrift ein, wenn nötig. Einverstanden?«

Meiter zögerte.

»Machen Sie's einfach!« sagte Wallace dann.

Meiter lachte. »Also gut. Wir haben sowieso in Kürze etwas Leerlauf. Wenn mich jemand dafür zusammenstaucht, berufe ich mich auf Sie.«

Wenige Tage später war es geschafft. Wallace forderte den Computer auf, in den Poly-A-Bereichen nach einer ganz bestimmten Basenfolge zu suchen – man wußte nie, wo die mal wieder auftauchte –, aber es stellte sich bald heraus, daß vor dreißigtausend Jahren, zumindest bei dieser unglücklichen Frau, der verräterische DNA-Schnipsel gefehlt hatte.

Ja, dachte Wallace, weil er keine wichtige genetische Funktion erfüllt hätte.

Und wahrscheinlich gab es keinen anderen Forscher auf der Welt, der einem solchen Kleinod seine Aufmerksamkeit widmete.

Doch Wallace brachte den Enthusiasmus auf, jede erdenkliche Datei heranzuziehen, arbeitete die Nacht und den nächsten Tag durch, schuftete dann ein ganzes Wochenende lang und konfrontierte sich immer wieder mit der Frage, warum heute jeder lebende Organismus über das gleiche genetische Brandmal verfügte... und fand schließlich eine einfache, stimmige Antwort, die er einmal, ein zweites und ein drittes Mal überprüfte, um seiner Sache immer sicherer zu werden. Und schließlich war er soweit, daß er mit einem »Großer Gott!« beide Hände auf den Schreibtisch preßte, aufstand und Schwierigkeiten hatte, die Tür des Büros zu finden, in dem er seit sechs Jahren arbeitete...

Es war eine Nacht vollkommener Klarheit, und Wallace wußte, daß er seinen Höhepunkt erreicht hatte. Kein zweites Mal, wie lange er auch lebte, würde ihm etwas so Grandioses, Erstaunliches gelingen.

Doch während er durch die Gänge tappte und jemanden zu finden hoffte, dem er die Neuigkeiten erzählen konnte, und sei es nur ein eingenickter Wachmann, kam ihm ein anderer Gedanke, so daß er stehenblieb, den Kopf sinken ließ und angestrengt über die neue Möglichkeit nachdachte.

Fünf Minuten später hatte er seinen ersten Erfolg noch überboten.

Mit vor Aufregung zitterten Händen und müden, feuchten Augen spürte Wallace, wie über ihm die Decke aufklaffte, als sollte sie im Glückstaumel seine Seele freisetzen...!

»Sie kommen mir vor wie ausgekotzt«, stellte Mekal fest. »Schauen Sie mal in den Spiegel, Wallace. Mein bestes Pferd im Stall sieht aus, als hätte es die letzten Tage in einer Latrine genächtigt. Ganz zu schweigen davon, daß Sie auch nicht gerade nach Parfüm duften.«

»Ich muß schlafen«, gab Wallace zu. »Ich fahre jetzt nach Hause.«

»An einem Montagmorgen? Sie können uns doch nicht einfach hängenlassen!« Mekal tadelte ihn mit erhobenem Zeigefinger. »Hampton und Yates sind mit ihrem Taubenprojekt wieder an ein Hindernis gestoßen. Nicht mit den natürlichen Genen, aber mit dem ganzen Drumherum. Ich weiß, das ist nicht Ihr Fachgebiet, aber es ist eine Auftragsarbeit, und der Kunde wird langsam nervös...«

»Morgen«, versprach er und fügte hinzu: »Ich wollte erst mit Ihnen reden. Ich habe selbst ein Problem, nur eine Kleinigkeit... aber es könnte sich als wichtig erweisen. Ich weiß nicht warum, aber ich werde das Gefühl nicht los.«

»Na, das ist doch super!« Mekal meinte das ernst. »Gott, Ihre Gefühle haben uns schon so manchen Batzen Kohle eingebracht. Sobald Sie das mit den Tauben erledigt haben, werde ich Ihnen etwas Extrazeit einräumen.«

»Ich hatte genug Zeit. Ich komm einfach nicht dahinter.«

»Wirklich...?«

»Ich habe überlegt, ob... ob Sie sich vielleicht dransetzen könnten. Was halten Sie davon? Ich erlaube Ihnen Zugriff auf die Dateien, gebe Ihnen meine Notizen, und Sie arbeiten daran. In ihrem eigenen Tempo. Gönnen Sie mir ein bißchen Urlaub von dem verdammten Ding, ja?«

»Wirklich?« Mekal war mehr überrascht als mißtrauisch. Wallace vertraute *ihm* eine Arbeit an? Er betraute *ihn* mit einem Rätsel, das er selbst nicht lösen konnte? Es dauerte einige Sekunden, bis Mekals Ego darauf ansprang, dann nickte er und nahm die Herausforderung an. »Ja, klar, warum nicht? Ich werd mir die Zeit einfach nehmen. Cin hat heute abend mit irgendeinem Wohltätigkeitskram zu tun und wird mir nicht im Weg sein... Ich denke, ich werd's einfach mal versuchen.«

Was er dann auch machte. Einige Tage lang betrachtete er die Sache von allen Seiten und kam zu keinem Ergebnis. Eine Woche lang mied Wallace seine Gesellschaft, hatte ein Auge darauf, welche Dateien Mekal einsah, tat sonst aber nichts. Wallace hatte alles so arrangiert, daß die Schlußfolgerungen nicht zu offenkundig waren, aber genug Hinweise versteckt, die in die richtige Richtung wiesen. Oder doch nicht? Was für Wallace auf der Hand lag, bereitete Mekal heftiges Kopfzerbrechen. Mekal war keinesfalls dumm; aber manchmal, wenn er Zeuge wurde, wie sein Chef Dateien kopierte und ersetzte, wäre Wallace am liebsten in sein Büro geplatzt und hätte ihn angeschrien. »Das sieht doch ein Blinder! Denken Sie doch nur mal geradeaus!«

»Ich glaube«, berichtete Mekal in der folgenden Woche, »daß es nur sinnloser Müll ist. Ein ziemlich hartnäckiger Müll, klar, aber das liegt an seinen strukturellen Besonderheiten. Mehr steckt nicht dahinter.«

»Das kann nicht sein«, erwiderte Wallace ohne die Spur eines Zweifels. »Warum stoßen wir dann überall darauf? Können Sie mir seine Verteilung erklären?«

»Ich weiß, ich weiß. Sie haben recht, das ist schon seltsam. Es sind immer dieselben Sequenzen, unabhängig von der Spezies. Die mittleren Abschnitte variieren, und ich weiß nicht warum. Vielleicht die Kodereste eines ausgestorbenen Virus...«

»In Eichen und in Menschen?«

»Ein universeller Virus vielleicht?«

»Aber nicht in einer Frau, die vor dreißigtausend Jahren gestorben ist. Und auch nicht in unvollständigen Fossilien-Proben.«

»Dann ein genetischer Furz.« Mekal versuchte zu lachen.

»Dann wollen Sie aufgeben?« rief Wallace, als habe ihn jemand schwer beleidigt. (Was nicht zutraf. Er war in Panik.) »Ich habe seit Jahren daran gearbeitet. Sie haben schon gute Arbeit geleistet, Fehlschlüsse ausgesondert und mögliche Erklärungen eingegrenzt. Wollen Sie nicht noch dranbleiben? Wenigstens ein bißchen?« Er machte eine Pause und sagte dann: »Machen Sie's einfach. Oder wollen Sie nicht?«

Machen Sie's einfach.

Einen Moment lang wirkte Mekal angewidert und völlig uninteressiert; aber diese beiden Worte zeigten Wirkung, trafen ihn tief und veranlaßten ihn, aus Stolz oder Angst vor dem Scheitern zu erwidern:

»Na gut. Wenn ich Zeit habe. Aber mehr kann ich nicht versprechen.«

Daraufhin ging Wallace in sein Büro zurück, versteckte klammheimlich einige weitere Hinweise in Dateien, auf die Mekal noch nicht zugegriffen hatte, und hoffte, daß sie genügen würden. Doch im selben Moment wurde ihm klar, daß die Hoffnung trog. Es fehlte noch etwas...

Die nächsten beiden Wochen geschah nichts. Wallace hing mit dem Taubenprojekt fest, und Mekal arbeitete härter, als er je zugegeben hätte, verzichtete auf seine Nachtruhe und die Wochenenden, und sein Gesicht war ausgezehrt und müde, als er mit der Bitte an Wallace herantrat, das Volleyballspiel heute abend zu besuchen. Sie würden ihn vielleicht als Auswechselspieler oder wenigstens für den Spielbericht brauchen. Wie wär's damit? Wallace war einverstanden, und nach dem ersten Spiel erschien Cindy. Sie kam gerade aus der Aerobic-Stunde und trug ein langes Sweatshirt über der engen Leggins. Zu schade. Aber Wallace war selig, als sie sich auf den leeren Stuhl neben ihn setzte, sich sogar an seinen Namen erinnerte und dann ihren Mann im zweiten Spiel anfeuerte.

Sie mußten wieder gegen die Säcke von der Marketingabteilung antreten. Bei denen schien jeder mindestens einsfünfundachtzig groß zu sein und Sprungfedern in den Schuhen zu haben. Das Spiel drohte ständig, in ein Schlachtfest auszuarten. Mekals heroischen Anstrengungen war es zu verdanken, daß der Rückstand nie mehr als sieben oder acht Punkte betrug. Und als endlich ein langer Ballwechsel gewonnen wurde, beugte sich Cindy zu Wallace hinüber und sagte: »Wissen Sie, er mag's nicht, wenn ich zuschaue. Er hat Angst, er macht sich...«

Ein Schrei, ein schwammiger weißer Ball titschte ins Leere, und Mekal lag auf dem harten Boden und hielt sich einen Knöchel, das Gesicht bleich wie Hüttenkäse. Eine schwere Verstauchung, lautete das Urteil der Sanitäter. Er wurde vom Feld getragen, und Cindy besorgte von irgendwo Eis und Handtücher. Wallace sah zu, wie sie, aufrichtig besorgt und voll mütterlicher Fürsorge, ihren Mann verarztete; sie schien zu wissen, wenn ihre Aufmerksamkeit ihm peinlich wurde, denn unversehens kehrte sie auf ihren Platz neben Wallace zurück und beobachtete Mekal nur mehr aus den Augenwinkeln, ließ ihn ansonsten aber allein vor sich hin schmollen.

»Ich kenne sie nicht einmal«, sagte sich Wallace. »Ich habe – wieviel? – vielleicht zehn Minuten in meinem Leben mit ihr verbracht, und was bilde ich mir ein? Fange ich jetzt an zu spinnen?«

Potz freute sich darüber, daß sie zum Einsatz kam. Ihren Schmetterbällen und sauberen Hebern waren die vier Jahre College-Volleyball anzumerken, und der Forschungsabteilung gelang ein Comeback. Es schien, als sollte das Match noch eine Ewigkeit auf der Kippe stehen.

Zwischendurch versuchte Mekal aufzustehen und hinkte so kraftlos, daß es ein Jammer war.

Am Ende saß er auf der anderen Seite neben Wallace und beobachtete das Geschehen mit einer Mischung aus Qual und fiebriger Erregung, und vielleicht war das der Grund, warum Cindy das Thema wechselte. Sie spürte wohl, daß es das Beste war, die Aufmerksamkeit der anderen abzulenken, wenn auch nur oberflächlich.

»Wie läuft denn die Sache mit den Tauben?« fragte sie Wallace.

Er versuchte sich zu erinnern, was er mit Tauben zu schaffen hatte. Seine Gedanken blieben immer wieder hängen, und schließlich sagte er: »Schon viel besser.«

»Mekkie hat mir davon erzählt...«

»Mekkie?«

»...und es hört sich aufregend an. Und nett. Wieviele Wandertauben machen Sie denn? Ich meine, in diesem Testschwarm.«

»Fünftausend«, brachte Wallace heraus.

»Das finde ich sehr edelmütig von Ihnen«, versicherte sie ihnen beiden.

»Er macht's für eine Pizza-Kette«, schnauzte Mekal dazwischen. »Damit sie mehr Pizzas verkaufen können.«

»Trotzdem.« Sie weigerte sich, seinen Zynismus zu teilen. »Eine gute Sache ist eine gute Sache, ganz gleich aus welchen Motiven.«

Wallace fühlte sich etwas schwach. Sie klang so jung, süß und edel, und er hatte fast vergessen, den nächsten Punkt zu notieren.

»Ich verstehe Genetik nicht so richtig«, erzählte Cindy gerade. »Mekkie hat's mir tausend Mal zu erklären versucht. Basenpaar und dominierende...«

»Domi*nante*«, verbesserte sie ihr Mann.

»... aber ich steige da einfach nicht durch. Ich fürchte, dafür fehlt's mir ein bißchen an Köpfchen.«

»Das glaube ich nicht«, erwiderte Wallace. »Da bin ich mir ganz sicher.«

»Meinen Sie?«

»Daran habe ich keinen Zweifel.«

Mekal schien sie beide zu ignorieren und beobachtete mit gefurchter Stirn den Ball, der in hohem Bogen über den Platz flog.

Wallace hatte eine Idee, eine plötzliche Eingebung. »Wie wär's, wenn ich Ihnen die Grundlagen der Genetik erkläre? Ich meine, so wie *ich* sie sehe.«

Cindy lächelte, während sie unverwandt aufs Feld schaute. »Gut. Dann mal los.«

»Stellen Sie sich die DNA als eine andere Art der Verständigung vor. Das ist alles. Chromosomen und der Rest sind nur Maschinen, die die Worte der DNA festhalten. Gene sind für die Zukunft gedachte Folgen von Anweisungen. Sie sagen künftigen Generationen, wie sie Proteine aufbauen, wie ihr Stoffwechsel funktioniert und wie sie sich fortpflanzen, wenn sie an der Reihe sind. Die einzelnen Teile funktionieren im Grunde ganz einfach. Das Komplizierte daran ist nur, daß es so viele Teile sind, verstehen Sie? Ich verstehe nicht mehr als einen Bruchteil des Ganzen, und die Genetik ist mein Beruf. Deshalb komme ich mir die meiste Zeit auch ziemlich ärmlich vor.«

»Wirklich?« fragte sie.

»Oh, natürlich.« Er machte eine Pause und überlegte, was er als nächstes sagen sollte. Dann hörte er seine Stimme, die plötzlich ohne sein Dazutun zu reden schien. »Betrachten Sie Ihre Gene einmal unter diesem Aspekt. Ihre Eltern und Großeltern und alle früheren Generationen ... all diese Menschen, ein Chor von Millionen biochemischer Stimmen, deren Worte von einer Maschinerie verschlüsselt werden, die sehr viel komplizierter und weit zuverlässiger ist als alle Maschinen, die je von Menschenhand ersonnen wurden.«

»Darüber sollte man einmal nachdenken«, sagte sie.

Mekal streckte seine malträtierten Beine und sagte nichts.

»Wir haben viel mitbekommen, und eine Menge davon wird nicht einmal mehr genutzt. Für mich ist meine Arbeit so etwas wie eine Schatzsuche.« Nun vergaß er alle Vorsicht und wurde kühn. »Mir kommt da gerade ein komischer Gedanke. Es geht um dasselbe Thema, nur ist es eine andere Art, es zu betrachten. Stellen Sie sich vor, wir reisen eines Tages zu einem anderen Stern und entdecken auf einem seiner Planeten Leben. Primitiver als auf der Erde, aber vielleicht wird es irgendwann Lagerfeuer entzünden und Blockhäuser bauen. Wer weiß? Also entschließen wir uns, eine Nachricht für die Zukunft zu hinterlassen. Wir könnten sie natürlich in Stein einmeißeln, aber was wird, wenn der Stein verwittert? Wir könnten sie auf dem Mond des Planeten hinterlassen, aber kein Ort wäre wirklich sicher. Unser eigentliches Anliegen ist, die Nachricht irgendwo einzumeißeln, wo nichts sie zerstören kann. Wir verwenden einen einfachen Code, aber wie sollen wir ihn übermitteln? Wo würde ein Kode automatisch repariert und vervielfältigt werden, ohne daß wir uns sorgen müßten...«

»In den Genen? Im Erbgut der Aliens?« Cindy schien der Gedanke tatsächlich zu faszinieren, und sie fragte: »Habe ich recht? Das haben Sie doch gemeint, oder?«

»Ich glaube schon.« Es war die logische Schlußfolgerung, auf die Wallace vor einigen Wochen gekommen war. »Wenn ich je in einem Raumschiff säße, würde ich darüber nachdenken.«

Eine ganze Weile sagte keiner von beiden etwas.

Wumms kam der Aufschlag, hart und flach, und traf auf dem Boden auf. Punkt! Satz! Sieg!

Aber weder fluchte Mekal, noch zog er ein Gesicht. Als er aufstand und aus den Handtüchern Eiswasser um seine Füße tropfte, stieg er sogar überraschend behende von der Tribüne, während er in die Ferne starrte. Ins Leere. »Na gut, das war's dann«, sagte er schließlich. »Wie wär's, wenn wir nach Hause fahren, Cin? Was meinst du?«

»Du hast gut gespielt«, versicherte sie mit klarer Stimme.

»Schätze schon«, sagte er, zuckte mit den Schultern und ging in Richtung Tür. »Ganz gut.«

Mekal machte sich rar. Manchmal sah Wallace nach, wie oft er am Computer gesessen hatte, aber ihm war offensichtlich noch kein langfristiger Durchbruch gelungen. Er machte inzwischen eifrig von Dekodierungsprogrammen Gebrauch und zog Fachleute aus der mathematischen und physikalischen Abteilung ebenso zu Rate wie einen Patentrechtler. Es machten Gerüchte über große Ereignisse die Runde. Potz berichtete über nächtliche Sitzungen mit hochrangigen Managern der Firma, der auch einige ausgewählte Regierungsvertreter beiwohnten. Es gab unklares Getuschel über eine große Entdeckung, und Mekal war der Dreh- und Angelpunkt; aber die Gerüchte erwiesen der Wahrheit keinen guten Dienst. Irgendwann in den letzten dreißigtausend Jahren hatten Aliens die Erde besucht, künftige Möglichkeiten erkannt und kodierte Nachrichten in jedem lebenden Organismus hinterlassen. Derart verrückte Dinge dachte sich niemand beim Frühstückskaffee aus. Und Mekal sollte darauf gekommen sein? Das strapazierte die Wahrscheinlichkeit über alle Maßen.

Schließlich war von einer großen Bekanntmachung die Rede, einer Pressekonferenz in Verbindung mit einer Sitzung der wichtigsten Firmenvertreter. Sie sollte erst am Donnerstag stattfinden, dann aber Freitag. Freitag... Und es geschah Donnerstagnachmittag, daß Mekal in Wallaces Büro auftauchte, vorsichtig die Tür schloß, sich setzte und sagte: »Hören Sie mir zu!«. Und sonst nichts mehr. Er saß mit schlaffen Händen im Schoß und offenem Mund da, der Blick leer vor Erschöpfung.

»Sind Sie mit der Sache weitergekommen, die ich Ihnen anvertraut habe?«

»Ja«, sagte Mekal. »Ja, allerdings.«

»Schön.«

Mekal leckte sich die Lippen. »Natürlich sind es Ihre Daten. Dafür werde ich Sie selbstverständlich honorieren, und schließlich waren Sie es, der sie für wichtig gehalten hat.«

»Sind sie das denn?«

Mekal blinzelte. »Häh?«

»Ob sie wichtig sind?«

»O ja. Klar sind sie das.« Er faßte in Stichworten zusammen, was er entdeckt hatte. Es war bestenfalls die Hälfte von dem, was Wallace selbst in einer einzigen Nacht entschlüsselt hatte; aber dann fügte Mekal hinzu, daß noch mehr darin steckte und Experten von überall sich der Sache angenommen hatten. »Sie werden für Ihren Beitrag anständig honoriert, möchte ich Ihnen versichern...«

»Danke.«

Mekal war von Wallaces Haltung, von seinem völligen Mangel an Feindseligkeit ihm gegenüber erschüttert.

»Hört sich äußerst interessant an«, sagte Wallace. »Was haben die Aliens uns denn zu sagen?«

»In den Primaten, allen Primaten, verstecken sich Sternkarten. Zum Beispiel. Die Botschaften sind entlang taxonomischer Linien aufgeteilt«, wie Wallace schon vermutet hatte, »und andere Gattungen enthalten mathematische Formeln und digitalisierte Fotos. Die Insekten dürften den Großteil des Textkorpus enthalten. Eine Unmenge neuartiger Technologie. Es ist wie... das Ganze ist, als... als hätten wir einen Schlüssel zum Universum, verstehen Sie?«

Wallace nickte und bemühte sich, zu lächeln.

»Oh, und Sie können morgen dabeisein. Und dasselbe Lob einheimsen wie die anderen.«

»Danke, Mekal.«

Dieses unablässige Wohlwollen brachte Mekal schier um. Er knurrte fast. Dann stand er auf und wandte sich zum Gehen.

»War nicht schlecht, daß ich Sie drauf angesetzt habe, was?«

Mekal machte eine Pause und warf ihm über die Schulter einen Blick zu.

»Habe ich recht?«

»Ja, stimmt«, sagte Mekal.

»Meinen Glückwunsch.«

Der lange Kerl wußte nichts mehr zu sagen. Er konnte nur noch den Türknopf drehen und bewegte sich wie ein wandelnder Sprengkörper, als er langsam und zögernd die Tür aufzog und zaghaft den Flur entlangsah, bevor er mit einem letzten Blick zurück hinausging. Seinem Gesicht gelang ein Lächeln unter den weit aufgerissenen Augen. Wie vom Donner gerührt.

Die Monate vergingen. Wallace sah Cindy erst wieder, als im Frühling die Tauben eintrafen und die Firma unmittelbar unter ihrer Flugroute ein Picknick veranstaltete. Der Schwarm war in einem nachgezogenen Waldstück im Süden freigelassen worden; ihre genetischen Informationen verrieten ihnen, wohin sie fliegen mußten, und führten sie in einen Nationalpark in Nordmichigan. Natürlich standen Pizzas und einige prahlerische Reden über den Erfolg des Projekts im Mittelpunkt des Picknicks. Wallaces Name wurde erwähnt. Applaus erhob sich, dann rief jemand: »Da kommen sie!«. Und die ersten wilden Wandertauben seit mehr als einem Jahrhundert flogen direkt über sie hinweg.

Es war ein seltsamer Anblick. Die Vögel bildeten eine große Scheibe am strahlend blauen Himmel. Die Scheibe sollte wie eine fliegende Pizza aussehen; diese Verhaltensgene waren der kniffligste Teil der Arbeit gewesen. Wallace zeigte in den Himmel und sagte zu Cindy: »Diese Zusammenballungen sollen die Anchovis darstellen«, und sie lachte leise, fast lautlos.

Mekal hatte es nicht mehr geschafft. Cindy hatte erklärt, daß er sich wieder in Europa aufhielt, Vorlesungen hielt und sich mit einigen deutschen Interessenten traf. Die Botschaften und technischen Entwürfe der Aliens waren zum Allgemeingut erklärt worden, aber bisher verfügte nur die Firma über ausführliche Dokumente. Die Deutschen wollten nicht den Anschluß verlieren, und hinterher flog Mekal nach Japan...

»Scheint schwer beschäftigt zu sein«, hatte Wallace gesagt.

»Zu beschäftigt, fürchte ich. Aber er scheint glücklich zu sein.« Cindy trug Jeans und einen hellroten Pullover, und sie hatte Wallace hin und wieder einen beiläufigen Blick zugeworfen. Manchmal glaubte er einen Anflug von Einsamkeit in ihrer Stimme zu hören. Dann auch wieder nicht. »Ich weiß, man kann sich das schwer vorstellen«, hatte sie gesagt, »aber er genießt mehr Anerkennung, als er je für möglich gehalten hätte. Und das hat bei Mekkie schon etwas zu bedeuten. Aber das wissen Sie ja. Schließlich sind sie sein Freund.« Sie lächelte, und ihr hübsches Gesicht wirkte etwas voller, als er es in Erinnerung hatte. Aber so hübsch, so jung, und diese Augen sahen ihn direkt an.

»Ich kenne Mekkie ganz gut«, sagte er.

Manchmal beneidete Wallace Mekal um seinen Erfolg, und das überraschte ihn. Er hatte geglaubt, es läge nicht in seiner Natur, sich um so banale Dinge zu scheren. »Nein, es genügt, daß *du* weißt, wer die Entdeckung gemacht hat«, mußte er sich einschärfen. »Die Dinge sind so, wie sie sind. Das Urteil der Welt hat dabei keine Bedeutung.« Und wenn er ehrlich war, hätte Wallace der ganze Trubel genervt. Wie eine Trophäe herumgereicht zu werden, das Sprachrohr der Firma zu sein, und der endlose Ansturm der Reporter und Fremden, die wer weiß was wollten. In der Hölle konnte es nicht schlimmer zugehen. Mekal war im Begriff, der berühmteste Wissenschaftler seit Einstein zu werden, aber Einstein hatte vor der Zeit des Fernsehens und des Marketings, der Talkshows und des Overkills gelebt. Poster Mekals wurden millionenfach verkauft. Er war der ideale Werbeträger – ein solider, hitziger und männlicher Wissenschaftler – und wäre es um so mehr, sollten die Gerüchte um den Nobelpreis wahr werden.

Nein, Wallace war dankbar für seine Anonymität.

Besonders jetzt, dachte er, als er nah genug neben Cindy stand, um ihr Parfüm zu riechen und ihre sanfte Wärme zu spüren.

Es gab nicht nur Gerüchte, die sich um den Nobelpreis drehten. Sondern zum Beispiel auch um Mekal und die Frauen. In jedem Hotelzimmer erwartete ihn ein Meer von Blumen, die Verehrerinnen geschickt hatten. Revolverblätter brachten ihn mit verschiedenen Models und jungen Schauspielerinnen in Verbindung. Selbst Potz hatte angeblich etwas mit ihm und eines Nachts mit ihm sein riesiges neues Büro eingeweiht – berichtete jedenfalls der Hausmeister, der im Flur gestanden, sich auf seinen Besen gestützt und gelauscht hatte. Und natürlich waren Cindy einige der Geschichten zu Ohren gekommen, was Wallace leid tat. Aber hatte er es selbst nicht so arrangiert? Er kannte Mekal gut genug, daß er vorhergesehen hatte, wie sich die Sache entwickeln würde. Der Erfolg kann das Leben eines Menschen verdrehen und verwandeln. Der Ruhm verdirbt nicht den Charakter, sondern bringt zum Vorschein, was bereits vorhanden ist.

Die Tauben waren verschwunden, in perfekter Formation – eine riesige fliegende Reklametafel, die unterwegs Pizzas an ein nie gesehenes Heimatland verkaufte.

Was für ein schöner Tag, heiter und ruhig und nur ein wenig kühl; und Wallace starrte eine ganze Weile in die grüne Landschaft hinaus, lächelte bei sich und versank in einen Tagtraum.

»Tja, ich find's schön, daß ich sie gesehen habe«, sagte Cindy.

Die Tauben natürlich.

Sie umarmte sich selbst und sagte: »Ich glaube, ich fahre jetzt nach Hause. Ich friere hier nur.«

»Vielleicht fahre ich auch.«

Sie begaben sich hinunter zum Parkplatz. Für Wallace war jeder Schritt voller Möglichkeiten. Mekal war fort, seine Frau allein und einsam. Er bemerkte, wie sie ihn von der Seite ansah, als versuche sie etwas abzuschätzen, und schließlich sagte sie: »Wissen Sie, er hat Angst vor Ihnen. Ich glaube nicht, daß Mekkie in den letzten Monaten auch nur eine Nacht durchgeschlafen hat.«

»Angst?«

»Natürlich.« Sie blieb stehen und sah in die Runde, um sich zu vergewissern, daß sie allein waren. »Sie halten ihn bestimmt für einen Idioten, aber das ist er nicht. Sie haben ihm alles Material und alle Hinweise in die Hand gegeben, und dann haben sie zugesehen, wie er den Ruhm einheimst...«

»Er hat sich alles verdient«, sagte Wallace mit fester, beherrschter Stimme.

»Er glaubt, Sie hassen ihn. Daß Sie planen, ihn zu

vernichten.« Das Mädchen machte ein besorgtes Gesicht, das ihren eigenen Mangel an Schlaf verriet. »Er vermutet, daß Sie irgendwie hinter das Geheimnis gekommen sind. Sie haben als erster die Botschaft der Aliens entziffert, und wenn Sie wollen, können Sie ihn wie einen Betrüger dastehen lassen.«

»Nein«, sagte er. »So etwas würde ich nie tun!«

Sie erwiderte nichts.

Wallace war erstaunt, daß sich keinerlei Zorn gegen ihn richtete.

»Was planen Sie dann?« fragte sie ihn.

Er öffnete den Mund und schloß ihn wieder.

»Ich bin doch nicht dumm, Wallace. Sie meinen vielleicht...«

»Nein, nein. Überhaupt nicht!«

»...aber mich halten Sie nicht zum Narren. Sie haben gewußt, was Sie ihm da in die Hände gegeben haben, und behaupten Sie nicht, das stimmt nicht.«

Darum ging es also. Noch vor einer Minute hatte er sich vorgestellt, mit Cindy auf dem Wohnzimmerteppich zu schlafen; und nun kam ihm der Tagtraum wie eine klare und sichere Vorahnung vor. Er faßte eine ihrer Hände und drückte sie fest. Und in kurzen, abgehackten Sätzen eröffnete er ihr die Grundzüge seines kühnen Plans.

Was ihn überraschte, war der Umstand, daß sie nicht überrascht war.

Cindy ließ ihn ihre kühle Hand halten und richtete ihre blauen Augen auf ihn; und nach einer Minute unterbrach sie ihn barsch. »Sie behaupten also«, sagte sie, »daß Sie meiner Ehe absichtlich Schaden zugefügt haben, weil sie *Ihre* Erwartungen nicht erfüllt hat und weil *Sie* den Eindruck hatten, ich wäre mit einem anderen glücklicher«, und zog ihre Hand zurück, schloß die Augen und hielt sie geschlossen.

Wallace geriet in Panik. Er mußte etwas sagen, irgendwie ihren Zorn auf etwas anderes lenken. Deshalb erzählte er ihr von Potz und Mekal und stellte es so dar, als sei er derjenige gewesen, der vor der Bürotür gelauscht habe. Cindy sollte begreifen – begreifen *und* zugeben –, daß ihr Mann sie nicht wert war, daß sie einen Mann finden konnte, der sie behandelte, wie sie es verdiente...

... und sie schlug ihn mit der Hand, die er eben gehalten hatte, und das laute *Klatsch* war schlimmer als der Schmerz. Sein Kopf zuckte nach hinten, und mit lauter und hastiger Stimme versicherte sie ihm: »Ich will Sie nie wiedersehen. Ich will nie wieder in Ihrer Nähe sein. Sie sollen nur wissen, wie sehr ich Sie hasse, Sie Scheißkerl. Sie gottverdammter Scheißkerl!«

Dann drehte sie sich herum und lief weg.

Und Wallace stand mit offenem Mund und leerem Hirn da und brachte keinen Laut heraus. Was sollte er auch sagen? Schließlich weinte er, schlug beide Hände vors feuchte Gesicht und hatte keinen Zweifel, daß er jeden Moment vor Scham sterben würde. Aber er konnte es nicht. Es war unmöglich. Tausende Gene in ihm, in Billionen Kopien vorhanden, hielten ihn mit ihren äonenalten Instruktionen am Leben, ließen ihn atmen und trauern, während die Leute aus sicherer Entfernungen herübersahen, auf ihn zeigten und miteinander tuschelten.

Originaltitel: ›Treasure Buried‹ · Copyright © 1994 by Mercury Press, Inc. · Aus: ›The Magazine of Fantasy & Science Fiction‹, Februar 1994 · Aus dem Amerikanischen übersetzt von Michael K. Iwoleit

Esther M. Friesner

ZWEI LIEBENDE, ZWEI GÖTTER UND EINE FABEL

Also gut, einige Einzelheiten fehlen. Die Zeit hat ihre Auswirkungen auf die Ereignisse. Wo sind Sie gewesen, als Sie die Berichte über die Schüsse hörten, die vom Hügel, vom Book Depository, dem nächsten Wagen (was Sie wollen) abgefeuert wurden? Ja, einverstanden, aber was hatten Sie an? Was war die letzte Mahlzeit, die Sie zu sich genommen hatten? Wer die letzte Person, mit der Sie telefoniert haben, bevor in Dallas diese Schüsse knallten, und was zum Teufel wollte derjenige von Ihnen? Gar nicht so einfach, was? Also machen Sie's mir nicht so schwer. Hören Sie einfach zu. Manchmal kommt's auf die Einzelheiten nicht an. So wie in diesem Fall zum Beispiel.

Folgendes müssen Sie wissen: Es gab einmal zwei Liebende. Sie liebten sich fast bis zur Verzweiflung, weil sie wußten, daß sie eines Tages sterben würden. Damit war ein Bruch eingetreten, und solche Brüche gehen immer bis tief ins Herz. Die meisten Liebenden, denen das zu Bewußtsein kommt, geben sich gewöhnlich damit zufrieden, ihre Verzweiflung durch eine Zeugung an die nächste Generation weiterzugeben, aber für Liebende waren diese beiden sehr vernünftig. Sie wußten, daß das Kind, das sie zeugen und zur Welt bringen würden, eben nicht mit ihnen identisch wäre. »Akzeptieren wir keinen Ersatz!« Sie wollten nicht in einem neuen Körper weiterleben. Sie wollten einfach nur leben.

Was Ihnen sonst noch helfen könnte: Das alles ist vor langer Zeit geschehen. Wo? Vielleicht im alten Ägypten, vielleicht in einer der kriegerischen Städte Babyloniens. Ich weiß es nicht. Ich hab's vergessen, und es ist mir egal. Niemand hat's mir gesagt. Vergessen Sie nicht, was ich Ihnen über die Details gesagt habe. Oder haben Sie nicht aufgepaßt? Sie sollten auch wissen, daß das Ganze noch nicht so lang her ist, daß es noch keine Götter gab. Die Götter wurden schon als notwendig erachtet. Die Götter waren vorhanden.

Worüber Sie sich keine Gedanken zu machen brauchen: Namen. Weder die der Liebenden, noch des Ortes, wo sie sich liebten, noch der Götter, die sie beobachteten, noch der Spiele, die die Götter dabei spielten. Nehmen wir an, daß die Götter Würfeln spielten, wenn Sie sie sich als frivol vorstellen wollen, von diesen oder jenen müßigen Beschäftigungen eingenommen. Nehmen wir an, daß sie im Schaffen und Niederreißen von Welten gerade eine Kaffeepause einlegten. Das ist fast so spaßig wie Würfelspielen, und man verliert weniger Geld dabei. Sie tranken ihren Kaffee schwarz mit zwei Stückchen Zucker und sind von ihren Donuts nie dick geworden.

Was immer die Götter sonst machten, ab und zu erhörten sie auch die Gebete. Jetzt wissen Sie erst, wie alt diese Geschichte wirklich ist, denn die Götter konnten Gebete erhören, ohne sich einen Priester in die Ohren zu stecken und die Lautstärke aufzudrehen. Es war nett, Gebete zu erhören. Etwa so, als wenn man sich's bei MTV vor dem Fernseher gemütlich macht. Manchmal bekam man was richtig Interessantes mit.

Und was die Götter hörten:
Nein, Moment. *Was nur zwei der Götter hörten:*
(Die anderen nahmen es nicht zur Kenntnis. Eine

Auseinandersetzung war in einem Winkel einer Gegend ausgebrochen, wo es immateriell und paradiesisch genug war, daß göttliche Wesen dort ihre Hintern breitmachen und trotzdem allgegenwärtig sein konnten. Aber Götter waren Götter und als solche allwissend, also blieb ihnen gar nichts anderes übrig, als es zur Kenntnis zu nehmen. Moment mal, dafür gibt's einen Grund. Keinen, der so schwer zu finden ist, als wenn einen Kinder fragen, warum sie eines Tages sterben müssen, oder warum gute Menschen alt und komisch werden, oder – halt. Ich kann das rechtfertigen. Ich habe damals für Reagan gestimmt; ich kann alles rechtfertigen.)

Es hörten nur zwei Götter zu, weil die anderen Götter nichts darum gaben. Sie brauchten es nicht zur Kenntnis zu nehmen. Weil sie allwissend waren, wußten sie schon Bescheid, aber weil man alles über irgend etwas weiß, heißt das noch nicht, daß es einen sonderlich interessiert. Die anderen Götter hörten es und gaben einen Dreck drum.

Einfach so.

Der Gott des Gefühls und der Gott der Gaunereien hörten folgendes:

»O Ihr Allmächtigen, wir lieben uns inniglich! Laßt uns ewig leben!«

Das war's schon. Das war das ganze Gebet. Knapp, präzise, auf den Punkt gekommen. Es war ein sehr gutes Gebet. Es kommt nicht drauf an, wer es sich ausgedacht hatte, aber ich wette auf die Frau. Es kommt nicht darauf an, ob einer oder beide Liebende es an die Götter richteten oder wie oft. Wenn man die Götter dazu bringen kann, ihre blöden Würfel wegzulegen und die Ohren zu spitzen, reicht einmal.

In jener Nacht – weil Träume diskret sind und die Götter die Öffentlichkeit scheuen – erschien der Gott des Gefühls den Liebenden im Traum. Und der Gott des Gefühls sagte ihnen folgendes:

»Es ist mir ein Herzenswunsch, Euer Gebet zu erhören. Ihr werdet ewig leben. Dafür müßt ihr nur eines tun...«

Dann verschwand der Gott. Den Liebenden ging es durch Mark und Knochen. Sie saßen aufrecht im Bett und klammerten sich eng aneinander.

»Ich habe geträumt...«
»Ich auch!«
»Hast du gehört, was...?«
»Ich habe nicht zuende geträumt.«
»War das denn bloß ein Traum?«
»Wenn wir weiterschlafen und noch mal träumen, und wenn die Götter uns dann sagen, was wir zu tun haben, werde ich glauben, daß es nicht bloß ein Traum war.«

Also wiegten sich die Liebenden auf die süßeste Weise, die sie kannten, in den Schlaf, und so kam es – was nur ein höflicher Weg ist, zu sagen, daß der Gott sich dazu herabließ, sich ihrer anzunehmen –, daß sie ein weiteres Mal im Traum besucht wurden.

Das Bild des Gottes des Gefühls erschien und sagte: »Wo war ich stehengeblieben?«

»Ihr wolltet uns ewig leben lassen«, erwiderten die Liebenden. Sie hielten es für klug, einfach zu ›vergessen‹, daß der Gott noch den Preis für sein Unsterblichkeitsgeschenk nennen wollte.

Man sollte vor Göttern nie den Klugscheißer spielen. Sie sehen alles, sie wissen alles, sie sind alles und überall, aber sie haben keinen Sinn für grobe Scherze und das macht sie empfindlich.

»Das habe ich«, kam die Antwort. »Aber ich wollte auch sagen, daß ihr dafür erst etwas tun müßt. Oder habt ihr das ›vergessen‹?«

Den Liebenden war das sichtlich peinlich. »Sagt es uns, o Göttliches Wesen«, murmelten sie und starrten im Traum auf ihre Zehen.

»Es gibt viele Wege zur Unsterblichkeit«, erklärte

das Bild. »Es kommt nicht darauf an, wie *lange* man ewig lebt, sondern *wie* man ewig lebt. Bevor ich euer Gebet erhöre, erwarte ich, daß ihr euch voneinander trennt und auf der ganzen Welt nach einer Art von Unsterblichkeit sucht, die am besten euren Sehnsüchten entspricht. Denn eines sollt ihr wissen, o Sterbliche: es liegt in eurer eigenen Macht, ewig zu leben. Dafür braucht ihr mich nicht.«

Dann wachten sie auf.

»Also«, sagte die Frau mit einem leichten Naserümpfen. »Das war eine Zeit- und Traumverschwendung. Uns voneinander trennen? Pah! Ich will mich nicht von dir trennen. Darum ging's doch nur.« Sie schlang ihrem Geliebten die Arme um den Hals.

Aber der Mann löste sich sanft aus der Fessel aus Fleisch, Blut und Knochen. »Wir fangen besser gleich an«, sagte er, stieg aus dem Bett und zog sich an.

»Du wirst mich doch nicht verlassen?« Es klang anfangs wie ein Befehl, dann wurde eine Frage draus. Es widerte die Frau an, wie hilflos und weinerlich sie klang, und sie war entschlossen, die Hosen anzuziehen, sobald sie jemand erfunden hatte.

Der Mann zog sich fertig an und gab ihr einen Kuß, nachdem er seine Schärpe so gebunden hatte, daß sie ihm schmeichelte. Er legte auf solche Dinge Wert. »Sei vernünftig, meine Geliebte. Wenn wir den Auftrag des Gottes erfüllt haben, werden wir für alle Zeiten zusammensein. Was sind ein paar Tage verglichen damit?« Mit diesen Worten ließ er sie allein.

Und damit lassen wir die beiden allein.

Zwanzig Jahre später in einer Nacht wie keiner anderen, als der Mond voll und hell durch die Säulen einer heiligen Stätte schien, saß die Frau mit gefalteten Händen und gesenktem Kopf zu Füßen einer Götterstatue. Ihre Augen verfolgten die Muster mondbeschienener Wolken, die über den glänzenden Boden krochen. Ihren eigenen Schatten sah sie nicht. Sie hielt einen angespitzten Stab und einen wachsbedeckten Holzblock in den Händen.

Der Mann betrat den mondhellen Tempel aus dem Schatten hinter der Götterstatue. Er selbst warf weder nach vorn noch nach hinten einen Schatten. Er war nackt. Auf Dinge wie Schärpen legte er keinen Wert mehr. »Komme ich zu spät?« fragte er und faltete seine Flügel, als er sich neben sie setzte.

»Ich habe gar nicht so lange auf dich gewartet«, sagte sie, doch mit einem Gefühl für subtile Untertöne, der ihn spüren ließ, daß auch sie lange gewartet hatte und es ihm noch leid tun würde, jetzt damit anzufangen und genau dann aufzuhören, wenn sie soweit war.

Teufel, war sie gut.

Das erste, was ihr auffiel, waren die Flügel. »Darüber hast du bestimmt eine tolle Geschichte zu erzählen«, sagte sie und streichelte deren ledrige Oberfläche.

»Es ist unser Weg zur Unsterblichkeit«, sagte er. »Der Weg, den ich für uns entdeckt habe. Ich bin jetzt viele Jahre durch die Welt gewandert und habe eine Antwort gesucht. In Ruinen, älter als die Zeit, bei Männern und Frauen, welche von den braven Leuten verstoßen wurden, die die Götter fürchten, in Liedern und Gesängen und alten Geschichten, die von einer Generation zur nächsten weitererzählt wurden, habe ich mich wie ein Maulwurf aus dem Licht des Tages davongestohlen und nach einem einzigen Hinweis gesucht, um das Rätsel des ewigen Lebens zu lösen.«

»Moment, Moment«, sagte die Frau und zeichnete viele, einfache wie komplizierte, Zeichen auf ihren gewachsten Holzblock. »Red nicht so schnell. Das mit dem Maulwurf – nicht schlecht. ›Ruinen, älter als die Zeit?‹ Das gefällt mir. Ich weiß zwar nicht, was das bedeutet – wie alt ist die Zeit denn eigentlich? –, aber das weiß auch sonst keiner oder es kümmert keinen, und es hört sich so an, als ob es etwas Wunderbares bedeutet. Ich werd's mir merken.«

Er warf ihr einen seltsamen Blick zu, und seine Augen glühten in einem nebligen Rot. »Was hast du da?« fragte er und zeigte mit einem aschfarbenen Finger auf den Holzblock.

»Unseren Weg zum ewigen Leben«, erwiderte sie, stolz wie eine frischgebackene Mutter, die endlich vergessen hat, wie weh es tut, etwas so Großes durch etwas so Kleines zu quetschen.

Der Mann runzelte die Stirn, und seine schwarzen Flügel sackten herab. »Du trinkst auch das Blut des ewigen Lebens? Du scheust auch das Licht der Sonne? Du verbringst auch deine Tage in einem Behältnis, das kaum groß genug für deinen Körper ist, und bist des Nachts auf Jagd nach frischer Beute? Du hast auch deine Seele für den Preis der Unsterblichkeit verkauft?«

Die Frau nickte.

»Aber wenn...« Der Mann kniff mißtrauisch die Augen zusammen. »...wo sind dann deine Flügel?«

»Oh, ich komme schon ohne zurecht.« Sie zuckte mit den Achseln. »Ich könnte dir Geschichten erzählen. Wo ich gewesen bin, welchen Schrecken ich hervorgerufen, welche Kriege ich ausgelöst, welche Helden ich geschaffen, von den Königen, deren Schwerter ich zerbrochen habe...«

Und sie zählte all die Wunder auf, mit denen sie Handel getrieben hatte. Es war nicht abzustreiten, daß ihre Worte eine faszinierende Qualität aufwiesen. Ihr Geliebter rückte näher, und als er den Mund öffnete, sah sie, daß seine beiden Fangzähne länger und spitzer waren, als sie sie in Erinnerung hatte. Tief karminrote, fast schwarze Flecken verschandelten die einst blütenweißen Hauer, und sein Atem roch unangenehm.

»Was hast du denn gegessen?« fragte sie ungehalten.

»Ich esse nicht«, sagte er. »Ich sauge, ich verzehre, ich wringe den letzten Tropfen Lebenssaft aus meinen Opfern. Was kümmert mich ihr Leid, solang sie mein unnatürliches Leben nähren?« Seine Flügel peitschten wie vom Sturm geblähte Segel durch die Luft, als er sie packte. »Oh, Geliebte, ist es für dich nicht dasselbe?«

Sie dachte darüber nach. »Hm?«

»Gewöhnliche Menschen – niedrige Menschen –, mit denen haben wir nichts mehr zu schaffen.«

»Mhm.«

»Sie existieren, um uns zu nähren. Wir existieren, um ihre betrüblichen Träume mit Hinweisen auf das ewige Leben zu erfüllen.«

»*Mhmmmmm.*«

Seine scharlachroten Augen funkelten. »Dann ist es also wahr! Obwohl das Wort des Gottes uns getrennt hat, sind wir selbst getrennt auf denselben Weg zur Unsterblichkeit gestoßen! Es ist ein heiliges Zeichen, daß wir dafür bestimmt sind, für immer zusammenzusein. Die einsamen Jahre sind vorbei, die Suche war erfolgreich, nur das zählt.«

»O ja!« rief sie und warf sich ihm ungestüm in die Arme. »Und nach der einsamen Zeit kannst du dir sicherlich nicht vorstellen, wie wundervoll es für mich ist, daß ich endlich einen anderen Schreiber gefunden habe!«

Er entließ sie aus seiner Fledermausumarmung. »Du meinst, du bist kein Vampir?«

Von seinem Sockel, durch den Mund seiner Statue, lachte der Gott der Gaunereien.

Damit hätte es vorbei sein können, aber es kommt noch was. Anders geht's nicht. Oder meinen Sie, der Erste Schreiber ließe einem anderen das Letzte Wort, selbst wenn es nur ein Lachen ist?

»Ich kenne die Stimme!« schrie sie und schüttelte eine Faust in Richtung der Statue. »Ich hätte die ganze Zeit mißtrauisch sein müssen. Ihr seid nicht der Gott, der uns in unserem ersten Traum erschienen ist.«

»Nein«, erwiderte die Statue. »Das war der Gott der Gefühle. Er oder sie oder es hätte euer Gebet zu schnell erhört. Glücklicherweise ist er oder sie oder es – manchmal alles zusammen – von etwas abgelenkt worden, und er oder sie oder das Unaussprechliche Pronomen hat sich nicht mehr um euch gekümmert. Ihr solltet mir dankbar sein. Wenigstens habe ich euch zur Kenntnis genommen.« Der steinerne Mund der Statue krachte immer wieder und zerbröckelte teilweise, als sie zu lächeln versuchte.

Der Vampir breitete die Flügel aus und gab ein schreckliches Bellen von sich, das kaum mehr menschlich klang und einem das Blut in den Adern gefrieren ließ. »Für diese Niedertracht werdet Ihr bezahlen!« schrie er. »Ich werde jeden Eurer Anbeter aufspüren und sie alle vernichten. Der Biß meiner Zähne wird sie in meine Blutsverwandten, für immer in Geschöpfe der Dunkelheit verwandeln. Als Untote können wir nicht sterben; und wer nicht sterben kann, hat keine Götter zu fürchten.«

»Pah«, sagte die Statue, und die Sonne ging auf und ließ den Vampir zu Staub zerfallen.

Die Frau kniete nieder, um die Asche ihres Geliebten zu berühren. Ihr Gesicht sah seltsam aus und war ein schrecklicher Anblick. Sie scharrte mit einer Hand den Staub zusammen, der sie einst entzündet hatte, und ließ das feine graue Pulver auf das frischgeschmolzene Wachs auf ihrer glatten Holztafel niederrieseln.

Erst dann fing sie an zu schreiben.

»Was machst du da?« fragte die Statue.

»Lügen niederschreiben«, erwiderte sie. »Das mache ich. Es hat mich viele Jahre gekostet, um den Trick zu lernen, und noch mehr Jahre, um gewöhnlichen Menschen begreiflich zu machen, was ich da tue. Wißt ihr, es gab andere vor mir, die auf Lehm, Wachs oder Stein Zeichen festhalten konnten, die für Worte standen, aber all ihre Zeichen stellten die Dinge so dar, wie sie sind – Zahlen und Pläne und die Inhalte von Lagerhäusern und die trostlosen Hinterlassenschaften toter Könige. Meine nicht mehr.«

»Deine täuschen«, sagte die Statue ernst. »Die Gaunerei ist *meine* Domäne. Du solltest dich schämen.«

»Vielleicht würde ich das«, sagte sie, und ihr Stift tanzte noch immer über das Wachs, »wenn die Leute mich nicht für das ernähren würden, was ich mache. Sie scheinen meine Tricks mehr zu mögen als Eure.« Sie lächelte die Statue an. »Ich bin ihr Versprechen der Ewigkeit. Die Geschichten, die ich erzähle, wirken nach, die Zeichen, die ich schreibe, bleiben.«

»Ich werde sie zerstören, Menschen wie Zeichen!«

»Ihr könnt sie nicht alle zerstören.«

»Dann werde ich *dich* vernichten.«

»Versucht es. Ich bin nur die erste. Noch bevor Ihr wißt, wie Euch geschieht, wird eine Plage geringerer Gaukler diese Welt überschwemmen, die noch, wenn ich längst fort bin, ihre albernen Zeichen ritzen und ihre Geschichten brabbeln und ihre Lügen zum Besten geben. Das geschieht Euch recht. Wißt Ihr, o Allwissender, daß die Menschen, wenn man es geschickt anfängt, eher bereit sind, einer Lüge in Perlen und Purpur zu glauben als einem Bündel nackter Wahrheiten? Fürchtet Euch davor, trotz all Eurer Macht.«

Sie schrieb noch einige Zeichen nieder, dann legte sie ihren Stift und ihre Tafel zu Füßen der Götterstatue ab. »Hier«, sagte sie, und mit einem Seufzer verließen ihre eigenen anhaltenden Lügen ihren Körper und auch sie zerfiel zu Staub.

Der Staub der Liebenden und des Geliebten füllten die Furchen aus, die die Frau in das Wachs geritzt hatte. Der Gott der Gaunerei stieg aus seiner Statue heraus vom Sockel und versuchte aus den seltsamen Zeichen schlau zu werden. Es gelang ihm nicht. Er verlor die Geduld und versuchte die Wachstafel auf dem Sockel zu zerschmettern. Zerbrechliches Holz und Wachs zertrümmerten den gemeißelten Stein zu einem Haufen Schotter. Die Statue wankte, kippte und schlug – *Kawumm!* – auf dem Boden auf.

Vielleicht auch bloß *Wumms!*

Der Gott der Gaunerei rief alle anderen Götter herbei, damit sie ihm bei der Lösung dieses Rätsels hülfen. Sie erschienen sofort – zumindest diejenigen, die es zur Kenntnis nahmen. Er erzählte ihnen die Geschichte und zeigte ihnen die Tafel. (»Weißt du, ich hatte das Gefühl, ich hätte in dieser Gegend noch etwas zu tun«, bemerkte der Gott des Gefühls.) Keiner von ihnen wußte mit den Zeichen mehr anzufangen als er. Einige von ihnen gerieten sich über die ganze Geschichte in die Haare. Man fauchte sich an, beleidigte sich gegenseitig. Einige Faustkämpfe wurden angezettelt und ein Kickbox-Duell. Dann schickte jemand Gewitter und Heuschreckenschwärme, ein anderer (der es hätte besser wissen müssen) konterte mit einer Familienpackung ausgewachsener Katastrophen; eine Zeitlang herrschte im Universum helle Aufregung.

Und als sich die Götter endlich trennten – und die zertrümmerte Statue und den zerstörten Tempel und mehr als ein paar sterbliche Überlebende zurückließen, die beschlossen, die Opfergaben dieser Woche selbst zu essen, wenn die Götter sich unbedingt so benehmen wollten –, lag die Tafel immer noch unbeschadet unter dem Schutt.

Den Göttern erging es nicht sonderlich gut. Aber bleiben Sie dran.

Jahre vergingen. Epochen strichen dahin. Äonen rieselten wie Körner durch eine Sanduhr. Die Opfer des Ersten Vampirs, die nicht an seinem Biß starben, wurden weiterhin selbst Vampire. Es war keine schlechte Art, seinen Lebensunterhalt zu bestreiten, wenn einen das bißchen Blut nicht stört. Die Opfer – ich meine das glückliche, *überglückliche* Publikum der Ersten Schreiberin – kamen zu dem Schluß, daß sie aus netten Lügen selbst Profit schlagen konnten. Es war keine schlechte Art, seinen Lebensunterhalt zu verdienen, wenn einen...

Womit Sie sicher gerechnet haben: Irgendwann grub jemand die Tafel der Ersten Schreiberin aus, bedeckt mit dem Staub, zu dem sich die verfallenen Körper der Geliebten vermischt hatten. Er holte tief Luft, der Staub drang ihm in die Nasenlöcher, und ob Sie's glauben oder nicht, als nächstes schneuzte er Sonette aus.

Hähä.

Was Sie vielleicht gern erlebt hätten: Die Tafel wurde schließlich von einer empfindsamen Seele ausgegraben, die keine Schwierigkeiten hatte, zu übersetzen, was die Erste Schreiberin darauf niedergeschrieben hatte. Der Eindruck war so überwältigend und bewegend, daß der Leser zu Tränen gerührt war. Diese fielen auf den vermischten Staub, und die Geliebten wurden wiederbelebt, wiederhergestellt und wiedervereint. Heute schreibt sie Drehbücher, und er spielt coole Sachen in einer Psychedelic-Band.

Was für'n Unfug.

Was Ihnen vielleicht lieber wäre, falls Sie ein verfeinertes Gefühl für Ironie haben oder Schriftsteller sind: Die Tafel blieb etwa eine Woche lang dort, wo sie war. Dann ereignete sich ein Erdbeben. Dann kam ein Hund vorbei und erwies ihr wenig Respekt. Der Staub wurde dabei feucht und die Geliebten auf der Stelle wiederbelebt, wiederhergestellt und wiedervereint. Allerdings mußten sie feststellen, daß die Wiedervereinigung etwas zu innig ausgefallen war. Statt als zwei getrennte Individuen kehrten sie als eine gemeinsame Person ins Leben zurück, denn wenn man einen dehydrierten Schriftsteller mit einem Instant-Vampir und Hundepisse vermischt, kann nichts anderes herauskommen als der Erste Kritiker.

Hören Sie, es tut mir leid, wenn Ihnen mißfällt, was die beiden über Ihr letztes Buch geschrieben haben, ja?

Was wirklich geschehen ist: Ich selbst habe die Tafel gefunden. Sie lag die ganze Zeit im Keller meiner Tante Valerie. (Diese Frau bringt es nicht fertig, etwas wegzuschmeißen. Wer hängt sich schon Girlanden aus beleuchteten, rosa Schweinchen an den Weihnachtsbaum?) Ich kann Ihnen sagen, was draufgestanden hat. Es ging darum, wo die Götter hergekommen sind, wie sie das Universum erschaffen haben und welche Rolle die Dinge im kosmischen Maßstab spielen. Es waren die großen Antworten auf große Fragen: Wo kommt alles her? Wie kommt es *hierher*? Was wird es uns kosten? Was ist der Sinn des Lebens? Gibt es ein Leben nach dem Tod? Wie wird alles enden? Die Tafel ließ keinen wunden Punkt unberührt.

Sie war spürbar das Werk menschlicher Hände. Das war nicht zu übersehen. Natürlich könnten Sie jetzt vermuten, daß die göttliche Inspiration der Verfasserin etwas ins Ohr geflüstert hat, bis die heiligen Kühe heimkehrten, aber jeder, der Sie kennt, würde wissen, daß Sie nur unter dem Einfluß ihres Lorbeerkranzes reden. Ein Sterblicher hat diese Tafel beschrieben. Jemand wie Sie. Jemand wie ich.

Was nur eines bedeuten kann: Jemand hatte eine richtig gute Geschichte zu erzählen. Thrill, Aufregung, Romantik, Konflikte, Sex, der Urknall und der erste Rülpser, Sex, organischer Schleim auf dem urzeitlichen Meeresboden, Adam, Eva, Lucy, Sex und ein Schwarm Quastenflosser (ganz zu schweigen von Trilobiten) ...!

Aber es war trotzdem nicht mehr als eine gute Geschichte. Es gab keinen Beweis dafür, daß sie der Wahrheit entsprach. Die Götter waren nette Erfindungen, geschaffen von Menschen, verpfuscht von Menschen, nichts als Spielzeuge in den Händen von Menschen. Oder Schriftstellern. Wie die Dinge sind, wie sie waren und sein werden ist allein unsere Schuld. Wir können niemanden sonst dafür verantwortlich machen.

Oh, Sie glauben mir nicht? Auch gut.

Die wirkliche Geschichte: Groß war die Eifersucht des weitsichtigen Apollo auf den Stolz des jungen Helden, der in dem großen Triumphwagen durch die jubelnde Menge fuhr. »Sie verehren ihn so, wie es eher mir zustünde«, sagte er und hockte sich mit seinem mächtigen Bogen und dem Pfeil, der nie sein Ziel verfehlte, hinter das Fenster des Book Depository. In der Zwischenzeit übte Siva, der Herr der Vernichtung, auf dem grasbewachsenen Hügel ein paar flotte Tanzschritte ein und jonglierte mit seinen vielen Händen das Schwert, den Speer, den Wurfpfeil und den Lotus. Und im nächsten Wagen sagte Loki zu dem tierköpfigen Seth: »Weißt du, wenn Sie an Kugeln glauben, sollten wir ihnen Kugeln geben«, und Seth erwiderte: »Achte nur darauf, daß die Kaliber zusammenpassen, das ist alles.«

Und das war auch wirklich alles.

Originaltitel: ›Two Lovers, Two Gods, and a Fable‹ · Copyright © 1994 by Mercury Press, Inc. · Aus: ›The Magazine of Fantasy & Science Fiction‹, März 1994 · Aus dem Amerikanischen übersetzt von Michael K. Iwoleit

Michael Armstrong

MUTTER DER ELFEN

Die Rädchen des Mandelbrot-Generators rotierten immer und immer wieder, die Pixel des Flüssigkristallbildschirms flackerten und Farben folgten aufeinander, während die fraktalen Wellen eine neue Gleichung durchliefen. Clara, Mrs. Thompsons einzige Tochter und Kind des verstorbenen Mr. Thompson, Gott sei seiner Seele gnädig, kniete vor dem Monitor und betrachtete, fasziniert und völlig in sich versunken, die Bilder. Mrs. Thompson beobachtete ihre Tochter, lächelte sie und die anderen Kinder sowie ihre Eltern an und wartete, wie sie schon Dutzende Male gewartet hatte. Sie hoffte, daß die lange Fahrt – vier Mal umsteigen, um mit der Bahn Urbus zu durchqueren – es diesmal wert gewesen war.

Mrs. Thompson hoffte, daß unter all den Ärzten und Therapeuten in Jenseits einziger Stadt dieser mit den Tests, die er angeordnet, und den seltsamen Fragen, die er gestellt hatte, endlich in der Lage sein würde, das seltsame Geheimnis um Claras Geisteszustand zu lüften. Sie hoffte, daß er ihr erklären konnte, warum Clara mit drei Jahren noch kein Wort von sich gegeben hatte und warum sie ein so seltsames Kind geworden war.

Clara blickte mit ihren großen eisblauen Augen zum Monitor auf. Sie hatte ein langes, seltsam aussehendes Gesicht, nicht gerade häßlich oder beunruhigend fremdartig – nur anders, fast niedlich, jedenfalls so sehr, daß die Leute sie oft darauf ansprachen. Mit einem kurzen Seitenblick auf ihre Mutter, zu flüchtig, als daß Mrs. Thompson ihr fest in die Augen sehen konnte, langte Clara nach dem Bildschirm.

Ein Reset-Knopf befand sich in Reichweite eines Kindes auf dem Mandelbrot-Generator, was auch Sinn der Sache war, und Clara streckte ihre langen Finger aus und drückte ihn. Der Monitor wurde mit einem Flackern schwarz, dann ging der Zyklus mit einer einfachen Welle, die zusehends komplexer wurde, von vorn los. Clara betätigte immer wieder den Reset-Knopf und wartete kaum lange genug, daß der Zyklus von vorn anfangen konnte. Dann schaltete irgendein Logikschaltkreis im Mikroprozessor den Bildschirm aus, und trotz Claras wiederholtem Betätigen des Reset-Knopfes blieb der Monitor schwarz. Schließlich setzte sie sich, starrte finster in die Röhre und wandte sich Mrs. Thompson zu.

»Jesus im Himmel, Mutter, das Scheißding ist kaputt«, sagte Clara.

»Clara?!« Mrs. Thompson fuhr hoch, als habe ihr ein unhöflicher Mann in den Hintern gekniffen, und lief zu dem Kind hinüber. »Clara!« Hat das etwa schon gereicht? war ihr erster Gedanke. Einfach nur im Wartezimmer des Doktors zu *sitzen?*

»Heilige Mutter Maria«, sagte Clara. »Zum Teufel, Mama, das elende Mistding geht nicht!«

»Clara!« schrie sie. »O mein Gott! Jesus Christus!«

»Gott, ist das zum Kotzen«, sagte Clara.

»Mein Gott.« Die anderen Eltern sahen Mrs. Thompson und das seltsame Kind an, das leise Obszönitäten vor sich hinmurmelte, während seine Mutter zum Himmel jubelte.

Eine Tür in der Wand, die den Empfangsbereich von den geheimnisvollen Räumen dahinter trennte, öffnete sich und der Doktor persönlich erschien.

»Was gibt's für Probleme?« fragte Dr. Ramos.

»Meine Tochter«, erklärte Mrs. Thompson, »kann sprechen.«

»Zum Teufel«, sagte Clara.

»Nun ja.« Der Doktor warf einen Blick auf das Klemmbrett in seinen Händen, dachte kurz nach und blickte dann mit einem Lächeln wieder auf. »Sind Sie Mrs. Thompson? Und das ihre Tochter Clara?«

»Ja, ja. *Meine Tochter kann sprechen.* Sie hat noch nie gesprochen! Noch nie! Kein einziges Wort!« Mrs. Thompson winkte sie zu sich.

»Hallelujah noch mal!« brummte Clara.

»Noch nie?« Dr. Ramos blätterte die Unterlagen an seinem Klemmbrett durch, dann sah er über den Rand hinweg Clara an. »Ja, natürlich! Das ist wirklich erstaunlich. Sie hat bis heute noch nie gesprochen? Das erklärt einiges!«

»Wirklich?«

»Gottverdammte Jungfrau Maria«, knurrte Clara.

»Darauf können Sie sich verlassen«, sagte Dr. Ramos und bat sie beide zu sich ins Büro.

Im Büro des Doktors erzählte Mrs. Thompson Dr. Ramos die Geschichte mit dem Mandelbrot-Generator und wie Clara ihn ein- und ausgeschaltet hatte. Er stellte Clara ein paar Fragen. Clara antwortete in etwas vollständigeren Sätzen. Dr. Ramos betrachtete Clara, ihr langes, niedergeschlagenes Gesicht, ihr süßes Lächeln und ihre unheimlichen blauen Augen mit den seltsamen Sternmustern auf der Iris. Jenseits beide Sonnen schienen durch Dr. Ramos Bürofenster und ließen Claras flaumigen Blondschopf wie eine Korona leuchten. Dr. Ramos knallte ihre Akte auf den schiefergrauen Schreibtisch, legte Clara eine Manschette um den Arm und maß rasch ihren Blutdruck – wie üblich zu hoch –, dann grinste er, als habe er unter dem Durcheinander auf seinem Schreibtisch ein Goldstück von der Größe einer Kartoffel entdeckt.

»Sie ist ein Elfenkind, kein Zweifel«, erklärte er. »Ein Feensprößling. Der Fachbegriff lautet ›Williams-Syndrom‹. Clara zeigt sämtliche Symptome: die charakteristischen Gesichtszüge, die Augen, der hohe Blutdruck. Haben Sie sie röntgen lassen? Haben Sie mit einem Kardiologen gesprochen?«

»Mit einem Kardiologen? Nein, warum...?«

»Nun, weil ich wetten könnte, daß sie eine supravalvulare aortische Stenose hat.« Mrs. Thompson runzelte die Stirn, als sie den Fachbegriff hörte. »Eine Verengung der Aorta. Wir werden natürlich die Navy verständigen müssen. Das ist das übliche Verfahren bei einem genetischen Schatzkästchen wie Clara.«

»Genetisches Schatzkästchen? Die Navy? Moment mal, Doktor...«

»Es ist erstaunlich«, sagte er und ignorierte Mrs. Thompson fast. »Unglaublich! Was für eine Entdeckung!«

»Sie ist meine *Tochter*.«

»O ja, klar... Natürlich wird man für sie sorgen.«

»*Ich* sorge schon für sie.«

»Nein, ich meine... Nun, Mrs. Thompson, lassen Sie mich erklären, was Sie eigentlich an Ihrer Tochter haben und was sie so besonders macht.«

Die Navy konnte es ihr besser erklären.

Eine Woche, nachdem Dr. Ramos sie verständigt hatte, kamen sie sie in einem schnellen Kreuzer besuchen, der in dem Sektor patrouillierte, von wo aus man in sechs Sprüngen Jenseits erreichte. Vier Offiziere fuhren in einem Privatwagen zu ihrem Haus hinaus, und Mrs. Thompson konnte sich das aufgeregte Getuschel der Nachbarn vorstellen, wenn sie sich am Abend die Aufzeichnungen der Überwachungskameras dieses Blocks ansahen. Ein Privatwagen! Wie selten und bemerkenswert! Kaum jemand benutzte noch einen Wagen – nur Ärzte, Paramediziner oder Polizeibeamte. Nicht einmal Ratsherren konnten Auto fahren! Die vier Offziere marschierten den kurzen Weg zu Mrs. Thompsons Haus hinauf, gekleidet in den hellen, silbernen Uniformen, die aus diesem seltsamen Stoff gefertigt waren, der fast in seiner eigenen Helligkeit zu glühen schien. Dr. Ramos lief hinter ihnen her, weitgehend ignoriert von den Raumfahrern.

Mrs. Thompson erwartete sie an der Tür und bat sie in ihr kleines, aber sauberes Haus. Natürlich sorgte sie für Ordnung, weil ihr so, wie die Häuser auf Jenseits gebaut waren, alles andere auch schwergefallen wäre, aber sie hatte, der Höflichkeit wegen, besonderen Wert darauf gelegt, etwas gründlicher Staub zu wischen. Seit Mr. Thompsons Tod verbrachte sie die meiste Zeit zu Hause; die Pension und die Beihilfe, die die Regierung ihr für Clara zugestand, erlaubten ein bescheidenes Leben.

Mrs. Thompson kannte sich weder mit Rängen noch mit Rangabzeichen aus, aber die Art, wie die drei Raumfahrer – alle Männer – der großen Frau gehorchten, zeigte ihr, wer das Kommando hatte. Die Männer trugen Kisten und verschiedene Geräte, aber die Frau ging ihnen voran. Natürlich hatten alle geschorene Köpfe bis auf eine lange, geflochtene Strähne auf dem Scheitel, ein Stil, den viele Jugendliche auf Jenseits kopiert hatten, bis vor einigen Jahren ein Raumschiff in der Stadt gelandet war und die Mannschaft den Kindern die Zöpfe gestutzt hatte. Anscheinend sollte diese Frisur der Navy vorbehalten bleiben.

Sie führte sie ins Haus, forderte sie auf, es sich bequem zu machen, und servierte ihnen Tee. Als sie genug Höflichkeiten ausgetauscht hatten, baten die Besucher darum, ihre Tochter sehen zu dürfen, und Mrs. Thompson brachte sie herein.

»Jesus, wer sind denn diese Strahlemänner!« rief

Clara, als sie die Gäste sah. Mrs. Thompson hatte Sarah dazu gebracht, auf die Obszönitäten zu verzichten, ihr aber die religiösen Anspielungen noch nicht austreiben können.

Die strahlenden Offiziere lächelten, dann öffneten die drei Männer die Kisten, die sie mitgebracht hatten, und fingen an, mit Clara zu spielen. Mrs. Thompson hatte alle Mühe, die Spiele zu verfolgen, aber die Männer schienen zufrieden, nickten eifrig, und Clara schien es Riesenspaß zu machen. Man bat sie, ein Bild zu malen, und sie zeichnete mit unzusammenhängenden Linien eine Katze – hier ein Auge, unten die Schnurrhaare, zwei Pfoten in der Ecke und ein riesiger Reißzahn mitten auf der Seite. Dann bat man sie, eine Katze zu beschreiben, und sie sagte: »Die hat viele Zähne im Maul und komische Streifen auf dem Fell, ein klebriges Ding mitten im Gesicht und eine rauhe Zunge, aber weich gepolsterte Füße. Wenn man sie reibt, brummt sie monoton wie ein laufender Motor.« Das schien den Besuchern zu gefallen, vor allem der Vergleich am Schluß.

»Sie ist eine Elfe, kein Zweifel«, sagte die große Frau zu Mrs. Thompson. »Wissen Sie, was das bedeutet?«

»›Williams-Syndrom‹, hat Dr. Ramos gesagt.«

»Genau, benannt nach dem Mann, der als erster das Muster der Alten Erde identifizierte. Aber wissen Sie, was das für Clara bedeutet – und für uns?«

Später hätte Mrs. Thompson sich am liebsten in den Hintern getreten, weil sie nicht sofort begriff, aber wie hätte sie es auch wissen sollen? Was verstand sie schon von Raumschiffen, von den langen, trichterförmigen Schiffen, die die Sterblichen mit den Sternen verbanden? Die Raumschiffe erforschten ferne Welten und brachten interessante Dinge mit zurück oder verfrachteten Kolonisten an Orte wie Jenseits, aber es gab nur wenige Raumschiffe und kaum jemand konnte fliegen, so daß die meisten erdgebundenen Seelen sie vergaßen, während sie zu ihren fernen Zielen segelten.

Natürlich wußte sie, daß die Reise für die Sternfahrer gar nicht so lange dauerte, höchstens ein paar Monate, aber für die Planetenbewohner dauerte die Reise fast eine Ewigkeit. Sie erinnerte sich noch daran, wie das erste Schiff Jenseits besucht hatte – das erste nach demjenigen, das sie hergebracht hatte –, und wann es ein zweites Mal gelandet war. In der 210jährigen Geschichte der raumfahrenden Menschheit waren vielleicht hundert Raumschiffe gestartet, und achtzig davon flogen noch mit ihren ursprünglichen Besatzungen. Kaum jemand dachte an sie, außer wer sich die entsprechenden Videos anschaute, aber Mrs. Thompson hatte kein Interesse daran, weil Jenseits' Rat die Ausstrahlung von Videos alles andere als förderte. Wann sollte sie mit Clara auch Zeit dafür finden?

Deshalb brachten die Navy-Offiziere es ihr schonend bei, Schritt für Schritt, und als Mrs. Thompson endlich begriff, was sie vorhatten, mußte sie es glauben.

Daß Clara unter dem Williams-Syndrom litt, daß sie eine Elfe war... das bedeutete für die Navy nur eines: daß sie etwas Besonderes war, und deshalb wollten sie Clara mitnehmen, und zwar in den Weltraum.

»Der Weltraum«, erklärte die große Frau, die Mrs. Thompson verraten hatte, daß ihr Name Anne sei, »der Weltraum ist nicht so, wie er uns erscheint. Wir glauben ihn zu verstehen, aber was wir verstehen, ist wie die Seife, die Blasen wirft, und wir können die Luft in ihrem Innern nicht sehen. Man weiß, wie die Blasen entstehen, und man sieht ihre Form, aber angenommen, man verstünde nichts von Druck, Luft oder Oberflächenspannung. Dann würde man die Blase nicht verstehen, jedenfalls nicht richtig.« Mrs. Thompson nickte höflich, begriff aber nicht, was sie meinte.

Anne nippte an ihrem Tee und setzte die Tasse ab. »Es erfordert einen besonderen Verstand, um den Weltraum zu verstehen, das Innere der Blase, wo unsere Raumschiffe eintauchen, um andere Welten zu erreichen. Ich verstehe ein wenig vom Weltraum, intellektuell jedenfalls, aber ich kann ihn nicht spüren. Ich könnte Sie in den Weltraum bringen, aber nicht wieder zurück. Um wieder zurückzukommen, brauchen wir jemanden, der ihn versteht, der ihn spürt. Bisher sind die einzigen, die das können... Menschen wie Clara.«

Menschen wie Clara? Allmählich dämmerte es ihr. »Sie ist etwas Besonderes, das weiß ich schon.«

»Sie wissen nicht, *wie* besonders. Wissen Sie, wieviele Elfenkinder es auf *diesem* Planeten, in allen bekannten Welten, unter all den unzähligen Milliarden Seelen gibt? Niemand auf Jenseits, und unter der gesamten Menschheit – gerade mal fünfzig! Wie von vielen anderen genetischen Defekten haben wir den Pool auch von solchen Problemen bereinigt. Nur weil noch nicht jeder einem vollständigen genetischen Screening unterzogen worden ist, existieren die Gene für das Williams-Syndrom überhaupt noch. Wir werden diesen Trend rückgängig machen, aber dafür müssen wir erst genügend Elfenkinder finden.«

»Wir praktizieren auf Jenseits keine genetischen Screenings«, betonte Mrs. Thompson. »Wir sind ein wenig altmodisch, so wie die Amish zu Hause auf der Erde, nur daß wir auf der Technik des späten zwanzigsten Jahrhunderts beharren.«

»Ausgenommen die Raumschiffe«, betonte Anne.

»Nun, ein Jenseiter reist nur einmal in einem Raumschiff«, sagte Mrs. Thompson, »wenn überhaupt.«

Anne nippte an ihrem Tee und erwiderte nichts. Auch die anderen Offiziere nippten an ihrem Tee. Als die Stille zu bedrückend wurde, drängte Mrs. Thompson weiter. Sie fing an zu begreifen, wollte es aber genau wissen.

»Und diese Kinder ... meine Clara?« fragte sie. »Sie können zu den Sternen navigieren?«

»Bisher sind sie jedenfalls die einzigen. Sie verfügen über ein unglaublich kostbares und seltenes Talent. Nur diese Menschen können uns ... dort hinausführen.« Ein Ausdruck von so tiefer Sehnsucht trat in Annes Gesicht, daß Mrs. Thompson fast die Tränen kamen.

»Sie wollen also mein Kind haben?«

Anne nickte. »Ich will ehrlich sein, Mrs. Thompson. Ich hatte selbst eine Tochter, die ich letztes Jahr begraben habe. Ich glaube, ich weiß, was eine Trennung bedeutet. Ja, wir brauchen Ihre Tochter.«

»Sie wollen meine Tochter für immer.«

»Nein«, sagte Anne. »Nur, bis sie in den Ruhestand tritt. In zwanzig Jahren vielleicht. Nicht für immer. Das wäre Sklaverei.«

»Für mich wird es für immer sein.« Mrs. Thompson betrachtete ihre Hände, die noch straffe und junge Haut, die gepflegten Nägel und die langen Finger. Harold war kurz nach Claras Geburt gestorben. Sie war damals zwanzig gewesen und hatte nur noch Clara gehabt. Nach Harolds Tod hatte sie gewußt, daß Clara von nun an im Mittelpunkt ihres Lebens stehen würde. Clara war ihr Leben, ihr Beruf, ihr Vergnügen. Ihre Daseinsberechtigung. Und diese Männer und diese Frau in ihren silbernen Anzügen und mit ihren geschorenen Köpfen und den langen Zöpfen wollten sie mitnehmen, ihr ihr Kind wegnehmen und ihr Leben zerstören.

»Zwanzig Jahre sind eine Ewigkeit, und das ist zu lange«, sagte sie. »Sie können Clara nicht haben.«

Und sie wies ihnen die Tür. Damit, dachte sie, wäre es vorbei.

Natürlich war es damit nicht vorbei. Dr. Ramos rief als erster an. Erst später fand Mrs. Thompson heraus, daß ihm ein Finderlohn, eine Belohnung, jedenfalls eine stattliche Summe zustand, die zur einen Hälfte bei der Entdeckung, zur anderen bei Dienstantritt bezahlt wurde. Allerdings gab er seine Geldgier nicht offen zu erkennen.

»Habe ich Ihnen schon von den Aussichten für Clara erzählt?« fragte Dr. Ramos. Er war einen Tag später zu Besuch gekommen. Clara hatte einmal unter einem Fieber gelitten, einem heftigen Fieber, und Mrs. Thompson war es zu so vorgerückter Stunde nicht gelungen, ein Taxi zu bestellen, und natürlich fuhren um diese Zeit auch keine Bahnen mehr. Dr. Ramos hatte in jener Nacht in der Klinik Bereitschaftsdienst geschoben – bei dieser Gelegenheit hatte sie das erste Mal von ihm gehört –, aber Dr. Ramos machte keine Hausbesuche, obwohl er aus dem Wagenpark der Stadt ein Fahrzeug anfordern konnte. Heute allerdings, an einem sonnigen Morgen, als Busse und Bahnen fuhren, bemühte sich Dr. Ramos persönlich her.

Die Aussichten? Natürlich wußte sie davon. »Hoher Blutdruck«, sagte Mrs. Thompson. »Sie nimmt Medikamente, und sie scheinen zu wirken.«

»Das wird auch noch eine Weile so bleiben. Ich habe den Bericht des Kardiologen erhalten. Sie zeigt die typischen Symptome des Williams-Syndroms: eine sich verengende Aorta. Sie verengt sich kurz hinter der Herzklappe, eine haarige Sache. Die Aorta kann sich verstopfen. Das führt zu einem noch höheren Blutdruck, sogar zu Herzanfällen und dergleichen. Sie wird wahrscheinlich eine neue Aorta brauchen, am Ende gar ein neues Herz. Wir könnten eine

Transplantation durchführen, aber Sie kennen die Gesetze auf Jenseits.«

»Kein Organhandel.«

»Ja. Clara wird relativ jung sterben. Ohne fortschrittliche medizinische Behandlung kann sie gerade mal vierzig werden. Fünfundvierzig, vielleicht fünfzig. Um zu überleben, wird sie den Planeten verlassen müssen. Das ist ziemlich teuer, wissen Sie. Selbst wenn Sie es bezahlen könnten, dann sicher nicht für Sie beide. Sie wird den Planeten verlassen müssen und mindestens fünfzehn Jahre ihres Lebens fort sein – zwanzig, glaube ich, denn sie würde zur Erde reisen müssen.«

»Das wäre in Ordnung. Ich würde auf sie warten.«

Dr. Ramos schüttelte den Kopf. »Natürlich. Und Sie wären dann ein wenig älter und würden sich immer noch um sie kümmern, zumindest bis Sie sterben. Auf jeden Fall werden Sie vor Ihrer Tochter sterben, aber relativ zu ihrem subjektiven Alter werden Sie *früher* sterben. Und solang sie auf der Erde ist, würden Sie natürlich keine Beihilfe für ihre Pflege erhalten. Also würden Sie wieder arbeiten müssen.«

»Ich habe früher auch gearbeitet.« Mrs. Thompson trank einen Schluck von ihrem Tee. Sie machte immer Tee, wenn diese Leute vorbeikamen. Sie mochte Tee, das einzig Gute, was die Raumschiffe mitbrachten, schwarzen Tee von der Erde, der so schmeckte, wie nur irdischer Tee schmecken konnte.

»Oh, Sie würden für den Rest Ihres Lebens arbeiten, auch über die Pensionierung hinaus.« Dr. Ramos lächelte, und Mrs. Thompson bemerkte ein gehässiges Glitzern in seinen Augen, das ihr bisher noch nicht aufgefallen war. »Sie würden für die Reise bezahlen müssen, und für den Eingriff natürlich auch. Jenseits kümmert sich um seine Bürger, das wissen Sie, und garantiert medizinische Betreuung im Rahmen unserer Möglichkeiten und entsprechend unserer Prinzipien.«

»Natürlich.« Natürlich – sie hatte angefangen, sich Dr. Ramos' Redeweise anzupassen, wenn er sie besuchte. Sie goß ihm Tee nach.

»Reisen zur Erde gehen über unsere Möglichkeiten hinaus.«

»Andere Bedürftige sind auch geflogen. Es gibt Zuschüsse... das haben wir doch schon durchgekaut, Dr. Ramos. Wir haben uns schon einmal darüber unterhalten. Sie sagten, unter so ungewöhnlichen Umständen übernimmt der Rat die Kosten. ›Wir verweigern unseren Bürgern nicht die medizinische Versorgung‹, sagten Sie.«

»Das habe ich tatsächlich gesagt. Es war natürlich hypothetisch gemeint. Nachdem ich etwas gründlicher über die besonderen Umstände von Claras Fall nachgedacht hatte, habe ich einige Erkundigungen angestellt. Einer meiner Kollegen ist Ratsmitglied, wissen Sie. Er sagte, daß es angesichts des begrenzten Etats unwahrscheinlich ist, daß der Rat für Claras Reise aufkommt. Sie ist zurückgeblieben, wissen Sie.«

»Sie ist etwas *Besonderes!*« hob Mrs. Thompson die Stimme. »Etwas Besonderes. Die Navy hat das gesagt, und ich weiß es selbst.«

»Für die Navy vielleicht, für die Sternfahrer.« Dr. Ramos zuckte mit den Achseln. »Für uns auf Jenseits, die noch nie über den Rand unseres Sonnensystems hinausgelangt sind, ist sie... zurückgeblieben. Andere sind viel bedürftiger. Der Rat würde sie nicht zur Erde schicken.«

»Ich verstehe, worauf das hinausläuft, Dr. Ramos. Ich weiß, wie ernst die Lage ist – und wie korrupt die Verantwortlichen. Ich bin nicht naiv. Aber ich werde mich nicht von meiner Tochter trennen. Haben Sie mich verstanden?«

»Selbst wenn sie sonst stirbt?«

»Sie wird nicht sterben. Welche Mutter würde ihre Tochter sterben lassen?«

»Ganz richtig«, sagte Dr. Ramos. »Genau darauf will ich hinaus.« Er grinste wieder so schäbig und ging.

Eine Zeitlang glaubte Mrs. Thompson, die Navy und Dr. Ramos hätten Clara vergessen. Sie redete mit Clara nicht mehr über Dr. Ramos; sie hatte ihn weiterhin aufgesucht, weil er recht versiert in Sprachtherapie war. Als Clara Fortschritte machte, stellte sie ihre Besuche ein. Es gab andere Ärzte. Keiner von ihnen drängte sie, Clara auf eine Pilotenschule zu schicken. Keiner von ihnen plädierte für Claras Beitritt zur Navy. Aber die Navy wußte Bescheid... ihr entging nichts.

Eines Tages erhielt Mrs. Thompson einen Anruf von der Schule, wo Clara stets den Morgen verbrachte. Es gäbe da ein kleines Problem, hieß es. Nichts Ernstes, aber eine Vorsichtsmaßnahme sei vonnöten. Claras Blutdruck sei gestiegen, sie habe etwas blau im Gesicht ausgesehen, also ab ins Krankenhaus...

Mrs. Thompson strampelte auf kürzestem Wege mit dem Velo zur Klinik, weil die Busse an diesem Tag spät fuhren, und kam durchgeschwitzt und rot angelaufen in die Notaufnahme. Ihre Tochter lag auf einem Tisch, Schläuche in der Nase und Drähte an der Brust, und Flüssigkeit tropfte in ihre Venen. Trotz der vielen Schläuche lächelte Clara sie an.

»Sie wird es überstehen«, sagte Dr. Ramos und grinste an Claras Bett. »Aber so sieht ihre Zukunft aus.« Er deutete auf die Maschinen, die begrenzten technischen Möglichkeiten, die Jenseits zur Verfügung standen und die sie alle als wünschenswerten Stand der Dinge akzeptiert hatten.

»Sie Mistkerl. Sie sind nicht unser Arzt.«

Dr. Ramos zuckte mit den Achseln. »Ich hatte gerade Dienst. Ich kenne den Fall. Es lag in meiner ethischen Verantwortung, hier einzugreifen.« Er deutete mit einem Wink auf Clara. »Aber sehen Sie es denn nicht? Das ist das Beste, was wir für sie tun können. Und mehr als unser Bestes können wir nicht leisten.«

»Ich lasse sie nicht fort.«

Clara lächelte, ihre hellblauen Augen fröhlich, doch ihr Gesicht und ihre Lippen blaß. »Die kleinen Schläuche jucken mich«, sagte sie. »Hallo, Mama. Ich liebe dich.«

»Auf keinen Fall.«

»Silbermann, Strahlemann!« sagte Clara und zeigte auf den Navy-Leutnant, der gerade das Zimmer betrat. »Strahlefrau!«

Mrs. Thompson wandte sich den beiden Sternfahrern zu: einem hochgewachsenen Offizier und einer kleineren Frau, letztere in einem silbernen Anzug wie der Offizier, aber mit einer purpurroten Schärpe um die Hüfte. Eine lange, geflochtene Strähne, ebenfalls purpurrot gefärbt, reichte ihr bis zur Hüfte, und ihre großen, hellbraunen Augen wirkten unter dem kahlgeschorenen Kopf um so größer.

Eine Pilotin.

»Mrs. Thompson?« fragte der Offizier. »Geht es Clara gut?«

»Sehr gut«, erwiderte sie.

»Meine Pilotin«, stellte der Offizier die Frau vor. »Ms. Severn. Ich bin Commander Reitan vom Klinikschiff *Mutter Theresa*. Wir hielten uns im Bereich des Systems auf, als Dr. Ramos uns verständigte.«

Mrs. Thompson warf Ramos einen finsteren Blick zu. »Sie können sie nicht mitnehmen.«

Der Commander lächelte und trat auf Clara zu. »Clara? Das hier ist eine Pilotin.«

»Schöne Augen!« sagte Clara. Ms. Severn trat an ihr Bett, beugte sich über sie, und der lange, rote Zopf fiel über Claras Brust. »Purpurrot, wie die Schläuche, die so jucken.«

»Dir juckt's?« fragte Ms. Severn. Sie sprach mit derselben weichen Stimme wie Clara, derselben Intonation.

»Überall juckt's, windet und schlängelt sich's und tut mir weh.«

»Schlingelt, schlängelt wie das Maul einer wilden Schlange?«

»Ja! Heiliger Jesus Maria von St. Bernadette, wow!«

»Ist sie eine Elfe?« fragte Mrs. Thompson.

Der Commander nickte. »Eine sehr gute Pilotin. Sie fliegt das Schiff seit ihrer Teenagerzeit.«

»Soll Clara auch so werden?« Mrs. Thompson betrachtete Ms. Severn und bemerkte ihre Würde, ihre Grazie und den Respekt, den die anderen ihr entgegenbrachten, indem sie Platz um sie ließen, als stünde sie unentwegt im Mittelpunkt des Geschehens und als müßten andere aus dem Scheinwerferlicht treten, um keinen Schatten auf ihren Auftritt zu werfen.

Respekt. Claras Defekte, ihr Anderssein wurden respektiert, aber es war eine eigentümliche Art von Respekt. Es war ein Respekt, den man jemandem entgegenbrachte, der niemals normal sein konnte, eine Würdigung, die man jemandem zu erweisen versuchte, weil man wußte, daß es sich so gehörte, aber nicht garantieren konnte, weil ein so seltsames Kind wie Clara die Leute erschreckte. Ms. Severn dagegen erschreckte die Leute nicht.

»Wenn es Ihr Wunsch ist«, sagte der Commander, »dann könnte Clara ebenso werden.«

Mrs. Thompson sah zu, wie ihre Tochter mit der Pilotin plapperte, wieviel Spaß ihr das machte – trotz der Schläuche und der Monitore. Konnte sie ihr diese Chance verweigern, mehr zu werden als ein absonderliches Kind?

»Sind Sie hier, um meine Tochter mitzunehmen?« fragte sie.

Der Commander schüttelte den Kopf. »Um ihr zu

helfen...« Mrs. Thompson runzelte die Stirn; er hob eine Hand. »Nein, ich meine das ernst. Um ihr Leben zu retten, um alles zu tun, was erforderlich ist, um eine kostbare Ressource zu schützen... eine potentielle Ressource.«

»Sie würden sie einfach auf Ihr Schiff mitnehmen, sie behandeln und wieder nach Hause schicken?«

»Wenn es das ist, was Clara – oder Sie – wünschen.«

Mrs. Thompson warf Dr. Ramos einen bösen Blick zu und schüttelte den Kopf. »Er sagte, es sei sehr kostspielig...«

»Dr. Ramos hat sie nicht über alle Möglichkeiten informiert.« Der Commander lächelte den Doktor an, ein kaltes, gepreßtes Lächeln.

»Sie nehmen sie also zu Ihrem Schiff mit, bringen sie in Ordnung und schicken sie zurück?«

»Ohne Kosten für Sie. Und ohne jede Verpflichtung.«

»Warum?«

»Um eine wertvolle Ressource zu schützen«, wiederholte der Commander und zuckte mit den Achseln. »Und um ehrlich zu sein, weil wir hoffen, Sie so davon überzeugen zu können, daß wir nur das Beste für Ihre Tochter im Sinn haben, und daß Sie uns erlauben werden, sie so auszubilden, daß sie ihr ganzes Potential entfalten kann.«

»Kann ich sie begleiten?« Einen Moment lang, auf die leise Chance hin, überlegte sie, wie es sein würde, aus Jenseits' tiefem Gravitationsbrunnen emporzusteigen.

»Wir haben gehofft, daß Sie das fragen würden.«

Mrs. Thompson war nicht klar gewesen, daß ein Aufenthalt im Schiff nicht bloß bedeutete, Jenseits' Oberfläche zu verlassen, sondern auch sein Sonnensystem. Der Commander hatte es ihr in einfachen Worten erklärt: sie würden Clara innerhalb des Sonnensystems operieren – nicht Claras Herz ersetzen, sondern ihre Arterien mit künstlichen Flicken verstärken –, und während sie sich erholte, andere Sonnensysteme bereisen. Sie würden andere Patienten auflesen, wieder andere nach Hause bringen und binnen eines Monats Schiffszeit und zwei Jahren Lokalzeit nach Jenseits zurückkehren. Der Commander hatte persönlich die notwendigen Gespräche mit Jenseits' Administratoren geführt, und sie hatte sich bereit erklärt, der *Mutter Theresa* zuliebe die Unterkunft der Thompsons zu betreuen.

Am Rande des Systems hatte der Commander Mrs. Thompson auf die Brücke eingeladen, um den Eintritt in den Äußeren Weltraum zu verfolgen. Der Commander gab den über Pulte und Monitore gebeugten strahlend hellen Männern und Frauen leise Befehle. Als das Klinikschiff sich von Jenseits' äußeren Planeten entfernte, seine Oort-Wolke passierte und in den leeren Raum flog, schien das Schiff einen Herzschlag lang zu schimmern, dann für einen Moment völlig ruhig zu werden. Der Commander stellte den Antrieb ab, die mächtigen Triebwerke, die das Schiff durch den normalen Raum beförderten, doch im Äußeren Weltraum nichts ausrichten konnten. Mrs. Thompson erinnerte sich erst in diesem Moment wieder an das Gefühl. Das letzte Mal hatte sie sich bei der Auswanderung nach Jenseits mit ihren Pflegeeltern an Bord eines Raumschiffs befunden, und damals war sie kaum älter als Clara gewesen. Aber sie erinnerte sich an den Frieden, den sie empfand, als das Schiff sich auf die Reise begab, und die vollkommene Ruhe an Bord.

»Es ist wundervoll«, sagte sie.

Der Commander lächelte sie an. »Wir machen das ständig«, sagte er, »und doch vergesse ich immer wieder, wie beruhigend dieser Moment sein kann. Und dann frage ich mich, wie ich das je vergessen kann. Aber wir müssen raus – das ist das Schwierige, denn wir wissen nicht, wie wir das anstellen sollen, so sehr wir es wünschen. Wir müssen den genauen Zeitpunkt zum Abflug kennen. Aber Ms. Severn paßt auf uns auf.«

Dann kam die Pilotin auf die Brücke, wortkarg, doch herrisch in ihrer Präsenz. Sie trug denselben purpurroten Anzug und die Schärpe. Ms. Severn lächelte Mrs. Thompson, dann den Commander an, doch gleichzeitig wirkte sie verwirrt, abgelenkt, als lausche sie Klängen, die andere nicht hören konnten.

Sie setzte sich in einen Stuhl rechts neben den Commander, und als sie Platz nahm, schien der Stuhl sie zu umschließen, bis nur noch ihr Scheitel hervorlugte.

»Unsere Pilotin wird in diesem Stuhl völlig von äußeren Sinneseindrücken abgeschirmt«, erklärte der Commander. »Sie wird den Äußeren Weltraum ohne Ablenkung erleben, ihn begreifen und uns erklären. Ah, jetzt ist es soweit.«

Lichter, Displays und Monitoren flackerten auf der zentralen Konsole zu einem komplizierten Muster auf, dessen Wandel man unmöglich mitverfolgen konnte. Ms. Severns Stimme tönte aus der Brückenanlage, leicht verfremdet durch die Elektronik und dadurch um so eigentümlicher: fast unverständlich in ihrer Absurdität.

»Ein Loch«, sagte Ms. Severn. »Ah, oh: rund und flach und wundervoll verwittert... Da, das dünne Ding und der Rand am Rand bei der Diaspora, im Einklang mit der Melodie des Dings, des langen, schmalen und anderer wie Atem im Dampf zwischen Stühlen und Winkeln. Oh! Oh! Das ist der Augenblick, nutzen Sie den Augenblick, Commander! Auf mein Zeichen, auf mein Bellen unter den drei Bäumen der Zeit und dem Sturm und den Rädern, die sich drehn und drehn, Commander, wenden Sie, wenden Sie jetzt!«

»Triebwerke einschalten«, sagte der Commander.

»Vorwärts, ein Grad, zwei Grad, zu scharf, zu scharf, zurück: ja, zurück, Rücken, Stühle, drei Beine baumeln, jetzt drei Grad, gut, ja, Jesus, Gott zum Teufel, mitten rein, mitten rein in den Elefanten.«

»Voller Schub«, sagte der Commander.

»Das war's: jetzt wenden«, sagte Ms. Severn. »Treiben, vorwärts, rudern, weiter rudern, raus, wird schwarz, wird rosa: raus!«

»Los.«

Die großen Triebwerke heulten auf, die Ruhe war dahin, und sie kehrten in den Normalraum zurück.

»Danke, Ms. Severn.«

Der Stuhl fuhr automatisch zurück, und Ms. Severn stieg aus. »Commander, Sie haben wieder das Kommando«, sagte sie. Sie kam zu Mrs. Thompson und umarmte sie. »Schauen wir nach Clara.«

Als sie mit dem Aufzug ins Krankenzimmer hinauffuhren, wandte Ms. Severn sich Mrs. Thompson zu und legte ihr eine Hand auf die Schulter. Obwohl Jenseiter sich gewöhnlich großen persönlichen Freiraum zugestanden – das war einer der Gründe, warum sie überhaupt nach Jenseits ausgewandert waren: um kulturellen wie persönlichen Freiraum zu erlangen –, empfand Mrs. Thompson die beiläufige Berührung weder als beleidigend noch bedrohlich. Sie erinnerte sich an Claras eigene Neigung, Wildfremde zu umarmen, und wie schwierig es gewesen war, sie den Regeln der Gesellschaft von Jenseits entsprechend zu erziehen. Nicht nur schien es Clara Freude zu bereiten, sondern auch den Opfern ihrer Zuneigung.

»Darf ich Ihnen eine Frage stellen, Mrs. Thompson?«

»Natürlich.«

»Haben Sie keinen Vornamen? Jeder nennt Sie ›Mrs. Thompson‹.«

»Auf Jenseits verwenden wir Titel, aus Respekt und um die Privatsphäre zu schützen. Aber ja, ich habe einen Vornamen: Beatrice. Sie können mich Beatrice nennen.« Das verstößt gegen alle Regeln des Anstands, dachte sie. Bis zur Hochzeitsnacht hatte sie nicht einmal ihren Ehemann ›Harold‹ genannt. »Bitte.«

»Beatrice ... Ich bin Sylvia.«

»Sylvia.«

»Ein hübscher Name, Beatrice. Die Geliebte von Dante, während Virgil ihn durch die Hölle geleitete.«

»Sie kennen Dante?«

Sylvia nickte. »Das Williams-Syndrom verändert uns auf seltsame Weise, wissen Sie. Wir lesen Unmengen, aber ich muß zugeben, daß mir andere Dinge extrem schwerfallen.«

Beatrice lächelte, als sie sich daran erinnerte, daß Clara schon mit vier Jahren lesen konnte – kaum ein Jahr, nachdem sie mit dem Sprechen angefangen hatte –, aber immer noch fast außerstande war, zweistellige Zahlen zu addieren. Der Aufzug hielt in der Herzstation an, und Beatrice folgte Sylvia bis an Claras Bett.

»Strahlefrau!« sagte Clara und streckte eine Hand aus, um Sylvias purpurroten Zopf zu streicheln. »Ich hab die Ruhe und die Wunder und das lustige rosa Wuseln drin gesehen.«

»Ich konnte dich drin sehen«, erwiderte Sylvia. »Ich konnte all die anderen Schiffe und die Navigatoren und die Gegenwart unserer Brüder und Schwestern spüren, mehr als wir uns vorstellen können.« Die Pilotin warf Beatrice einen Blick zu, lächelte schwach, verzog das Gesicht fast zu einer Grimasse. »Würdest du gern dazu gehören?«

»O ja«, sagte Clara ohne Zögern. »Ja, unbedingt!

Oh, wie wunderbar, o ja! Mutter, kann ich? Darf ich, soll ich?«

»Clara...«, sagte Beatrice. »Ich...« Mrs. Thompson betrachtete ihre Tochter, die Ösen in der Brust hatte und deren Herz von glänzenden Plastikklemmen zusammengehalten wurde, und trotz der blutigen Arbeit der Chirurgen und der Schmerzen, die sie sicher spürte, hatte sie ein fast verzücktes Lächeln im Gesicht. Sie war immer ein glückliches Kind gewesen, so wie alle Kinder, die unter dem Williams-Syndrom litten, wie Beatrice später erfahren hatte. In diesem Moment allerdings sah ihre Tochter glücklicher aus denn je. Konnte Beatrice ihrer Tochter Freude, Kameradschaft, Erfüllung – und auch ihre Pflicht verweigern?

»Entschuldige«, sagte sie und lief aus dem Zimmer.

Irgendwie fand Mrs. Thompson die Schiffskapelle. Ein Schiff, das nach einer großen Katholikin benannt ist, dachte sie, mußte einfach eine Kapelle haben, und eine einfache Anfrage im Lift brachte sie hin. Jenseits hatte seine eigenen Religionen und Prinzipien, aber wenige Jenseiter hingen einem anderen Glauben an als dem auf Jenseits heimischen, deshalb war es nicht ihre Angewohnheit, in einer Kapelle Trost zu suchen. Doch die Kapelle versprach Ruhe und Frieden. Ihr Dekor war gegenüber bestimmten Glaubensrichtungen neutral, deshalb schien sie die essenziellen Elemente aller Religionen zu beinhalten. Ein Fenster, das von keiner Lampe, sondern von der Videoaufzeichnung einer untergehenden Sonne beleuchtet wurde, glitzerte mit den abstrakten Mustern eines bunten Glasmosaiks. Die Formen erinnerten an Rorschach-Bilder, so daß die Scheibe, wenn man sie aus dem einen Winkel betrachtete, einen Mann am Kreuz darzustellen schien, der sich aber, aus einem anderen Winkel, vom Kreuz löste und einen zusätzlichen Arm bekam oder sich in einen sitzenden Buddha verwandelte oder eine Frau mit vielen Armen oder irgend etwas anderes.

In dem Glasmosaik sah Beatrice das Gesicht ihres Kindes. Sie sah ihre Tochter alt werden, und sie sah sich selbst alt werden, einsam alt werden ohne einen Sinn in ihrem Leben, weil ihre Tochter diesen Sinn gefunden hatte. Daß Clara aufgrund ihrer Veranlagung Hilfe brauchte, hatte Beatrice davon überzeugt, daß sie bis zu ihrem Tod keine wichtigere Aufgabe hatte, als für ihre Tochter zu sorgen. Genau deshalb kam es ihr auch so absurd vor, daß ausgerechnet die Veranlagung ihrer Tochter Beatrices Bemühungen überflüssig machen sollte. Beatrice hatte allerdings immer das Tragische ihrer Bestimmung erkannt: sie würde früher als ihre Tochter sterben – zumindest war das nicht auszuschließen – und fragte sich, wer dann für sie sorgen würde. Jetzt wußte sie es. Sie wußte, daß diese Last von ihr genommen war und daß sie ihr Leben weiterführen konnte. Für Clara war gesorgt, und Beatrice konnte sich um ihr eigenes Leben Gedanken machen.

Nur war *Clara* ihr Leben.

Das ist das Problem, dachte Mrs. Thompson. Dann erkannte sie die Wahrheit. Für Clara wäre es das Beste, wenn sie ihr erlaubte, ihr Potential zu entfalten, als Pilotin in den Weltraum zu gehen und ihre große Gabe mit dem Universum zu teilen. Beatrice freute sich darüber, daß ihre ganz besondere Tochter sich als etwas mehr als Besonderes herausgestellt hatte und daß ihr Kind unabhängig, respektiert, sogar verehrt sein würde. Nur ihre schreckliche Selbstsucht, ihre schiere Kleinlichkeit, mußte sie sich beschämt eingestehen, wollte sie daran hindern, Clara gehen zu lassen. Sie wollte sich um Clara kümmern, weil sie das Gefühl brauchte, gebraucht zu werden. Beatrice konnte Clara nicht gehen lassen, denn wenn Clara ging, wäre ihr Leben sinnlos und einsam – aber vor allem sinnlos.

Jemand nahm neben Beatrice Platz und legte einen Arm um sie. Sie zuckte bei der Berührung zusammen, wandte sich Sylvia zu und lächelte. »Ich muß sie gehen lassen«, sagte sie.

»Aber Sie schaffen es nicht«, sagte Sylvia.

»Hatten Ihre Mutter oder Ihr Vater dasselbe Problem?«

Die Pilotin schüttelte den Kopf, und ihr langer roter Zopf wischte leicht über Beatrices Gesicht. »Meine Eltern haben mich zur Adoption freigegeben. Ich wurde in einem ziemlich abgelegenen Dorf auf einem abgelegenen Planeten geboren. Glücklicherweise erkannte das Waisenhaus meine Begabung, als ich noch jung war. Meine Familie war immer im Sternendienst.«

»Aber jemand muß sich doch um Sie gekümmert haben ... ein Kindermädchen, ein Lehrer.«

»Ich hatte viele Lehrer und viele, die sich um mich kümmerten. Die meisten von uns wachsen in der Pilotenschule auf. Man versucht uns Elfen aufzuspüren, solang wir noch jung sind. Das macht die Ausbildung einfacher – zu diesem Zeitpunkt waren wir noch nicht so vielen widersprüchlichen Wirklichkeitsmodellen ausgesetzt.«

»Aber haben Sie denn keine Eltern? Haben Sie eine Mutter? Einen Vater?«

»Nein ...« Sylvia blickte auf, und in ihren strahlenden Augen und ihrem hellen Gesicht bemerkte Beatrice einen Anflug von Traurigkeit. »Nein, keine Mutter, keinen Vater.«

»Und wenn Clara auf die Navigatorenschule geht, wird sie auch keine Eltern haben.«

»Leute, die für sie sorgen, ja ... Aber Sie sind ihre Mutter, sie hat Sie.«

»Aber nicht in der Schule, richtig?«

»Kann schon sein.«

Beatrice lächelte. »Ich glaube, ich weiß, was zu tun ist. Wir werden natürlich mit dem Commander reden müssen, und er wird sich wahrscheinlich mit seinen Vorgesetzten beraten, aber ich glaube, ich weiß, was zu tun ist.«

Als sie in einem Stuhl vor dem Commander saß, ein Seidentuch um die Schultern, lächelte Beatrice, weil sie es sich nicht so einfach vorgestellt hatte. Claras außergewöhnliche Lebensumstände – ein Elfenkind, das tatsächlich noch bei seiner Mutter lebte – hatten eine Ausnahme möglich gemacht, die der Weltraumdienst noch nie in Betracht gezogen hatte. Die anderen Kinder waren von einer ganzen Reihe Kindermädchen und Betreuern großgezogen worden, hatten aber nie eine Mutter, einen Vater oder eine andere Person gehabt, an die sie sich ein Leben lang binden konnten. Unter praktischen Gesichtspunkten, erklärte Beatrice, würde Clara diese Bindung aufrechterhalten müssen.

Der Commander raffte Beatrices Haar zu einem Knäuel auf dem Schädeldach zusammen und löste eine Strähne von genau bemessenem Durchmesser, die mitten auf dem Kopf saß. Er band das Haarbündel ab und ließ den Rest locker herunterfallen. Mit geraden Strichen eines stabähnlichen Geräts rasierte er den Rest ihres feinen blonden Haares weg. Der Stab zerstörte dabei automatisch die Haarzellen.

Um diese Bindung zu erhalten, dachte Beatrice. Das war der Schlüssel gewesen. Selbst Elfenkinder brauchten Mütter. Claras höchster Lebenszweck bestand darin, eine Pilotin zu sein. Beatrices höchster Lebenszweck bestand darin, Claras Mutter zu sein. In den fast zehn Jahren von Claras Leben war das ihre einzige Beschäftigung gewesen, und sie hatte ihre Arbeit nicht nur gut, sondern zudem mit Freude und Vergnügen gemacht. Warum konnte sie Clara nicht im

Weltraumdienst beistehen? hatte sie den Commander gefragt. Warum konnte sie Clara nicht begleiten, und wenn Clara ein Schiff übernahm, ihr weiterhin zu Diensten sein, indem sie jedem Elfenkind eine Mutter war, die ohne Mutter, ohne feste Bindung zu einem Menschen in die Schule kam?

Die letzten langen Strähnen ihres Haars fielen auf das Seidentuch. Beatrice gegenüber lächelte Clara ihre Mutter an und kicherte. »Kahle Mama, kahle Mama, Mama mit 'nem weißen Tuch auf dem Kopf!«

»Du redest was zusammen, Clara!« Sie beugte sich vor und zupfte an dem roten Zopf auf dem Kopf ihrer Tochter.

Der Commander nahm ihr das Tuch ab und schüttelte die Haare auf den Boden. Er hielt einen Spiegel hoch, damit sie ihr neues Äußeres begutachten konnte. Beatrice fand es häßlich, aber sie wußte, was der lange Zopf bedeutete und welchen Respekt er ihr verschaffen würde.

»Sie sind jetzt eine Raumfahrerin, Mrs. Thompson«, erklärte der Commander. »Gratuliere. Wir freuen uns für Sie.«

Beatrice sah nun ihre und Claras Zukunft deutlich vor sich. Sie würde den Rest ihres Lebens im Weltraum verbringen, auf dem Schulschiff, wo die Navigatoren ausgebildet wurden, das Schiff, auf das die *Mutter Theresa* nun zuraste, um die beiden neuen Besatzungsmitglieder abzuliefern. Nach demselben subjektiven Zeitmaßstab wie Clara, wenn sie ihren Dienst antrat, würden Mutter und Tochter gemeinsam alt werden, sich oft sehen und nie voneinander getrennt sein.

Claras Mutter, Mutter der Elfen.

Originaltitel: ›Mother to Elves‹ · Copyright © 1994 by Mercury Press, Inc. · Aus: ›The Magazine of Fantasy & Science Fiction‹, Juni 1994 · Aus dem Amerikanischen übersetzt von Michael K. Iwoleit.

Brian Stableford

FLEISSIGES STERBEN

Er konnte sich zwar nicht erinnern, je an diesem eigenartigen Ort gewesen zu sein, doch kam ihm der offene Platz vage bekannt vor. Als er auf das häßliche Mittelstück des Springbrunnens hinaufkletterte, der auf das pagodenähnliche Dach über den glotzäugigen Wasserspeiern zielte, kamen ihm die Stellen, wo er seine Füße aufsetzte, seltsam vertraut vor. Man rief bereits seinen Namen, aber das bedeutete überhaupt nichts; er vermutete, daß man ihn in Hunderten von Städten und Aberhunderten von Einkaufszentren erkannt hätte. Er war mittlerweile eine ziemliche Berühmtheit.

Als er den vorteilhaften Aussichtspunkt erreicht hatte, liefen rund tausend Menschen auf den Brunnen zu. Das Atrium war so angelegt, daß die Massen auf der zweiten, dritten und vierten Etage ebensogute Aussicht hatten wie die Menschen im Erdgeschoß. Die Aufzüge waren vollgestopft mit aufgeregt gestikulierenden Kunden, die hofften, daß die Rolltreppen sie nicht zu weit fort trugen, bevor das Spektakel begann.

Er überprüfte seine Uhr. *Zehn Sekunden*, dachte er. *Der Countdown läuft.*

Er wußte, daß er von einem Dutzend Sicherheitskameras aufgenommen wurde und jeder in der Menge, der einen Camcorder besaß, diesen nun auf ihn richtete, aber die KNI war bestimmt schon mit einer gerichtlichen Verfügung gegen jedes Einkaufszentrum in dieser oder jeder anderen Stadt unterwegs. Und von Amateurfilmern konnte man nicht erwarten, daß sie erstklassiges Filmmaterial produzierten, nicht einmal mit den technischen Hilfsmitteln von heute. Er nahm an, daß zehn Sekunden reichten, um ein paar Nachrichtendrohnen anzulocken. Auch die Sender postierten heutzutage in den Einkaufszentren Drohnen, und das nicht nur wegen ihm. Einkaufszentren waren kommerzielle Arterien der Nation, und die Zentrumsnachrichten hatten im öffentlichen Interesse immer einen hohen Stellenwert.

Bei *Fünf* öffnete er den Behälter und warf den Verschluß in die Menge, so daß die Kinder sich darum prügeln konnten. Bei *Sieben* fing er an zu gießen, so daß er bei *Neun* bereit war, den Kanister in das geriffelte Becken des Brunnens fallen zu lassen.

Mit einer fließenden Bewegung, die von geübter Sicherheit zeugte, zündete er das Streichholz mit dem Fingernagel an. *Sieht es so oder so lässiger aus?* fragte er sich. Er hatte immer sehr auf Stilfragen geachtet.

Seine Turnschuhe waren patschnaß, seine Hose vollgesogen vom Sprint durch das Becken, aber er wußte, daß dies unwichtig war. Der Rest seines Körpers war durchnäßt von etwas, das unendlich weniger dazu neigte, die Stimmung zu dämpfen.

Die Flammen schossen mit einem hörbaren *Wuuusch* an ihm hoch, und schwarzer Rauch trieb in Schwaden davon. Für eine oder zwei Sekunden – es konnte auch eine Geruchsillusion gewesen sein – glaubte er, den Geruch seines brennenden Fleisches wahrnehmen zu können.

Boah, dachte er.
Boah! Boah! Boah!

Als Margaret Perciks Piepser losging, schreckte sie aus dem Schlaf hoch. Sie war überrascht und empfand ein leichtes Schuldgefühl, weil sie eingenickt war.

Sie brauchte ihr Armbandtelefon nicht zu überprüfen. Es war Emily; sie signalisierte, daß Walter Murray das Bewußtsein wiedererlangt hatte. Margaret beeilte sich, sie konnte es kaum erwarten, bei ihm zu sein, bevor man die Schutzhaut entfernte, die seine Augen verschloß. Aber sie hätte sich nicht zu sorgen brauchen: die Überwachungsgeräte hatten zwar angeschlagen, aber Walter war völlig regungslos. Er hatte noch nicht einen Muskel bewegt; möglicherweise wollte er Zeit schinden, während er herauszufinden versuchte, wer, was und wo er war. Dank Walter Murray wußten die Ärzte nun, daß der Tod normalerweise temporären Gedächtnisverlust verursachte. Er hatte genug Erfahrung im Sterben, um gewohnheitsmäßige Methoden zu entwickeln, mit diesem Zustand zurechtzukommen.

Als sie die Instrumente überprüfte, war sie sicher, daß er ihre Bewegungen mit aufmerksamen Ohren verfolgte. Außerdem zuckte er, als sie seine Einwegschläuche überprüfte. Vorsichtig schälte Sie die Überhaupt von seinen Augen, und er öffnete sie und blinzelte gegen das Licht an. Er mußte sie noch einmal für ein, zwei Sekunden schließen, und als er sie dann aufhalten konnte, konzentrierte er sie unmittelbar auf ihr Gesicht. Keine bleibenden Schäden.

Er sah sie an, ohne sie wiederzuerkennen. Emily rückte zum Kopf des Bettes, damit er sie beide genau betrachten konnte. Emily und sie waren beide auf ihre Weise attraktiv, obwohl sie strenge weiße Anzüge trugen. Margaret war brünett, ernst und vom Äußeren her derart zur Autoritätsperson geschaffen, daß sie fast unnahbar wirkte; Emily war blonder, sanfter und trug Schmuck. Zwar wurde heutzutage von niemandem mehr erwartet, das Alter einer Frau schätzen zu können, aber das war Unsinn. Falten oder nicht: Margaret wußte, wie augenfällig es sogar für einen halb Blinden war, daß es sich bei Emily um eine völlig echte Einundzwanzigjährige handelte, während sie selbst mehr als fünfundfünfzig Lenze zählte.

Margaret warf einen schnellen Seitenblick auf Emily, um sicherzugehen, daß sie aufpaßte. Nach ihrem vereinbarten Vorgehen war es wichtig, daß sie ihn beide ohne die leiseste Spur von Sympathie oder Verehrung ansahen.

»Können Sie sich erinnern, wer Sie sind?« fragte Margaret.

Es gab eine Pause von zwanzig Sekunden, bevor er antwortete. Schließlich sagte er: »Ich habe meinen Namen wohl vorübergehend vergessen. Tut mir leid.«

»Sie hatten sehr viel Glück, Mr. Murray«, sagte Margaret. »Wenn Sie nicht in den Springbrunnen gefallen wären...«

Dies entlockte ihm eine leichte Reaktion – als hätte ihn das Grauen des Ganzen wie ein Faustschlag in die Magengrube getroffen, ohne ergründen zu können, warum der Gedanke so erschreckend war.

»Welcher Springbrunnen?« fragte er verwirrt. »Murray sagen Sie? Ist das mein Name? Murray?«

»Sie sollten nicht mit dem Feuer spielen, Mr. Murray«, sagte Margaret so ernst sie nur konnte. »Es ist kein Kinderspiel. Wir können zwar verbranntes Hirngewebe regenerieren, nicht aber die Informationen, die sich dort befanden, bevor es verbrannte. Wenn Sie so etwas noch mal versuchen, Mr. Murray, sind Sie verkohlt. Ich schätze, Sie haben sich schon mehr als zehnmal als Zombie qualifiziert, aber diesmal haben nur ein paar Sekunden gefehlt, und sie hätten als hundertvierzig Pfund ehemals lebendiges Frischfleisch geendet. Wie schon gesagt, wären Sie nicht in den Brunnen gefallen...«

»Kenne ich Sie?« fragte er.

Sie gab ihr absolut Bestes, um ihn mit einem Blick

zu mustern, als sei er irgendein Insekt, das in der Schublade zwischen ihrer Unterwäsche herumkroch.

»Ja, Mr. Murray«, sagte sie fest. »Sie kennen mich. Und Sie kennen auch Mr. Stepanova. Er wartet auf die Nachricht, daß Sie wach sind. Er hat ein paar Neuigkeiten für Sie.«

Sie nahm eine Fernsteuerung von der Instrumentenkonsole neben dem Bett und tippte eine Sequenz ein. Der Wandbildschirm am anderen Ende des Zimmers flackerte blau auf, zeigte die zutreffenden Kodes und wurde zu einem Bild.

Stepanova mußte wohl schon darauf gewartet haben; Emily hatte ihn zur selben Zeit angepiept wie Margaret. Er schaute direkt und so zielbewußt in die Kamera, wie nur ein Mann es konnte. Zwar war er dafür geschaffen, aber es war keine sonderlich beeindruckende Pose. Alle Männer in einem gewissen Alter betonten ihre charakteristischen Merkmale auf diese Weise, und das machte den Effekt wieder zunichte.

»Sie sind pleite, Murray«, sagte Stepanova mit bitterem Zorn in der Stimme, den er nicht vorzutäuschen brauchte. »Es ist aus. Wir haben eine gerichtliche Verfügung vom Obersten Gerichtshof, mittels der Ihnen jeder weitere Gebrauch jeglicher Produkte der Konföderation, die nicht im freien Handel erhältlich sind, verboten ist. Ich habe einen Gerichtsbeschluß, der Sie auffordert, die gesamte Nanotechausrüstung herauszurücken, die Sie aus unseren Laboratorien entwendet haben. Ihre Rechtsanwälte mögen zwar eine wirkungsvolle Mauer gegen die Möglichkeit Ihrer Entmündigung und Zwangseinweisung aufgebaut haben, aber jetzt kommen Sie nicht mehr so einfach davon. Und um ehrlich zu sein, ich glaube, jetzt, wo ihre Konten in den Miesen stehen, verlieren Ihre Leute die Nerven. Noch ein Selbstmord, dann stehen Sie bis zum Jüngsten Tag unter

Hausarrest. Sie sind draußen, Murray, verstanden? Es ist *aus*.«

»Ich bin sicher, daß Sie es gut meinen«, sagte Murray sanft. »Aber ich fürchte, ich weiß nicht wovon Sie reden. Kenne ich Sie?«

Stepanova runzelte die Stirn, als argwöhne er, man wolle ihn foppen, was ihm nun gar nicht gefiel, doch Margaret hatte ihm genau gesagt, was zu erwarten war. Sie trennte die Verbindung über die Fernbedienung, damit Stepanova keine aussichtslose Diskussion mit ihrem Patienten anfing. Dann gab sie Murray das Instrument. Er musterte es ein paar Sekunden lang, doch dann nickte er, als freue er sich, etwas völlig Vertrautes zu sehen. Er gab es zurück.

»*Das* erkenne ich«, sagte er.

»Aber mich nicht?« konterte sie.

Er schüttelte den Kopf. »Ich bin Dr. Percik«, sagte sie und bemühte sich weiterhin, so ernst und kühl wie möglich zu bleiben. Die Theorie besagte, jedes Angebot von Komfort, das als Anerkennung und somit als Ansporn zur Wiederholung des ihn in diese Lage gebrachten Verhaltens gewertet werden könne, sei zu vermeiden. Offenbar galt noch immer die Standardprozedur, mit der man Möchtegernselbstmörder nach der Rückkehr vom Rand willkommen hieß. Sie persönlich hatte zwar in Walter Murrays Fall nicht das geringste Vertrauen in die Effektivität dieser Methode, aber sie stand unter dem Druck ihrer Kollegen und anderer Interessengruppen, die mehr daran interessiert waren ihn aufzuhalten statt zu erfahren, warum er es immer wieder tat.

»Wie geht es mir, Doktor?« fragte er flau.

»Den Umständen entsprechend gut«, erwiderte sie offen und fügte nach einer kurzen Pause, in der sie als Antwort auf Emilys unausgesprochene Frage, was ihr die Erlaubnis gab, den Raum zu verlassen, nickte, hinzu: »Ihnen sollte klar sein, daß Stepanova es ernst meint. Sobald ich mein Honorar bekommen habe, sind Sie so nah am Bankrott wie nur möglich. Diesmal werden die Medien nicht für Sie bürgen; die KNI hat alles unter Verschluß. Niemand will mit Ihnen reden, und niemand wird Sie für dieses Privileg bezahlen. Ihre Anwälte werden nicht einmal versuchen, die KNI-Verfügungen anzufechten. Es ist Ihnen letztendlich gelungen, sich selbst ins Abseits zu befördern. Sie mögen zwar berühmt sein, aber Sie sind arbeitslos, und wenn Sie irgend etwas tun – *egal was* –, *und es* mit Hilfe von Prototyp-Nanotech einsetzen, werden Sie für sehr lange Zeit von der Bildfläche verschwinden. Haben Sie ein wenig Geduld, Walter, und Sie können noch ein langes, glückliches Leben führen. Bringen Sie sich aber noch einmal um, dann wird man dafür sorgen, daß Sie an Altersschwäche sterben. Hören Sie, ich verfolge keine eigennützigen Zwecke; ich bin auch draußen. Mehr werden Sie von mir nicht zu sehen kriegen. Ab jetzt bekommen Sie ihre medizinische Betreuung auf Kredit. Standardbehandlung, für die Sie anstehen müssen.«

»Sie können gut mit Kranken umgehen«, warf er ein. Man konnte unmöglich beurteilen, wie desorientiert er war und wieviel er von dem verstand, was er hörte. Das Ziel war, die Botschaft rüberzubringen, bevor sich sein Gedächtnis und seine Widerstandsfähigkeit erholt hatten.

»Es ist schwierig, nett zu einem Riesenarschloch zu sein«, erwiderte sie. Sie verengte grüblerisch die Augen und sagte: »Wenn Sie noch mehr gestohlene Nanotechausrüstung gehamstert haben, rücken Sie sie lieber raus. Wie immer Sie auch ursprünglich daran gekommen sind, es ist nicht mehr legal, sie zu besitzen. Erzählen Sie mir einfach, wo Sie das Zeug verstaut haben, und ich werde es von dort entfernen.«

»Es tut mir leid«, sagte er, »aber ich weiß wirklich nicht, wovon Sie sprechen.«

»Alle haben den Fall abgeschlossen, Walter«, fuhr sie fort. »Wir lassen Sie nicht noch einmal sterben. Wir lassen nicht zu, daß Sie sich selbst vernichten. Diesmal müssen Sie die Sache auf die Reihe kriegen, klar?«

Er sah sie nur demütig an, als verstünde er nicht, warum sie so mit ihm sprach. Sie konnte nicht sagen, ob – oder in welchem Maße – er ihr nur etwas vorspielte. Vielleicht, dachte sie, ist es das beste, wenn sein Gedächtnis nicht langsam wieder zurückkehrt; möglicherweise braucht er nur einen neuen Anfang. Sie schämte sich ein wenig für den Gedanken, der ihr direkt danach kam: *Aber dann kriegen wir nie heraus, worin die Faszination liegt. Der Teufel soll Stepanova und seine Gerichtsbeschlüsse holen. Es gibt ein Geheimnis, das wir eigentlich lösen müßten.*

Sie bemühte sich noch einmal, ihm einen vernichtenden Blick zuzuwerfen und schritt aus dem Zimmer.

Als der Piepser erneut erschallte, wachte sie nicht so erschreckt auf, und es erfüllte sie auch nicht das dumpfe Gefühl, daß es kein Entrinnen gab. Diesmal teilte ihr das automatische Signal mit, daß Murray den Bildschirm seines Zimmers aktiviert hatte. Sie hatte im Interesse der gewissenhaften medizinischen Pflege ein Anzapfen seiner Leitung arrangiert.

Die Miene, die sie von ihrem eigenen Bildschirm herunter ansah, schien direkt in ihr Gesicht zu blikken, aber das war natürlich unmöglich. Es war nicht einmal das echte Gesicht Walter Murrays, sondern eine Aufzeichnung, zweifellos dazu programmiert, ihn in den frühen Morgenstunden anzurufen, wenn niemand an der Tür horchte.

»Hallo, Walter«, sagte der Anrufer mit Walters früherem Gesicht.

»Wer, zum Teufel, sind Sie?« antwortete der echte

Walter. Seine Stimme wurde von der Wanze, die sie hatte anbringen lassen, leicht verzerrt.

»Ich bin deine Anrufbeantworter-KI«, antwortete der Anrufer. »Bestens aufgerüstet und reprogrammiert von deinem anderen Ich – für Notfälle wie diesen hier. Laß dich nicht beunruhigen, du leidest nur an leichtem Gedächtnisschwund. Zumindest hoffe ich, daß er leicht ist. Es wird dir wahrscheinlich in den nächsten ein, zwei Tagen alles wieder einfallen, aber ich werde dir helfen, so gut ich kann. Dafür bin ich da. Ich bin zwar in erster Linie ein Wiedergabegerät, aber ich wurde für einfache Fragen und Antworten aufgerüstet. Unterbrich mich, wann immer du möchtest. Dein Name ist Walter K. Murray; das K steht für nichts mehr, es ist ein vollwertiger Mittelname aus eigenem Recht. Früher hast du für die KNI, die Konföderation der Nanotechnologischen Industrien in der Sicherheitskommission gearbeitet. Dein offizieller Titel war Studienobjekt, aber umgangssprachlich bist du ein Versuchskaninchen oder Stuntman. Man hat dich vor einem Jahr wegen übertriebenen Diensteifers gefeuert – zumindest lautet die Version der KNI so. Stepanova hat eine Anklageschrift zusammengestoppelt, die vom Bagatelldelikt zur fahrlässigen Gefährdung reicht und den guten Namen der Organisation in Mißkredit bringt, aber sie ist größtenteils falsch. Kommst du soweit mit?«

»Nicht ganz«, sagte der echte Walter unbeholfen.

Margaret hätte gern sein Gesicht gesehen, um beurteilen zu können, wie er es aufnahm, aber es schien nicht die Mühe wert, eine versteckte Überwachungskamera in einem verdunkelten Raum anzubringen. Das Bild auf dem Monitor flackerte leicht, als sich ein neues Unterprogramm einkoppelte.

»Macht nichts«, sagte die KI sanft. »Laß dir Zeit. Ich vermute, daß du diesmal die alten Gehirnzellen ganz schön in Unordnung gebracht hast. Was hast du getan?«

»Ich weiß nicht genau«, sagte er. »Ich habe wohl mit Feuer gespielt und bin in einen Springbrunnen gefallen. Die Ärzte sind nicht sehr hilfreich.« Er klang offen und ehrlich, aber sie wußte, daß es genausogut reine Verstellung sein konnte.

»Du solltest dir die Nachrichten ansehen«, sagte die KI. »Du brauchst nur die betreffenden VidAusschnitte aufzurufen. All deine Selbstmorde sind auf Band.«

»*All* meine Selbstmorde? Wie viele gab es, und wieso bin ich nicht tot?«

»Du hast dich bis jetzt zehnmal umgebracht«, berichtete die KI pflichtschuldig.

»Warum sollte ich so was tun?« fragte Walter, der es eigentlich hätte wissen müssen. Doch statt dessen verwirrte er eine KI mit einer neuen Frage, ohne sich die vorherigen beantworten zu lassen. KIs waren ohnehin viel besser in Was, Wer und Wann als in Warum. Er würde nur mehr Daten bekommen, keine professionelle Psychoanalyse.

»Deine Tätigkeit als Studienobjekt«, sagte die KI sorgfältig, »schloß medizinische nanotechnologische Prototypen ein, deren Zweck es ist, die Selbstheilungskräfte des menschlichen Körpers zu verbessern. Ihre Aufgabe besteht darin, den Neuaufbau von beschädigtem Gewebe zu unterstützen sowie die Heilung von Wunden und die Regeneration verlorenen Materials zu beschleunigen. Um es kurz zu machen: Deine Arbeit bestand darin, dir Verletzungen von stetig steigender Härte zu unterziehen, um die Leistungsfähigkeit und Grenzen der Nanomaschinen in Ihrem Blutkreislauf zu erforschen. Diese umfaßten sowohl anästhetische als auch Reparatur-NMs. Du warst in deiner Arbeit gut. Du warst beliebter als die meisten, vielleicht sogar beliebter als alle anderen. Du warst Mitglied einer Elitetruppe, die mit den fortschrittlichsten Prototypen arbeitete.

Als du anfingst, dein Aufgabenfeld zu erweitern, waren die Verantwortlichen begeistert, haben dich sogar ermutigt. Die geheim arbeitenden Wissenschaftler waren ziemlich erbaut von dir – und sind es wahrscheinlich noch immer. Die Firma war scharf darauf, an die Öffentlichkeit zu gehen, und die KNI hat sie gelassen. Man sah keinen Schaden in der Beachtung, die dir die Medien entgegenbrachten. Als du zum ersten Mal nach einem beurkundeten Tod zurückkamst, gab es eine allgemeine Euphorie. Die hohen Tiere der KNI waren ebenso interessiert wie alle anderen. Erst nach dem fünften Mal schritt Stepanova ein und sprach davon, die KNI sei im Begriff, sich in einen x-beliebigen Zirkus zu verwandeln. Er kam zwar zu spät, hat aber alles versucht, die verlorene Zeit wettzumachen. Brauchst du nähere Einzelheiten zu diesem Thema? Wenn ja, ich habe noch zwei weitere programmierte Ebenen.«

»Nein«, sagte der Mann im Bett matt. »Ich glaube, ich erinnere mich an einiges. Die Grenzen suchen. Darum hat sich alles gedreht. Die Grenzen prüfen. Das Unbekannte erforschen. Dinge zu sehen, die noch kein Mensch... Sie wollen mich aufhalten, nicht wahr? Sie wollen mich stoppen.«

»Ja, so ist es«, antwortete die KI. »Nun will man dich aufhalten. Aber das macht nichts. Du warst immer einen Schritt voraus. Mach dir keine Sorgen. Man muß dich morgen oder übermorgen nach Hause entlassen. Wenn du erst wieder zu Hause bist, können wir alles klarmachen. Mach es dir gemütlich, nimm's leicht. Mehr brauchst du nicht zu tun. Möchtest du weitere Informationen?«

Es war lange still, bevor Walter sagte: »Nein. Jetzt nicht. Danke... Also... Ja, das ist alles. Leg auf, okay?«

»Wir werden wieder miteinander reden«, versprach die KI. »Komm nach Hause, so schnell du kannst.«

Das Bild verschwand abrupt.

Margaret spitzte die Lippen und legte sich auf das Kissen zurück. Die KI hatte recht. Sie mußten Walter Murray nach Hause schicken, sobald er körperlich wieder fit war. Amnesie oder nicht, er war völlig klar. Es gab keine Möglichkeit, ihn in Zwangshaft zu nehmen. Stepanova hatte sie schon mehr als einmal darum gebeten. Doch selbst wenn sie es gekonnt hätte – sie würde es nicht tun. Es wäre keine Lösung gewesen, weder für Walters Problem noch für das ihre.

Sie seufzte und legte sich in der Dunkelheit wieder hin. *Was zieht ihn am Sterben so an?* fragte sie sich, obwohl die unbeantwortete Frage schon längst fade geworden war. *Wieso erlangt er jedesmal mit der Rückkehr seiner Erinnerungen auch seine ganze Entschlußkraft, seine ganze Gerissenheit und seine ganze Verschlossenheit zurück? Was, zum Teufel, geht in diesem merkwürdig verdrehten Verstand vor, und was sagt er für die Zukunft voraus, wenn die von ihm getesteten Produkte ihren Triumphzug auf den Markt antreten?*

Sie hätte gern gewußt, ob Walter ähnliche Gedanken durch den Kopf gingen, und ob es ihm ebenso schwerfiel, Schlaf zu finden.

Margaret überließ Walter Murray einen Tag sich selbst, erst dann sah sie wieder nach ihm. Er wurde zwar nicht pausenlos überwacht, aber die in seinem hauseigenen System angebrachte Wanze lieferte ihr eine Übersicht über alles, was er getan hatte. Außerdem hatte man alles für den Fall aufgezeichnet, daß sie einen näheren Blick darauf werfen wollte. Es war fast 21.00 Uhr, als sie bei ihm auftauchte.

»Nun, Walter?« begann sie, während sie seinen

physischen Zustand überprüfte. »Was denken Sie über Ihr früheres Leben?«

»Was meinen Sie?« wehrte er behutsam ab.

»Ich meine, daß Sie offenbar noch immer mit dem Gedächtnisschwund zu kämpfen haben. Schauen Sie sich eine Stunde lang Ihre VidAusschnitte an, könnte es Nostalgie sein. Bei zwei Stunden wäre es Narzißmus, aber bei sechs Stunden geht es bestimmt um Nachforschungen. Sie wollen herauskriegen, was Sie für ein Typ sind, nicht wahr? Sie können es ruhig zugeben. Denken Sie daran – ich bin Ihr Arzt.«

»Gestern haben Sie kein großes Interesse gezeigt.«

»Das war Taktik«, sagte sie. »Verweigerung in Verbindung mit dem Wunsch, Aufmerksamkeit zu erringen, damit sich das Verhaltensmuster nicht neu verstärkt. Es ist zwar nicht so, daß *ich* glaube, Sie wollten mit ihrem Verhalten nur Aufmerksamkeit erregen, aber es gibt eine Schule, die zu dieser Ansicht neigt.«

»Dürfen Sie mich eigentlich überwachen, jetzt, da ich zu Hause bin?« fragte er, dem Thema ausweichend. »Zu den allgemeinen Erinnerungen, die ich nicht verloren habe, kommt, glaube ich, auch etwas über das Eindringen in die Privatsphäre vor.«

»Ich bin Ihre Ärztin, Walter, und Sie waren eindeutig. Tot und wiederauferstanden, zum zehnten Mal. Ich darf Sie zu Ihrer eigenen Sicherheit überwachen.«

»Sind Sie auch dazu berechtigt, mein Telefon zu sperren, so daß ich nicht anrufen kann? Dürfen Sie auch dafür sorgen, daß ich nicht mal durch die Tür meiner eigenen Wohnung gehen kann?« Sie fragte sich, ob es ein gutes Zeichen war, daß er seinem angestauten Ärger so leicht freien Lauf ließ.

»Ja, das kann ich«, erwiderte sie. »Solange Sie sich nicht völlig erholt haben, bin ich berechtigt, Sie vor jedem Ärgernis zu beschützen.«

»Gut, aber ich habe mich völlig erholt. Meine Arme sind etwas schwach, und meine Finger brauchen

Übung, aber ich bin grundsätzlich gesund. Sie können den Hausarrest aufheben. Um offen zu sein, ich bestehe darauf.«

»Morgen, Walter, vielleicht übermorgen. Sie leiden an Amnesie, wissen Sie noch? Es wäre vom ärztlichen Standpunkt aus nicht in Ordnung, Ihnen freien Lauf zu lassen, ohne Ihr Problem anzusprechen.«

»Ich habe es angesprochen. Ich bin Walter K. Murray, den Revolver-TV-VidMags als ›Denkmal‹ Murray bekannt, obwohl neunundneunzig Prozent der Leute zu blöd sind, um den Witz zu kapieren. Ich kann meine ganze persönliche Geschichte vortragen. Kein Problem. Ich dachte, Sie machen sich ohnehin Sorgen um Ihre Bezahlung. Mir ist nicht bekannt, was Sie pro Stunde nehmen, deshalb weiß ich nicht genau, ob ich mir Hausbesuche leisten kann.«

»Sie können es sich nicht leisten, ohne vernünftige Behandlung zu sein«, gab sie zurück. »Wenn Sie keine Zeit mehr verschwenden wollen, warum lassen Sie nicht die Feindseligkeit weg und fangen an, mich wie den Freund zu behandeln, der ich bin? Ich bin Ihre Ärztin, Walter. Ich will wirklich und wahrhaftig, daß Sie gesund werden.«

Sie sprach zwar nicht gerade sanft, aber die Schärfe in ihrer Stimme war gewichen. Sie war munter, frei und hielt die ganze Zeit Blickkontakt. *Vertrau mir*, sagten ihre Augen. *Vertrau dich mir an. Hilf mir ein wenig, dann können wir beide zu einem besseren Verständnis finden.*

Als er nicht antwortete, fragte sie: »Haben Sie es herausgefunden?«

»Was herausgefunden?« konterte er wachsam.

»Warum Sie sich immer wieder umbringen. Jeder möchte es gern wissen – und nicht nur deswegen, weil wir Sie daran hindern wollen. Wir würden Sie wirklich gern verstehen.«

»Ich habe gehofft, *Sie* können es *mir* erklären«, antwortete er mit einem leisen Anklang von Spott in der Stimme. »Sie sind doch die Ärztin, oder?«

»Das Problem mit den vorgefertigten psychiatrischen Erklärungen«, sagte Margaret unerschrocken, »besteht darin, daß sogar jene, die Beratung suchen – man nennt sie, glaube ich, Studienobjekte – sich einem sehr oft widersetzen. Es ist immer besser, den Patienten an einen Punkt zu bringen, an dem er sein Problem selbst erkennen kann. Einsicht ist der erste Schritt zur Genesung.«

»Versuchen Sie es trotzdem mal mit mir«, sagte er.

»Die Studienobjekte werden so sorgfältig überprüft wie die KNI es kann«, sagte sie mild. »Man will keine Leute, die auf Selbstverstümmelung stehen, oder gar Operationssüchtige. Man will Leute, für die es ein normaler Job ist. Sensible, stabile Menschen. Obwohl manchmal jemand, der irgendwie ... außergewöhnlich ist, durch das Sieb rutscht. Jemand, der zu stark in seiner Arbeit aufgeht. Anfangs haben Sie sich zweifellos wie ein echter Forscher aufgeführt und waren nicht sehr geduldig mit den Kontrollen, die die Wissenschaftler den Experimenten auferlegt hatten. Sie hielten sich für wissenshungrig, doch nach dem ersten Mal waren Sie schnell auf Ruhm aus. Sie haben sich stets über Ihre Durchschnittlichkeit geärgert und haben letztendlich einen Weg gefunden, der Sie außergewöhnlich machte und dazu führte, daß andere Notiz von Ihnen nahmen; daß man Sie bewunderte. Als Sie das este Mal aus einem Labor in ein Einkaufszentrum kamen, haben Sie die Grenze überschritten. Danach haben Sie alle Entschuldigungen über Bord geworfen. Sie wurden zum Selbstdarsteller. Sie haben sich fortwährend umgebracht, weil Sie der festen Überzeugung waren, es sei der einzig mögliche Weg, um von den Menschen gesehen und wahrgenommen zu werden.

Sie wollen keinen Ruhm an sich, obwohl Sie sich

dies möglicherweise eingeredet haben, als der Agent versuchte, Sie mit einem lukrativen Vertrag für einen Sender zu ködern. Ihre Form von Exhibitionismus ist geringfügier. Sie ist nämlich nicht im geringsten einzigartig. Die öffentliche Selbstverstümmelung hat eine lange Geschichte. Nur ist es heutzutage, da die medizinische Nanotechnik schon jede oberflächliche Verletzung bis hin zur Selbstkastration wieder in Ordnung bringen kann, sehr schwer, mit dem Tod zu schäkern. Sie haben bewiesen, daß Sie tatsächlich sterben und wiederauferstehen müssen, um Eindruck auf die Öffentlichkeit zu machen. Doch glücklicherweise flaut dieser Eindruck langsam ab. Die religiösen Verbindungen und parapsychologischen Randgruppen haben das Interesse verloren, als Sie keine brauchbaren Informationen über die andere Seite mitbrachten, und Ihnen muß aufgefallen sein, daß die Berichterstattung immer knapper, sarkastischer und ablehnender wurde. Die Öffentlichkeit zählt jetzt nur noch mit, Walter. Ihr Unternehmen stagniert. Sie können es nicht einfach dadurch wiederbeleben, indem Sie mit dem Feuer spielen.«

Klingt alles ganz gut, dachte sie, als sie fertig war, *aber stimmt es auch? Komm schon, Walter – gib mir einen kleinen Hinweis.*

»Sie können mir nicht erzählen, daß ich bedeutungslos bin«, sagte er abwehrend. »Was ist mit dieser Organisation in Kalifornien, den Thanatisten? Sie bauen doch wohl eine kleine Interessengruppe auf. LIZENZIERTE WIEDERAUFERSTEHUNG JETZT. WIR VERLANGEN ALLGEMEINEN ZUGANG ZUM ENTSPANNENDEN TOD. GOTT SCHÜTZE SANKT WALTER, DEN MÄRTYRER. Steht auf manchen Transparenten.«

»Das sind doch Clowns, Walter. Sie wissen doch, wie es in Kalifornien ist. Sie haben doch noch ihre allgemeinen Erinnerungen, oder?«

»Sie banalisieren alles«, sagte er argwöhnisch. »Aus taktischen Gründen, genau wie bei dem anderen Kram. Sie wollen das, was ich getan habe, herunterspielen. Ich bin doch nicht nur ein Händler für aufgeschlitzte Pulsadern und Überdosen, oder? Ich *spiele* nicht mit dem Tod. Ich bin *den ganzen Weg* gegangen, immer und immer wieder. Und was die Frommen auch sagen, ich *habe* Neuigkeiten von dort mitgebracht. Sie wollen sie doch nur herunterspielen, weil es nicht die Neuigkeiten sind, die Sie haben wollten. Es fällt mir zwar im Moment nicht ein, aber ich traue mir genug, um das zu glauben, was ich den Journalisten berichtet habe.« Er klang nicht *völlig* überzeugt.

»Das glaube ich auch«, versicherte Margaret ihm. »Es gibt keinen Himmel, kein wundervolles Licht, keinen Engelschor, keinen Urteilsspruch. Es gibt *gar nichts*. Der Tod ist der Tod; wenn das Licht des Bewußtseins erlöscht, ist die Dunkelheit absolut. Der Tod ist Leere – ein schwarzes Loch. Wir haben es immer gewußt; wir haben Sie nicht gebraucht, um das zu erfahren. Warum, um alles in der Welt, bringen Sie sich immer wieder um? Worin liegt der Reiz?«

Sie war sich ziemlich sicher, daß er verwirrt war. Er befand sich in einem merkwürdigen Geisteszustand: Er hätte sich gern verteidigt, aber wußte nicht recht, wie. Das meiste, was er bis jetzt über seine Heldentaten wußte, waren Informationen, die er aus den VidAusschnitten aufgeschnappt hatte. Es gab eine Möglichkeit, ihn Argumenten zugänglich zu machen, ihn zu überreden – vielleicht mehr als je zuvor.

»Sie sagen, Sie hätten es schon immer gewußt«, erwiderte er mit Unbehagen. »Aber ist es wirklich wahr? Vielleicht haben wir es tief im Innern wirklich schon immer gewußt, aber wer hat denn gewagt, daran zu glauben? Wie viele haben es gewagt, sich diesem Wissen zu stellen, während sie noch die schwache Hoffnung hatten, an die sie sich klammern konnten? Haben Sie mich in der Talkshow mit dem Kardinal und dem Imam gesehen? *Sie* haben es nicht gewußt, aber habe ich es Ihnen nicht gezeigt? Habe ich Ihnen nicht einen Knüppel zwischen die Beine geworfen?«

»Die beiden waren nicht beeindruckt, Walter«, erwiderte sie ruhig. »Sie müssen es doch gemerkt haben. Sie hatten ein Dutzend Ausreden für Ihre vermeintlichen Beweise und waren von Ihren Behauptungen nicht im geringsten überzeugt. Man kann immer mit dem Grundsatz argumentieren, daß Sie ohnehin ein Ungläubiger sind, oder daß Gott wußte, daß Sie hierher zurückkehren würden, und damit keinen Grund hatte, den roten Teppich auszurollen und Ihnen einen flüchtigen Blick auf den Himmel zu gewähren. Außerdem ist die Vorstellung mancher Menschen von der Hölle die ewige Dunkelheit, und wenn es je einen der Hölle verpflichteten Menschen gegeben hat, dann sind Sie es. Selbstmord ist Sünde, Walter, und Sie sind der erfolgreichste rückfällige Selbstmörder in der Geschichte der Welt. Vielleicht haben Sie Ihre beste Chance verpaßt, Walter. Sie hätten sich eine Geschichte ausdenken können, eine neue Vision begründen. Sie hätten Ihren eigenen kleinen Kult gründen können, der auf Ihrer eigenen Offenbarung basiert. Er hätte zwar nicht so viele Mitglieder angezogen wie die Thanatisten, aber Sie hätten möglicherweise ein Dutzend Jünger anleiten können.«

Er spitzte frustriert die Lippen. »Ich werde mich schon wieder erinnern«, meinte er. »Es fällt mir schon wieder ein.«

Margaret seufzte. »Sie können recht haben«, stimmte sie ihm zu. »Aber es wäre besser für Sie, wenn Sie unrecht hätten. Vielleicht sind Sie in diesem Moment geistig gesünder als irgendwann in den letzten drei Jahren. Ich möchte Sie noch einmal warnen, Walter. Sie haben die Toleranzgrenze von uns allen erreicht. Ich möchte, daß Sie gesund werden. Sogar Mr. Stepanova würde nichts lieber sehen, als daß Sie wieder zur Vernunft kommen. Sie könnten auch durch Reue eine Menge Gutes tun und dadurch vielleicht mehr Medienaufmerksamkeit bekommen als durch eine weitere Brunnenbesteigung in einem x-beliebigen Einkaufszentrum. Denken Sie darüber nach, Walter, und falls Sie sich erinnern sollten, wo das restliche Zeug, das Sie dem Labor gestohlen haben, versteckt ist, geben Sie es bitte zurück.«

Er zuckte mit den Achseln, aber sie hatte keine Ahnung, was er wirklich empfand. »Entschuldigung«, sagte er schwerfällig. »Ich glaube, ich bin eine wenig aus dem Gleichgewicht. Danke, Doktor es hilft wirklich.«

»Ich hoffe es«, sagte sie. »Ich werde Ihre Tür und Ihr Telefon morgen freischalten, in Ordnung? Aber gehen Sie es langsam an. Was Ihnen auch einfällt, lassen Sie sich Zeit damit. Sie haben wirklich alle Zeit der Welt; nach Angaben der KNI stehen wir an der Grenze zur Unsterblichkeit. Sie gehört Ihnen und mir, wenn wir ein paar Jahre warten können. Momentan ist nicht die Zeit für Selbstmordversuche. Beim nächsten Mal kommen Sie vielleicht nicht mehr zurück.«

Er dankte ihr erneut, aber als sie im Hospital ankam, enthüllte die Wanze, daß er gleich wieder Verbindung mit der KI aufgenommen hatte, um ihre Tiefen nach den persönlichsten Unterroutinen auszuloten, die er während seiner früheren Inkarnationen angelegt hatte.

»Du mußt es so sehen«, sagte das Bild von Walters vorletztem Gesicht und spielte eine aufgezeichnete Rede ab, die nicht für Unterbrechungen angelegt war. »Was wir das Leben nennen, ist in Wirklichkeit der Tod. Das heißt, wir fangen an zu sterben, bevor wir überhaupt geboren sind. Die einzelne Zelle, aus der wir erwachsen, fängt an zu altern, bevor sie sich teilt, und sie stirbt während der ganzen Zeit, in der sie wächst und sich verändert und entwickelt. Die Geburt ist nicht der Anfang – in Beziehung zur gesamten Zahl der Zellteilungen, die nötig sind, um uns zu dem zu machen, was wir schließlich werden, verbringen wir neun Zehntel unseres Lebens im Mutterleib. Ein Erwachsener ist nur ein aufgewachsenes Baby, ein Leichnam, der darauf wartet, zu kentern. Der Tod ist nicht das, was die Menschen glauben, und da er insofern eine Täuschung ist, muß er auch als Täuschung *offenbart* werden. Um was sonst, zum Teufel, geht es beim intellektuellen Fortschritt?«

Aufgeblasener Idiot, dachte Margaret, als sie die Bandaufnahme abspielte.

»Die wahre Bedeutung dessen, was du und ich zustande gebracht haben, Walter«, fuhr die KI fort, »besteht darin, zu demonstrieren, wie willkürlich die Grenze ist, die die Medizin zwischen Leben und Tod gezogen hat. Sie war immer ein Mythos. Alle möglichen Funktionen gehen nach dem Herzstillstand und dem Zusammenbruch der Gehirnwellen weiter. Wir können zwar aus dem, was wir uns für gewöhnlich als das Jenseits vorstellen, zurückkehren, aber dies beweist nicht mehr, als daß es im Grunde nicht das Jenseits ist. Und die Welt, in die wir zurückkehren, ist nicht das Leben ... Sie ist nur eine andere Phase unseres langen, hoffnungslosen Sterbens.

Dir und mir geht es darum, die für selbstverständlich gehaltenen Ideen der Menschen zu bekämpfen. Der Kern des ganzen liegt darin, ihre übliche Denkweise niederzureißen, um sie von ihren simplen Entweder/Oder-Gleichungen über Leben und Tod, Sein oder Nichtsein, zu befreien. Deswegen müssen wir weitermachen, gegen alle, die entschlossen sind, uns aufzuhalten.«

Uns, dachte Margaret und fragte sich, welche Bedeutung die Wahl des Pronomens haben könnte. *Welcher Mensch hinterläßt sich selbst eine Nachricht, in der er von uns spricht? Ist es wirklich ernst gemeint oder nur ein absichtlich programmierter Scherz, der dazu dienen soll, mich auf die Schippe zu nehmen?*

Andererseits, fragte sie sich, könnte dieses *uns* nicht auch angemessen sein? Konnte der neue Walter eine geistige Verwandtschaft mit der Anrufbeantworter-KI oder der früheren Inkarnation seines Ichs empfinden, die ihn dazu gebracht hatte, diesen Quatsch zu senden? Vielleicht kam es ihm ebenso unheimlich und bizarr vor wie ihr?

Sie wurde bei ihrer Überwachung von einem Anruf Stepanovas unterbrochen.

»Sie lassen ihn raus«, sagte er vorwurfsvoll.

»Ich mußte«, erwiderte sie ziemlich unbeholfen. »Ich bin Ärztin; ich trage meinen Patienten gegenüber Verantwortung. Ich kann seine Bürgerrechte nicht verletzen.«

»Vergessen Sie seine Bürgerrechte«, fuhr er fort. »Sie sind seine Ärztin, und man erwartet von Ihnen, daß Sie diesen blöden Idioten davon abhalten, sich noch einmal umzubringen. Haben Sie das Zeug gefunden? Wird er es herausrücken?«

»Ich habe Mr. Murray empfohlen, mir alles KNI-Material, das er noch besitzt, sofort auszuhändigen«, sagte sie geduldig. »Aber ich habe keine Befugnis, seine Wohnung zu durchsuchen.«

»Ich theoretisch auch nicht«, erklärte Stepanova, »aber ich kann Ihnen versichern, daß der Kram nicht dort ist. Es sei denn, er hat ein Versteck, das die besten Sucher nicht finden können.«

»Das will ich lieber nicht gehört haben, Mr. Stepanova«, Margaret fühlte sich müde und ausgelaugt. Stepanova, entschied sie, war ein noch größeres Arschloch als Murray. Murray war zumindest *interessant*. Stepanova war nur grob.

»Seien Sie nicht so verdammt affektiert«, sagte der KNI-Mann. »Haben Sie ihm erklärt, daß es das nächste Mal kein Zurück mehr gibt? Daß er es sich nicht mehr leisten kann, Sie zu bezahlen, und daß seine Krankenversicherung abgelaufen ist? Weiß er, daß es ihm eventuell erlaubt ist, zu sterben?«

»Nein, Mr. Stepanova«, erwiderte sie. »Es ist nicht meine Art, rüde Drohungen auszusprechen. Ich will ihm ebenso helfen, sein Problem zu bewältigen wie Sie, aber ich glaube nicht, daß Erpressung und Einschüchterung eine Lösung sind, selbst wenn sie wirken würden.«

»Scheißdreck«, sagte Stepanova. »Der Zweck heiligt die Mittel, und mehr brauchen wir nicht. Wenn Sie es ihm nicht sagen, werde ich es tun. Noch ein öffentlicher Auftritt und er ist *tot*. Wirklich tot, für immer und ewig. Ich werde persönlich dafür sorgen. Es ist aus. Er muß es verstehen. Und er muß das Zeug zurückgeben; da gibt's keine Diskussion.«

»Im Moment scheint er alles nicht so gut zu verstehen«, gab Margaret zu bedenken. »Ich glaube nicht, daß er weiß, wo die NMs versteckt sind. Es wäre wohl das beste, wenn es so bliebe. Wenn Sie ihn jetzt unter Druck setzen, machen Sie es möglicherweise nur noch schlimmer. Drohungen könnten nur dazu dienen, seine Motivation neu aufzubauen und zu stärken.«

»Sie kennen seine Motivation doch nicht im geringsten«, sagte Stepanova verächtlich, wobei der Vorwurf sie noch mehr verletzte, weil er stimmte. »Sie haben nicht die kleinste Spur, und jetzt läuft *Ihre* Zeit mit der seinen ab. Mir persönlich sind seine Motive völlig schnuppe; ich will ihm nur ein größeres und besseres Motiv verschaffen, um den Augen der Öffentlichkeit fernzubleiben. Wir haben unsere Werbekampagne für die NMs der nächsten Generation fertiggestellt, und darin kommen keine Einkaufszentren,

Springbrunnen oder menschliche Fackeln vor. Wir brauchen keine Gerüchte in der Art, daß NMs, die tatsächlich ein großer Segen für die medizinische Wissenschaft sind, mental destabilisierende Nebenwirkungen haben. Und wir brauchen *ganz bestimmt* keine Verzögerungen der Art, die wir kriegen würden, wenn es irgendeinem hinterwäldlerischen Kongreßabgeordneten-Blödel gelingt, im Kongreßausschuß einen Nachforschungsantrag durchzubringen. Ich muß meinen Leuten in Washington sagen, daß alles vorbei ist, und von Ihnen verlange ich, daß Sie alles mögliche tun, um dafür zu sorgen, daß sie nicht enttäuscht werden. Sagen Sie ihm also, er soll den Kram rausrücken.«

Die angedeutete Drohung gefiel ihr nicht. »Walter Murray ist mein Patient«, sagte sie matt. »Ich bin nur ihm gegenüber verantwortlich.«

»Ihre Verantwortung«, beschied Stepanova sie düster, »besteht darin, dafür zu sorgen, daß er gesund bleibt. Mehr will ich nicht von Ihnen. Sorgen Sie dafür, daß es *aufhört*. So einfach ist das.«

So einfach ist es eben nicht, dachte sie, als sie auflegte. *Wirklich nicht.*

Sobald sie Walter Murrays Systeme freigeschaltet und ihn in die Freiheit entlassen hatte, wurden die von ihren Wanzen übertragenen Informationen ausgesprochen mager. Die Anrufbeantworter-KI mußte zu Routineaufgaben zurückkehren: dem Aussortieren von Werbesendungen und Nachrichten, die Unterstützung und Solidarität versprachen sowie zahlreicher Angebote von Barzahlungen für jede Art illegaler NMs, zu denen Walter eventuell noch Zugang hatte. Walter erhielt auch zwei einfallsreich abgefaßte Todesdrohungen und Aktenkopien sieben verschiedener Gerichtsbeschlüsse, die die KNI gegen ihn und verschiedene andere erwirkt hatte. Er tätigte auch selbst ein paar Anrufe – doch keiner davon war eine Antwort auf die erhaltenen. Er meldete sich arbeitslos, prüfte den Stand seiner Aktivakonten und seiner Außenstände und reichte dann eine Bankrotterklärung ein.

Margaret konnte sich nur fragen, ob er wußte, wo er seine illegal erworbenen NMs gebunkert hatte, und ob die momentanen Schwarzmarktpreise ihn in Versuchung bringen konnten. Wenn er bereit war, zu verkaufen oder nur einen Versuch machte, zu verkaufen, war dies vermutlich das Ende seines großen Abenteuers.

Aber er verkaufte nichts und gab auch trotz Stepanovas ständiger Forderungen den rechtmäßigen Besitzern nichts zurück. Er verbrachte den zweiten und dritten Tag in Freiheit bei einem intensiven Verhör bei der Polizei, die ihn nach den gestohlenen NMs befragte. Ohne Unterstützung eines Rechtsbeistandes waren seine Anwälte – wie Stepanova es fröhlich vorhergesagt hatte – nicht mehr allzusehr an ihm interessiert, denn nun war er nicht mehr zahlungsfähig. Trotzdem bestand er weiterhin darauf, nicht zu wissen, wo die NMs waren. Er wußte nicht einmal, ob sie überhaupt existierten.

Erst am vierten Tag ging er zum ersten Mal vor die Tür. Nachdem er sich dies wieder angewöhnt hatte, wurde es für Margaret zunehmend schwieriger, seine Entwicklung zu verfolgen. Sie zweifelte zwar nicht daran, daß Stepanovas Agenten ihm überall hin folgten, konnte sich aber nicht dazu überwinden, ihn zu fragen, wohin Walter ging und was er machte.

Falls Walters Erinnerungen zurückkehrten, mußte er darauf bedacht sein, nicht das leiseste Anzeichen davon zu zeigen. Von außen wären sie ohnehin nicht leicht erkennbar gewesen; immerhin wußte er aus Sekundärquellen genug über sich, um in der Lage zu sein, effizient in einer Welt zu funktionieren, deren

Hauptmechanismen er nie vergessen hatte. Es sah so aus, als mache er einen neuen Anfang, aber das hatte er auch zuvor schon getan, und auch das war eine Täuschung gewesen.

Als dann eine ganze Woche vergangen war, rief Walter Stepanova an und erkundigte sich, wie er seine frühere Pflichtvergessenheit wiedergutmachen könne. Er bot sich an, alles zu tun, was Stepanova von ihm verlangte, und sein Tun öffentlich zu bekennen. Als Stepanova sich erfreut bereit zeigte, sein Angebot anzunehmen, ging er bis zum bitteren Ende und verbrachte die nächsten beiden Tage damit, seine Sünden in einer Reihe von Pressekonferenzen zu beichten. *Das* hatte er zuvor noch nie getan – aber er war auch noch nie bankrott gewesen.

Ironischerweise sickerte durch – wie Margaret schon angedeutet hatte –, daß seine Reue finanziert worden war. Walter ließ sich von den Sendern für die Interviews honorieren und wurde dadurch wieder flüssig. Dann durchstöberte er seine Aufzeichnungen und befragte seine Anrufbeantworter-KI, als wolle er in Erfahrung bringen, ob er wirklich noch irgendwo NMs gebunkert hatte; und wenn ja, wo sie stecken könnten. Da er wissen mußte, daß er von verschiedenen Agenturen observiert wurde, wunderte es Margaret nicht, daß die Anrufbeantworter-KI die fraglichen Informationen nicht weitergeben konnte oder wollte.

Sie sah Walter erst wieder, als seine Routineuntersuchung anstand, und sie hatte kaum eine Alternative als die mitzuspielen, ob nun alles Täuschung war oder nicht.

»Ist Ihnen eingefallen, warum Sie es getan haben?« fragte sie im Plauderton, nachdem sie sich vergewissert hatte, daß er in physischen Belangen völlig fit war.

»Ich weiß, daß ich mich verbrannt habe«, erwiderte er. »Aber die Erinnerung ist verschwommen, wie bei einem Passanten, der einem anderen zuschaut. Ich kann mich nur an das *Äußere* des Vorfalls erinnern, nicht an das *Innere*. Ich weiß nicht, was ich *empfunden* habe.«

»Schade«, meinte sie. »Dann wissen Sie also nicht genau, ob Ihr öffentliches Versprechen, ein neuer Mensch zu werden, auch gültig bleibt?«

»Ich wüßte nicht, warum es nicht so sein sollte«, sagte er. »Ich bin ganz aufrichtig. Auch wenn ich mich an den Grund erinnere – ich kann das Versprechen halten. Ich habe mir all meine alten Interviews aufmerksam angesehen und weiß, wie lächerlich vieles von dem, was ich gesagt habe, wirklich ist. Ich frage mich, Doktor, ob ich mich mit dem Feuer eventuell geheilt habe, ob ich die Krankheit weggebrannt habe, die mich dazu gebracht hat. Vielleicht habe ich das die ganze Zeit über unterbewußt tun wollen. Glauben Sie, daß das möglich ist?«

Unsinn! dachte sie, hatte aber nicht die Absicht, es ihn wissen zu lassen.

»Man kann immer hoffen«, sagte sie.

»Was hat mich Ihrer Meinung nach dazu getrieben, Doktor?« fragte er und schaute sie mit großen, unschuldigen Augen an. »Glauben Sie, ich war irgendwie *süchtig*? War es vielleicht das Gefühl des Sterbens, das in mir beim Selbstmord eine perverse Spannung auslöste?«

»Ich weiß nicht«, sagte sie. »Wenn Sie es vorher gewußt haben, haben Sie sich Mühe gegeben, es als großes, finsteres Geheimnis zu bewahren.«

»Diesmal nicht«, versicherte er ihr. »Falls ich mich erinnere, werde ich ihnen alles sagen. Alles, was ich weiß.«

»Was ist mit Stepanovas NMs?« fragte sie. »Geben Sie sie zurück, falls Ihnen einfällt, wo sie sind?«

Er schien wirklich verwirrt zu sein. »Mr. Stepanova setzt mir deswegen zu«, gestand er. »Er ist wirklich äußerst verärgert darüber, und ich weiß nicht genau, ob er mir glaubt, wenn ich sage, daß ich nicht die leiseste Ahnung habe, wo sie sein könnten.«

Margaret hätte gern gewußt, ob sie ihm glauben sollte oder nicht. Sie ärgerte sich über ihr Unvermögen, sicher zu sein. *Ach, Walter,* dachte sie. *Womit habe ich dich nur verdient?*

Später, im Hospital, fragte Emily, wie Walter vorankam. Margaret gab ihr einen vollständigen und offenen Bericht über den Spielstand. Sie hatte zwar keine Ahnung, ob all dies bei Stepanova ankommen würde, aber es war ihr auch egal.

»Glaubst du ihm?« fragte Emily pflichtschuldig.

»Ich möchte ihm glauben«, erwiderte Margaret ehrlich. »Wenn er *wirklich* ein anderer Mensch geworden ist, ist es zwar kaum mein Verdienst, aber wenn nicht, wage ich zu behaupten, daß mir ein Teil der Schuld anhaften wird. Ich kann nur hoffen, daß er diesmal in Ordnung ist und wir eines Tages in der Lage sein werden, herauszukriegen, um was, zum Teufel, sich alles gedreht hat.«

»Du hast eventuell die Möglichkeit, ihn unter ständigen Hausarrest zu stellen«, sagte Emily. »Natürlich zu seinem eigenen Besten. So vermeidest du die Möglichkeit, daß er dich nur an der Nase herumführt.«

»Wir leben nicht mehr im zwanzigsten Jahrhundert«, sagte Margaret. »Den Fall vor Gericht zu bringen würde meinem Ansehen mehr schaden als noch ein Selbstmord. Was ich auch mache, ich werde den kürzeren ziehen. Es sei denn, er hört wirklich damit auf.«

»Glaubst du, wir werden *jemals* herauskriegen, warum er es getan hat?« fragte Emily verwundert.

»Laut seinem Anrufbeantworter«, entgegnete Margaret, »sind wir alle im Begriff, fleißig zu sterben. Er war nur etwas fleißiger als die meisten. Allerdings gab es letztes Mal eine Unterroutine, die ständig vom Tod als dem großen Mysterium sprach – der Ursprungsquelle existentieller *Angst*. Wäre er doch nur konsequent... Vielleicht war es wie die Besteigung des Mount Everest; vielleicht hat er es einfach nur getan, weil er es tun *konnte*. Und jetzt, da Stepanova ihm klargemacht hat, daß er es nicht kann, hat er aufgehört.«

Danach ging ihr Piepser los, um sie daran zu erinnern, daß sie noch andere Patienten hatte, und sie mußte laufen. Nicht jeder hatte NMs, die auf dem neuesten Stand der Technik waren und die einem Schutz gegen die Schlingen und Pfeile des abscheulichen Schicksals boten. Selbst wenn Stepanova es fertigbrachte, der Kongreßinquisition zu entgehen, um die er sich so sorgte, der größte Teil der Menschen würde sie sich niemals leisten können.

Wie sich zeigte, blieb sie die nächsten sechs Stunden im OP beschäftigt, und so hörte sie die Nachricht erst, als sie herauskam.

Walter Murray war tot. Wirklich, endgültig, unwiderruflich tot. Man sprach von einem Unfall. Es gab zwar keinen Beweis dafür, aber sie zweifelte nicht daran, daß noch einer auftauchen würde, der etwas anderes sagte.

Sie ging zu ihm, sobald sie konnte, aber es war wirklich zu spät. Sie konnte absolut nichts mehr tun, außer die Leiche zu untersuchen.

Danach rief sie Stepanova an. Sie wußte genau, daß sie ihre Zunge nun im Zaum halten mußte.

»Es ist eine Tragödie«, sagte sie. »Hätte er wirklich noch etwas von dem Zeug versteckt gehabt, wäre er wieder auf die Beine gekommen.«

»Dann hätte er sich zuerst daran erinnern müssen, wo es steckt«, erwiderte Stepanova trocken. »Hätte er es zurückgegeben, wäre sein Gewissen klar genug gewesen, ihn daran zu hindern, forsch vor diesen Lastwagen zu treten.«

Mehr, wurde Margaret klar, würde sie nicht von ihm zu hören bekommen, nämlich, daß es nicht im geringsten ein Unfall gewesen war. Man brauchte auch nicht nachdrücklich darauf hinzuweisen, daß es kein KNI-Laster gewesen war; dieser Zufall wäre zu grausaum gewesen.

»Seine Erinnerungen kehrten zurück«, sagte sie. »Es hätte ihm jederzeit einfallen können. Er hätte seine Meinung noch ändern können, wie er es versprochen hat.«

»Und Schweine können vielleicht auch fliegen«, erwiderte Stepanova. »Ich vermute, daß er die ganze Zeit über gewußt hat, wo es war. Und irgendwann, wenn er geglaubt hätte, er hätte uns alle eingelullt, hätte er es sich geholt. Der ganze Widerrufsquatsch war nur eine Masche. Es war nur eine Frage der Zeit, bis er sich wieder umbringen würde – zu seinem Nutzen.«

Margaret konnte sich nicht gegen die Erinnerung wehren, wie begierig die KNI in den Anfangstagen mit Murray herumspielt hatte. Damals war alles wie gute Publicity für das Technowunder erschienen. Man hatte ihn dann ermuntert und ihm alle motivierende Unterstützung zuteil werden lassen, die er gebraucht hatte. Doch es hatte nur eines Wechsels in der firmenpolitischen Windrichtung bedurft, um ihre Meinung zu ändern. Mit Stepanovas Eintritt ins Spiel war es keine Angelegenheit des Abwartens, Zusehens oder Hoffens mehr gewesen, daß sich die ganze Sache letztendlich von selbst lösen würde. Menschen wie Stepanova hatten keine Gewissensbisse, den ganzen Weg zu gehen, sobald sie spürten, daß es der rechte Augenblick war.

»Jetzt werden wir es nie erfahren«, sagte sie traurig. »Wir werden *nie* genau verstehen, was passiert ist; warum er es getan hat.«

»Um die Wahrheit zu sagen, Doktor«, sagte Stepanova, »es interessiert mich nicht die Bohne, warum er es getan hat. Das ist ihre Aufgabe, nicht meine. Meine Arbeit besteht darin, das Firmenimage der KNI zu schützen, und es juckt mich auch nicht, Ihnen zu sagen, daß ich bei dem Gedanken, daß Walter K. Murray nun die letzten Schlagzeilen bekommt, keine Träne vergießen werde. Schließlich hat er doch gekriegt, was er haben wollte, oder? Er braucht es nie wieder zu tun.«

»Nein«, sagte sie, erstaunt darüber, daß sie sich so elend fühlte. Sie gestand sich ein, daß sie nichts aus diesem Anruf erfahren hatte, was sie nicht schon wußte.

Nachdem sie aufgelegt hatte, ging sie direkt in Walters Wohnung. Sie hatte noch immer Zutrittsmöglichkeiten, und als sie drin war, versiegelte sie sämtliche Systeme und blockierte jeden Verkehr. Danach baute sie, obwohl sie wußte, daß sie damit keinen Alarm auslöste, vorsichtig die Wanzen aus und rief die Anrufbeantworter-KI an.

»Walter K. Murray ist tot«, begann sie. »Er wurde von einem Laster überfahren. Eine Überprüfung des Lasters hat keinen Programmierfehler ergeben, also wird davon ausgegangen, daß es Murrays Fehler war. Er hat einfach die Regeln des Straßenverkehrs nicht beachtet. Aber aller Wahrscheinlichkeit nach wurde er ermordet.«

»Das sind sehr schlechte Nachrichten«, sagte der Anrufbeantworter neutral. Trauer konnte sein Programm natürlich nicht zeigen. Er hatte nicht die Phantasie, Angst vor der eigenen Überflüssigkeit zu empfinden. Er hatte auch nicht die Fähigkeit, Tränen zu vergießen oder sich in das Schicksal seines Erbauers hineinzuversetzen. Er empfand kein *echtes* Verständnis für das Mysterium des Todes.

»Früher oder später mußte es so kommen«, fuhr sie

fort, als spräche sie mit Walter selbst, statt mit seinem Simulacron. »Sterben muß jeder. Walter ist nur näher am Wind gesegelt als die meisten. Aber diesen Weg hätte er nicht gewählt. Wenn seine Vergangenheit wirklich hinter ihm lag, ist es ein grausames Schicksal; wenn nicht, wäre er viel lieber auf andere Art und Weise abgetreten.«

»Richtig«, sagte der Anrufbeantworter, der vielleicht verstand, was sie sagte – oder auch nicht. Wie intelligent hatte Walter ihn programmiert, um den Bedürfnissen eines zukünftigen Ichs entgegenzukommen?

»Nun erfahren wir nie, worauf es ihm ankam«, sagte sie. »Niemand wird je wissen, warum er es tat. Es ist traurig.«

»Es ist traurig«, echote die KI zustimmend.

Margaret lächelte nicht. »Und niemand wird je erfahren, wo er die restlichen NMs versteckt hat, falls noch welche übrig sind«, sagte sie und fügte hinzu: »Es sei denn, natürlich, du verfügst über eine versteckte Unterroutine, die die Wanzen nie erreichen konnten.«

»Natürlich«, echote die KI ihren Gedanken, als sei es geradezu typisch für sie.

Sie wußte nicht genau, ob sie je an diesem eigenartigen Ort gewesen war, doch kam ihr der offene Platz vage bekannt vor. Als sie auf das häßliche Mittelstück des Springbrunnens kletterte, riefen die Menschen ihr zu, aber es war eher Überraschung als Erkennen. Niemand kannte sie; sie war keine Berühmtheit; sie war nicht Walter K. Murray.

Als sie den vorteilhaften Aussichtspunkt erreicht hatte, liefen jedoch ein paar hundert Menschen auf den Brunnen zu. Das Atrium war so angelegt, daß die Massen auf der zweiten, dritten und vierten Etage eine ebensogute Aussicht hatten wie die Leute im Erdgeschoß. Die Aufzüge waren vollgestopft.

Sie prüfte ihre Uhr und nahm ihren ganzen Mut zusammen. *Zehn Sekunden*, dachte sie, *der Countdown läuft*. Eine gewisse Schicklichkeit mußte beibehalten werden. Es waren bestimmt ein paar Nachrichtendrohnen im Dienst; Einkaufszentren waren kommerzielle Arterien der Nation, und Zentrumsnachrichten hatten in der Öffentlichkeit immer einen hohen Stellenwert.

Bei dem Gedanken an Stepanovas wahrscheinliche Reaktion auf die NachrichtenVids grinste sie zaghaft. *Ihr seid selbst schuld*, dachte sie. *Hättet ihr nicht dafür gesorgt, daß dies der einzige Weg ist, es in Erfahrung zu bringen...*

Bei *Fünf* öffnete sie den Behälter und warf den Verschluß in die Menge. Bei *Sieben* fing sie an zu gießen. Bei *Neun* warf sie den Kanister in das geriffelte Becken. Sie zog das Streichholz ungeschickt über die Schachtelseite. Die Hose und ihre Sportschuhe waren kalt und feucht an Beinen und Füßen, sie wußte jedoch, daß es keine Rolle spielte. Ihr Rest war durchnäßt von etwas, das unendlich weniger dazu neigte, die Stimmung zu dämpfen.

Jemand in der Menge schwenkte ein thanatistisches Transparent, das wie durch Zauberhand aufgetaucht war. SANKT WALTER, DER MÄRTYRER stand darauf. *Sankt Margaret, die Märtyrerin*, dachte sie und hob eine brennende Hand zum Gruß.

Die Flammen stoben mit einem hörbaren *Wuuusch* an ihr hoch, und schwarzer Rauch trieb in Schwaden davon. Ein, zwei Sekunden lang. Aber es kann auch eine Geruchsillusion gewesen sein, dachte sie. Sie glaubte, den Geruch ihres brennenden Fleisches wahrnehmen zu können.

Boah, dachte sie.

Einen kurzen, vergänglichen Moment lang spürte sie, daß sie alles verstand. Buchstäblich *alles*.

Also hat der gute alte Sigmund Freud doch recht gehabt,

dachte sie verwundert. *Es steckt in uns allen, und so sehr wir es auch unterdrücken. Es braucht nur eine Antwort, um uns seine letzte Belohnung zu zeigen. Was für eine Welt erschaffen Sie, Mr. Stepanova: das ewige Leben und den ewigen Tod für jedermann ... Was für eine wunderbare, wunderschöne Welt!*

Der Gedanke brauchte etwas mehr als einen flüchtigen Augenblick, und das war alles, was sie hatte, um die magische Empfindung zu genießen. Die Verbindung war kaum hergestellt, als sie nichts anderes mehr empfand als die unglaubliche Qual *des in Flammen Stehens* und die Hoffnung, sie möge, wenn sie später wieder aufwachte, in der Lage sein, die unendlich kostbare Erinnerung des erfüllten Todeswunsches zurückzuerlangen.

Sie hatte zwar nur diese Hoffnung, doch war dies immerhin etwas, woran man sich festhalten konnte. Sie würde sie durchbringen.

Boah! dachte sie noch einmal, bevor sich eben dieser Gedanke endgültig verfinsterte. *Boah! Boah! Boah!*

Originaltitel: ›Busy Dying‹ · Copyright © 1994 by Mercury Press, Inc. · Aus: ›The Magazine of Fantasy & Science Fiction‹, Februar 1994 · Aus dem Englischen übersetzt von Falk Fouad

Mary Soon Lee

EBBE

Zwar hatte ich nie damit gerechnet, je wieder nach Großbritannien zurückzukehren, doch nun war ich da und stand in der Einwandererschlange am Flughafen Heathrow. Früher hatte er zu den geschäftigsten der Welt gehört, doch als ich das Land vor zwanzig Jahren verlassen hatte, war sein Niedergang schon deutlich erkennbar gewesen. Jetzt waren die meisten Gebäude und alle Abfertigungshallen bis auf eine geschlossen. Die Hälfte der fluoreszierenden Lampen waren ausgeschaltet, um Strom zu sparen, und die Temperatur lag kaum über dem Gefrierpunkt.

Ich drückte die Hand meiner Tochter und schaute sie an, um mich zu vergewissern, daß ihr Mantel noch zugeknöpft war. Sie hatte den Stoffhasen vom Gepäckwagen genommen und kaute an seinen langen, ausgefransten grauen Löffeln.

»Clarissa ...« Ich wollte sie dazu bewegen, von dem Stofftier abzulassen, doch sie schaltete auf stur und ihr schmales Gesicht zeigte starre Entschlossenheit.

»Hasi essen«, sagte sie.

Der alte Mann, der vor mir in der Reihe stand, drehte sich um. Als er Clarissa und die deutliche Tätowierung auf ihrer Stirnmitte anschaute, kniff er die Augen zusammen und schubste die Frau neben sich an. »Kuck mal, hinter uns steht 'n Schwachkopf. Ich dachte, die wären inzwischen alle verbessert worden.«

Ich zog Clarissa enger an mich, aber sie hatte ihn

wohl nicht gehört. Vielleicht hat sie auch nur nicht verstanden. Ihr Wortschatz hatte in ihrem siebenten Lebensjahr den Höhepunkt erreicht. Jetzt, kaum ein Jahr später, war das hart errungene Wissen verwirrt, und sie vergaß mit jedem Tag irgendwelche Worte.

Die Reihe schlurfte langsam voran. Wir rochen alle nach erkaltetem Schweiß und Verzweiflung. Die wenigen Touristen und Journalisten waren inzwischen längst an der Kabine für zeitlich befristete Besucher vorbei. Wer so verrückt war, nach Großbritannien auszuwandern, *mußte* verzweifelt sein.

Dem alten Ehepaar vor mir wurde die Einreise verweigert. Ich konnte zwar den Grund nicht hören, aber das Fluchen des alten Mannes, dessen Gesicht sich zu einem cholerisch dunklen Rot verfinsterte. Seine Gattin zupfte an seinem Ärmel und führte ihn fort. Die beiden schlichen durch die matt beleuchtete Weite der Abfertigungshalle.

»Der Nächste«, rief der Einwanderungsbeamte.

Ich schluckte schwer und ging voran. In dem Chaos, den gesammelten Müll aus zwanzig Jahren zu sichten, um einen einzigen Koffer zu packen und New York zu verlassen, war mir nie der Gedanke gekommen, man könnte mir die Einreise nach Großbritannien verweigern.

Ich händigte dem Mann meine Dokumente aus, und er blätterte sie gelangweilt durch. »Hier steht, Sie waren früher britische Staatsbürgerin.«

»Ja.«

»Sie haben die technische Leistungsprüfung bestanden und sich für die Einreise in die USA qualifiziert.«

»Ja.« Mir waren die Worte ebenso entfallen wie Clarissa. Meine und ihre Finger waren in einem klebrigen Knoten verschlungen. Ich schaute den Mann blöde an. Er sah trotz seiner marineblauen Uniform und dem militärisch kurzgeschnittenen Haar zerzaust aus. Wahrscheinlich ging er Abends nach Hause, streckte sich auf dem Sofa aus und schaute bis nachts in die Glotze. Hier jedoch war er Ankläger und Richter in einem, der einzige, der über unsere Eingabe befand.

»Wir lassen nämlich für gewöhnlich niemanden wieder ins Land, der aufgrund seiner Qualifikation abgehauen ist, als die Lage schwierig wurde. Als Sie gegangen sind, haben Sie Ihre Staatsbürgerschaft an-nul-liert.« Er sprach jede Silbe des Wortes einzeln aus, als wäre es ein Erlaß des Parlaments. »Können Sie irgendwelche mil-dern-den Umstände anführen?«

»Ja.«

Er schaute mich erwartungsvoll an.

»Meine Tochter ...« Der Rest meiner Worte erstarb in meiner Kehle. Ich hob Clarissa hoch, damit er ihre Tätowierung sehen konnte.

Er beugte sich vor und streckte die Hand nach ihr aus. Ich stellte sie schnell wieder hin, aber sein Gesicht war unerwartet mitfühlend. »Meine Schwester hatte auch so einen Jungen. Ihr Mann wollte ihn zur Veredelung nach Amerika oder Japan verkaufen, aber meine Schwester hat sich scheiden lassen. Jetzt kümmert sie sich selbst um ihn.«

Er stempelte meine Papiere ab. »Sie können gehen. Als Härtefall gewähre ich Ihnen unbegrenzten Zutritt. Ihre Tochter sieht sehr lieb aus. Viel Glück.«

»Danke.« Ich hätte am liebsten geheult. Er kannte mich gar nicht, und doch hatte er sich bemüht, nett zu sein. Ich hatte fast vergessen, wie so was ist. Als Clarissa und ich fortgingen, rief er hinter uns her: »Wenn Sie Zeit haben, gehen Sie doch mal mit ihr in den Zoo. Da gibt's einen kleinen Riesenpanda.«

London hatte sich nicht verändert. Na ja, die jungen Leute hatten ihr Haar in den Primärfarben gefärbt; die Irokesenfrisur, an die ich mich noch erinnerte, war out, und auf den Straßen fuhren nur wenige Privatfahrzeuge. Doch im Vergleich mit Los Angeles oder

Tokio war es, als kehre man in die Vergangenheit zurück. Vor ein paar Jahrzehnten, als das Parlament fast das Recht auf Ruhe widerrufen hatte, hatten die Weisen vorausgesagt, Großbritannien werde bald ein Orwell-Staat sein, Rund-um-die-Uhr-Überwachung und elektronische Identitätskarten inklusive.

Doch 2009 hatte die Öko-Partei strenge Gesetze erlassen und jede Form elektronischer Aufzeichnung und die Überwachung der Bevölkerung verboten. Zwei Jahre später hatten sie dem Land schließlich eine Verfassung gegeben, die die Menschenrechte, die Rechte interstellarer Wesen (obwohl wir keine kannten) und die Rechte der Tiere und Pflanzen festschrieben – bis hinab zu den bedrohten Hecken auf dem flachen Land. Und diese Verfassung hatte trotz der schwachen Wirtschaftslage und der schwankenden politischen Macht überlebt.

Als Clarissa mit mir auf Jobsuche ging, blieb sie hin und wieder stehen und schaute sich um, als ob sie etwas verloren hätte.

Als wir an der Bushaltestelle am Piccadilly Circus standen, zerrte sie dann an meiner Hand. »Mami, wo sind denn die Augenspione?«

»Spionaugen«, korrigierte ich sie automatisch. Dann hob ich sie auf meine Hüfte. »Hier gibt es keine Spionaugen. – Keine Spionaugen, keine Schwebeautos und keine Tätowierungen.«

Ich streichelte sanft ihre Stirn. Am Tag der Ankunft war ich mit ihr ins Kinderkrankenhaus an der Great Ormond Street gegangen. Dort fiel zwar der Putz von den Wänden und die medizinischen Anlagen waren kaum mehr als Röntgenapparate, aber als der Arzt sie untersuchte, tat er so, als unterhielte er sich mit ihrem Hasen. Drei Stunden später hatte sie nur noch einen verblassenden rosafarbenen Fleck auf der Stirn. Ich brauchte nicht mal dafür zu zahlen.

Clarissa war zwar während der Jobsuche überraschend geduldig gewesen, aber mir fiel auf, daß die Löffel ihres Hasen immer zerzauster aussahen. Immer wenn ich sie allein lassen mußte, holte sie ihn hervor und kaute auf ihm herum. Manchmal machte eine Empfangsdame den Versuch, mit ihr zu spielen, aber sie kaute nur in großäugigem Schweigen auf dem Hasen herum, bis ich wieder da war.

Ich fand schließlich eine Anstellung in der Hochrechnung der Einschätzung chemischer Vergiftungen des Wassers. An dem Tag, bevor ich anfangen sollte, ging ich mit Clarissa in den Londoner Zoo. Nach den vielen Medienberichten in den USA, laut denen die längst überholte Antitechnikeinstellung der Briten im ganzen Land zu Hungersnöten geführt hatte, verwunderte es mich, daß man sich noch einen Zoo leistete. Ich hatte zwar in London selbst keine Anzeichen von Hunger gesehen, doch nahm ich an, daß die Lage in den anderen Landesteilen schlimmer war. Und ein Elefant verspeist soviel wie sechs Familien.

Der Zoo war nicht nur geöffnet, er war auch der am dichtesten bevölkerte und am meisten mit High-Tech versehene Ort, den ich seit unserer Ankunft gesehen hatte. Die Kinder drückten ihre Nasen an den Einwegscheiben der Gehege platt und schauten sich holografische Computersimulationen an, die ihnen die Ernährung der Tiere, ihren Lebensbereich und ihr Dasein erklärten. Ein Teich von der Größe zweier Fußballstadien reichte bis in den Regent's Park; in ihm wimmelte es von achtzig Delphinen und einer verwirrenden Anzahl sonstiger Fische.

Als wir durch den Tunnel spazierten, der mitten durch den Teich verlief, klammerte sich Clarissa an meine Hand. Das blaugrüne Wasser leuchtete im Sonnenschein zu uns hinab. Sie ließ sogar ihren Hasen kurz los, um sich einen kleinen Delphin anzusehen, der über dem Glastunnel hinwegschwamm. Sein Bauch war nur knapp von ihrer Nase entfernt. Lautsprecher übertrugen ihre schrillen Schreie, und Clarissa pfiff ihnen eine Antwort zu.

Sie deutete auf das Wasser. »Möchte spielen.«

»Tut mir leid, aber das ist nur für Delphine. Sie haben bestimmt Angst, wenn du zu ihnen reingehst.«

»Ich *möchte aber* spielen.«

Ich holte tief Luft. »Clarissa...«

Doch schon richtete sie ihre Aufmerksamkeit auf einen hellgelben Ball, der über den Tunnelboden rollte. Sie lief hinter ihm her und trat ihn zurück, bis der Junge kam, dem er gehörte. Ihre Finger zitterten, als sie zuließ, daß er den Ball nahm. Ich drückte ihre Hand, bemühte mich, sie stillzuhalten, doch das Zittern ging weiter, wie ein rasches Echo ihres Herzschlages.

Clarissa schaute zu mir auf. »Mami traurig?«

»Nein, nein – ich bin glücklich.« Ich tätschelte ihre Schulter. »Komm, wir schauen uns die Bären an.«

Doch ich hatte die wissenschaftliche Literatur über die DBdB genannte degenerative Beeinträchtigung des Bewußtseins gelesen und die Symptome erkannt. Zuerst sind die kognitiven Funktionen der höheren Ebenen betroffen, die oft Sprachstörungen verursachen. Danach verschlechtern sich sekundäre Motoriksteuerungsfunktionen und führen zu Lähmungen und schlimmen Gewebeschäden der Brocaschen Zone, dem Teil des Hirns, in dem sich das Sprechzentrum befindet. In dieser Phase fangen die Kinder an zu stottern und leiden unter ständig heftiger werdenden Muskelzuckungen.

Irgendwie erreichten wir das Bärengehege; ein Tierpfleger war gerade mit einem Eimer Futter angekommen. Clarissa hockte sich hin und schaute konzentriert zu, als er den Tieren das Futter zuwarf und sie die Möhren und anderen Leckereien flink mit den Pranken auffingen.

Ich drückte meine Stirn an den kühlen Eisenzaun und schloß für eine Sekunde die Augen. Vielleicht hätte ich Clarissa doch nicht mit nach England nehmen sollen, vielleicht hatte Paul doch recht gehabt. An dem Abend, an dem man ihre DBdB diagnostiziert hatte, hatte er mich ohne Fragen zu stellen im Bett vier Stunden lang umarmt und keinen Versuch gemacht, mich zu küssen.

Schließlich hatte er sich geräuspert. »Emma – morgen früh gehen wir zu Electrosim.«

»Was?« Ich löste mich von ihm. »Das ist nicht komisch, Paul.«

Sein Gesicht zuckte so, wie ich es noch nie gesehen hatte – schroff, herablassend. »Ach, hör doch auf. Du weißt doch, daß wir sie nicht behalten können. Und warum solltest du es auch wollen? Electrosim ist in der Nähe und zahlt gut.«

Ich stand auf und zog mich an. Ich hatte fünf Jahre mit Paul zusammengelebt, doch nun haßte ich ihn zum ersten Mal. Er erwartete von mir, daß ich meine Tochter wie ein kaputtes Auto an Electrosim verkaufte. Damit man kybernetische Verbesserungen in ihr beschädigtes Gehirn implantierte und sie ein paar Wochen später als den teuersten Luxus der Welt weiterverkaufen konnte: als menschlichen Roboter. Speist man die entsprechende Software in sie ein, können sie einen Überschalljäger fliegen oder eine vorher programmierte sexuelle Phantasie erfüllen.

»Emma – nun hab dich doch nicht so.« Er richtete sich im Bett auf, die feinen blonden Härchen auf seiner Brust waren im Licht der Nachttischlampe gut zu erkennen. »Ich war immer bereit, mit deiner Tochter Zeit zu verbringen, aber das ist jetzt etwas anderes. Es ist ihr gegenüber unfair, die Sache auf die lange Bank zu schieben. Und du weißt, daß ich recht habe.«

»Mami?«

Ich kehrte in die Gegenwart zurück. Die Fütterung war zu Ende, und Clarissas Gesicht war verschlossen.

»Ich muß mal Pipi.«

Ich brachte sie zur Toilette, wartete vor der Tür und fragte mich, wie lange es noch dauern würde, bis sie es nicht mehr allein konnte.

In der zweiten Phase fangen Kinder mit DBdB an zu sabbern und können ihre Blase nicht mehr kontrollieren. Es ist eine schmutzige, gemeine Krankheit, die einem die Kinder schrittweise nimmt. Ich kenne die Theorien, die diese Zellveränderungen bewirken, und weiß von der Einwirkung verschiedener chemischer Schadstoffe auf die Entwicklung des zentralen Nervensystems. Aber keine Theorie hat die Realität der Krankheit so deutlich gemacht wie das Interview mit dem Vater, der das erste DBdB-Kind hatte.

Er hatte gesagt, ihm sei so, als schaue er zu, wie die Gezeiten aus seinem Sohn herausflossen.

Und so war es auch. Jeden Tag ebbte ein weiteres Stück von Clarissa ab. Dann blieben nur Kiesel und zerbrochene Muscheln zurück. Fragmente, die nie wieder ein Ganzes werden würden.

Mein Chef war bei der Arbeit sehr verständnisvoll. Er erlaubte mir, Clarissa mit ins Büro zu bringen, wo sie den größten Teil des Tages damit zubrachte, unter meinem Schreibtisch zu sitzen, ihren Hasen umklammerte und mit dicken Wachsmalstiften Bilder zeichnete.

Ich nahm die Bilder mit in unsere Mietwohnung und hängte sie an den Wänden auf. Anfangs stellten sie krakelige Strichmännchenkarikaturen von ihr und mir dar, aber auch krummbeinige grüne und gelbe Hunde sowie pinkfarbene Fische. Einen Monat später mußte ich Clarissa fragen, was die bunten Farbwirbel bedeuteten. Einen weiteren Monat später konnte sie nicht mehr antworten.

Aber sie lächelte.

Je mehr ihr Wortschatz abnahm, desto breiter wurde ihr Lächeln. Außer kurzen Perioden, in denen ich sie allein lassen mußte oder beim Stich einer Spritze während unserer wöchentlichen Krankenhaustermine in der Great Ormond Street, schien sie immer zu lächeln.

An einem Abend im April feierten wir nach der Arbeit in unserer Wohnung ihren achten Geburtstag. Mir ist nicht ganz klar, ob Clarissa wußte, was der Kuchen bedeutete, aber als ich die Kerzen ausblies, strahlte sie mich an. Sekunden später war der Schokoladenkuchen überall, auf ihren Wangen und auf der Tischdecke.

Ich fütterte sie ein wenig mit dem Löffel, prüfte ihre Windeln und trug sie zum Erkerfenster hinüber. Es regnete noch immer, und der Himmel war ziemlich finster, obwohl es erst 18.00 Uhr war.

Clarissa drückte ihre Wange an die Scheibe. Vielleicht lauschte sie dem Regen, dem Rauschen der Blätter, dem Sprudeln des Wassers in der Gosse. Wenn man das ständige Beben ihrer mageren Arme übersah, wirkte sie wie ein normales Kind.

Ich kniete mich neben sie hin, drückte sie fest an mich und atmete den sauberen, süßen Geruch ihres Haars ein.

Zwei Tage später hatte sie einen Asthmaanfall. Ich nahm sie auf den Schoß, wartete auf die Ambulanz und lauschte auf jeden pfeifenden Atemzug ihrer Lunge. Sie war blaß um Nase und Mund, dann lief sie blau an.

Eine Sirene jaulte auf uns zu, und ich lief auf die Straße hinaus. Der Sanitäter mußte meine Finger mit Gewalt von Clarissas Armen lösen. Den ganzen Weg zum Krankenhaus saß ich ihr gegenüber, schaute zu, wie der Abdruck meiner Finger auf ihren Armen schwand und sah die Sauerstoffmaske, die ihr Gesicht verhüllte.

Das Wartezimmer im Krankenhaus war das nackte Grauen. Ich erinnere mich nur noch an den Tee und dicke weiße Porzellantassen mit lauwarmer zuckriger Flüssigkeit. Dann das mitfühlende Gesicht des Arztes und einen gestärkten Laborkittel. »Wir müssen Clarissa von nun an hierbehalten. Ihr autonomes Nervensystem ist angegriffen.«

Er führte mich auf die Station und begleitete mich zu einem Stuhl neben ihrem Bett.

Clarissa stand unter Beruhigungsmitteln. Die Atemmaske bedeckte Nase und Mund. Ich wußte nicht mal, ob ich wollte, daß sie aufwachte. Ich wußte nicht genau, ob sie mich noch erkannte. Ich wußte nicht, ob ich in dem, was noch von Clarissa übrig war, meine Tochter erkennen würde.

Ich schloß die Augen. Pauls Abschiedsworte waren nach all den Monaten wieder da.

»Was willst du denn machen? Zusehen, wie deine Tochter zu einer Idiotin wird, weil die Veredelung angeblich gegen die Natur ist? Welch selbstsüchtiger Scheißdreck.« Seine Stimme war dann leiser geworden und er hatte hilflos beide Hände ausgestreckt. »Wenn sie veredelt wird, kann sie der Gesellschaft etwas zurückgeben.«

Und irgendwie hatte Paul recht gehabt. Ich hatte es immer gewußt. Die amerikanische Regierung sorgt sich hauptsächlich um die Wirtschaft – ob die USA ein reiner Importeur oder Exporteur menschlicher Roboter ist, und ob man sie zur Steigerung der nationalen Produktivität einsetzen kann.

Man hat die Möglichkeiten zum Mißbrauch dieses Systems von Anfang an übersehen: die Mütter, die Drogen nehmen, um unnormale Kinder zur Welt zu bringen, die sie dann verkaufen können; die Kinder, die ihre Eltern als verkalkt einstufen lassen, damit sie veredelt werden können. Drei Wochen vor meiner Abreise aus Amerika hatte der Kongreß ein Gesetz verabschiedet, das die Veredelung aller ›Unnormalen‹ vorschrieb.

Doch trotz alledem, trotz der Reichen, die grazile menschliche Roboter für abendliche Unterhaltungszwecke kaufen, für die die üblichen Einschränkungsgesetze nicht gelten, setzt man die meisten Me-Boter konstruktiv ein. Allein in den amerikanischen Notdiensten arbeiten Tausende von ihnen. Da sie mit Infrarotsinneserweiterungen versehen sind, berechnen sie optimale Trajektorien durch von Rauch erfüllte Gebäude und die maximale Belastung, die sie ihrem Körper zumuten können, ohne sich Gedanken um Schmerz und Panik zu machen.

Der menschliche Körper ist gewandter und anpassungsfähiger als alle Maschinen, die wir je gebaut haben. Man verbindet irgendeine elektronische Steuerung mit dem menschlichen Grundnervensystem, und das Ergebnis ist ein Triumph moderner Technik.

Ich öffnete die Augen und schaute die im Krankenhausbett liegende Clarissa an.

Wäre ich ein ›besserer‹ Mensch gewesen, hätte ich sie vielleicht verkauft. Ich strich ihr das Haar aus dem Gesicht, nahm ihre kalte, still auf dem Laken liegende Hand und drückte sie.

Nur ... Nur wußte niemand, was ein Me-Boter innerlich empfindet, ob er sich jemals fragt, warum er in einem Leib gefangen ist, der ihm nicht mehr gehorcht. Die Chirurgen öffnen den Schädel des Betroffenen, setzen die Elektronik ein und wenden eine destruktive Gentherapie an, die zahlreiche Neuronenverbindungen löscht und einen weiteren Verfall des Nervensystems aufhält. Ist das Verfahren beendet, steuert die Software Mund, Augen und Muskulatur.

Wenn dann noch irgend jemand in ihm drin ist, hat er keine Möglichkeit mehr zur Kommunikation. Er kann nicht fragen, was passiert ist.

Ich ließ Clarissas Hand los und ging durch die Station, vorbei an einem Dutzend Betten mit anderen DBdB-Kindern. Trotz der Desinfektionsmittel roch das Krankenhaus nach feuchten, alten Ziegelwänden. Die Hälfte der Bettdecken wies Löcher auf.

Der Junge am anderen Ende hielt sich schon seit zwei Jahren hier auf und war die meiste Zeit komatös. Eine riesige orangefarbene Ente hockte in seiner linken Armbeuge, doch sie symbolisierte nur die Sentimentalität irgendeines Erwachsenen. Im Gegensatz zu den Me-Botern sind wir ziemlich sicher, daß die Opfer der dritten Phase nichts mehr von ihrer Umgebung wahrnehmen; daß ihre Intelligenz vernichtet ist.

Ich ging zu Clarissa zurück und musterte den am Fuße ihres Bettes sitzenden Hasen mit den zerrupften Ohren. Ich hatte mein Wort gebrochen.

Als sie mich noch hatte verstehen können, hatte ich mein Bestes getan, um ihr die Krankheit zu erklären. Sie hatte wissen wollen, wie sie sie verändern würde, aber in New York gab es natürlich keine fortgeschrittenen DBdB-Fälle mehr – alle waren veredelt worden. Also schauten wir uns auf einem antiquierten Kassettenrecorder einen flimmernden Videofilm an. Der Junge in dem Film hatte Worte wie Messer und Baseball und den Namen seiner Schwester vergessen. Er verhaspelte sich, wenn er Mama sagen wollte, sabberte auf sein Hemd, und seine Arme bebten wie flatternde gebrochene Schwingen.

Clarissa hatte das Band aus dem Recorder geholt und die Fäuste geschwenkt und dann mit sorgfältiger Präzision gesagt: »So möchte ich nie sein. Laß nicht zu, daß mir das passiert.«

»Pssst.« Ich hatte sie in die Arme genommen und sanft gewiegt.

»Mami, ich meine es ernst. Laß es nicht zu. Dann möchte ich lieber ein Roboter sein.«

»Ich lasse es nicht zu. Bestimmt nicht.«

Aber ich hatte gelogen, mir jeden Tag vorgenommen, sie am nächsten Tag zu Electrosim zu bringen. Ich wollte in den Vertrag aufnehmen lassen, daß ihr Körper nicht an private Käufer, sondern nur an ein humanitäres Projekt verkauft werden durfte.

Und dann war aus morgen übermorgen geworden, und dann der Tag danach. Der Kongreß hatte die Veredelung zur Pflicht gemacht, und ich war nach London zurückgekehrt.

Ich warf einen letzten Blick auf die im Bett liegende Clarissa und ging ins Schwesternzimmer. »Ich möchte gern den Euthanasievertrag unterschreiben.«

Ich unterzeichnete das Papier. Der Arzt kam. Man fuhr Clarissa in ein Privatzimmer und steckte die Nadel in die dünne blaue Vene ihres Handgelenks.

Ich beschloß, in London zu bleiben. Es gab dort eine Freiwilligenorganisation, die Eltern von DBdB-Kindern half. Ich trat sogar der örtlichen Umweltschutzgruppe bei. Ich arbeitete rund um die Uhr, aber meine Einsamkeit nahm zu. Sogar meine Erinnerungen an Clarissa wurden undeutlich, und irgendwann konnte ich mich nicht mehr an die Form ihrer Augen und die Struktur ihres Haars erinnern.

An einem Nachmittag im November ging ich in den Zoo und stand am Bärengehege. Der Tierpfleger warf Futter hinein, und ich schaute zu, als die Bären Möhren und Äpfel aus der Luft fingen. Clarissa fiel mir ein, die sich neben mich hingehockt hatte, und ich erinnerte mich an die Wärme ihres Körpers an meinen Beinen und daran, wie der Sonnenschein ihr Haar vergoldet hatte.

Und Tag für Tag kamen mehr Erinnerungen und brachten mir Stück für Stück Clarissas Leben zurück. Eine unverhoffte Gnade.

Originaltitel: ›Ebb Tide‹ · Copyright © 1995 by Mercury Press, Inc. · Aus: ›The Magazine of Fantasy & Science Fiction‹, Mai 1995 · Aus dem Amerikanischen übersetzt von Ronald M. Hahn

Matthew Wells

DER AUSCHWITZ-ZIRKUS

Wir schreiben das Jahr 1938. Auf einem kleinen Kirchenfriedhof in Leonding steht Adolf Hitler – ein Jahr, bevor er in Polen einfällt – am Grab seiner Eltern. Er denkt an den Tod seiner Mutter, die 1907, ein paar Tage vor Weihnachten, gestorben ist. Seither war er Weihnachten stets allein. Schon jetzt hat er vor, den Weihnachtsfeiertag in einen Mutterfeiertag umzuwandeln und das Wort Weihnacht in Mutternacht zu ändern. Die junge Frau mit den Turnschuhen, die ebenfalls auf dem Friedhof an einem Grab steht, nimmt er kaum wahr, doch als sie sich umdreht und ihn anschaut, fällt ihm die Freude und der Triumph in ihrem Gesicht auf. Und kurz darauf schießt sie ihm dreimal in den Kopf.

»Sie ist von ihm besessen«, sagt Louis, Noras Mann.

»Hitler?« fragt Phyllis. Sie schaut ihren Bruder an und lacht nervös, da sie nicht anders lachen kann.

Louis nickt. »Es gibt da dieses Ding. Das Museum im Village. Das SPM.«

Phyllis verzieht das Gesicht. »Meinst du das, in dem man alles ausstellt, das nie passiert ist? Das ehemalige Kennedy-Museum?«

Louis nickt noch einmal. »Schon mal da gewesen?«

Noch ein nervöses Lachen. »Ich frequentiere schon einen Ort, der sich Dingen widmet, die nie passiert sind; ich nenne es das Innere meines Kopfes. Du

kennst mich doch: Warum sollte ich irgendwo hingehen, wenn ich's zu Hause umsonst kriegen kann?«
»Tja, Nora geht ins SPM.«
»Nora ist phantasielos.«
»Sie geht ständig hin.«
»Und wie oft ist das – ständig?«
»Zwei-, dreimal pro Woche. Direkt nach der Arbeit. Manchmal auch am Wochenende. Im zweiten Stock – man nennt ihn den Stock der alternativen Realitäten – sind irgendwelche ... ich weiß nicht ... so etwas wie Spielräume. Sie geht in irgendeinen Raum. Den Hitler-Raum. Weil man Hitler im Hitler-Raum umbringen kann. Bevor er Hitler wird. Man kann den Verlauf der Geschichte ändern.«

9. November 1923. Adolf Hitler fährt in einem roten Fiat wie ein Irrer zum am Staffelsee liegenden Haus seines Freundes Ernst Hanfstaengl. Seine linke Schulter pocht, denn sie ist ausgerenkt und gebrochen, weil vor einer knappen Stunde ein Mann auf sie gefallen ist; der Mann, den er untergehakt hat, bevor die Polizei auf dem Münchener Odeonsplatz das Feuer auf ihn und die anderen eröffnete. In den beiden nächsten Tagen wird er sich in Hanfstaengls Dachkammer unter ein paar Wolldecken verstecken und mit Selbstmord drohen, doch am 11. November wird er sich schließlich der bayerischen Polizei stellen. Man wird ihn zu fünf Jahren Zuchthaus verurteilen, aber er wird nur knapp neun Monate absitzen.

Hitler wirft einen nervösen Blick in den Rückspiegel. Auf seiner Fahrt nach Süden rechnet er irgendwie damit, daß plötzlich hinter ihm Polizeiwagen auftauchen. Doch er sieht nur die Augen einer jungen Frau, die sich auf dem Rücksitz des Wagens versteckt hat; eine junge Frau, die sich nun vorbeugt, eine dünne Schlinge aus Klavierdraht um seinen Hals wirft und pausenlos in englischer Sprache sagt: »Krepier du Schwein, krepier.«

»Und macht sie's?« fragt Phyllis.
»Was soll sie machen?«
»Verändert sie den Geschichtsverlauf?«
Louis blickt an die Decke. »Ich weiß nicht. Ich glaube nicht.«
»Und warum nicht?«
»Weil sie immer wieder hingeht.«

Es ist 1907. Hitler ist gerade von der Wiener Kunstakademie abgelehnt worden. Die beiden Probezeichnungen, die sich in seiner Mappe befinden – eine handelt von Adams und Evas Vertreibung aus dem Paradies, die andere von irgendeinem Zwischenfall, der mit der Arche-Noah-Legende zu tun hat –, wurden abgelehnt, weil sie laut eines Gutachters, »zu wenig Köpfe« zeigen. Nora stellt sich den schäumenden zukünftigen Diktator Deutschlands vor, als er durch die Straßen Wiens stapft und sich große Pyramiden von Köpfen ausmalt, Berge von Köpfen, Ozeane von Köpfen, die alle von Juden stammen. Doch dann findet sie ihn in einem Straßencafé bei einem Gespräch mit einem Freund, bei dem er sich über die Professoren der Kunstakademie beschwert und sich besorgt über seine krank in Linz darniederliegende Mutter äußert.

Nora geht an seinen Tisch. »Entschuldigen Sie«, sagt sie in makellosem Deutsch, »sind Sie Adolf Hitler?«

Der ernste junge Mann schaut zu ihr auf. »Ja...«

»Ich habe etwas für Sie«, sagt sie und greift in ihre Handtasche. Bevor der Freund sie aufhalten kann, rammt sie ein Messer in Hitlers Bauch und dreht es herum.

»Sie geht immer wieder hin«, sagt Louis. »Aber ich weiß nicht, warum.«

Phyllis schaut ihren Bruder an, als übersähe er das Offensichtliche. »Vielleicht hat sie Spaß daran«, sagt sie, denn sie weiß aus Erfahrung, daß der einzige Grund, aus dem Menschen irgend etwas mehr als einmal tun, Gefallen an der Sache ist. Auch Dinge, von denen man sagt, daß man sie nicht ausstehen kann... Tut man sie mehr als einmal, gefallen sie einem tief im Innern doch. »Also«, sagt Phyllis, »wenn du die Gelegenheit dazu hättest, würdest du nicht das gleiche tun wie sie? Ich täte es bestimmt.«

»Aber es *ändert* doch nichts«, sagt Louis. »Wie kommt sie darauf, daß es etwas ändert?«

Phyllis weiß, daß ihr Bruder, so, wie er die Frage gestellt hat, eigentlich keine Antwort erwartet; daß er sich nur bemüht, seine Frau zu verstehen. Aber sie versucht trotzdem eine Antwort. Sie denkt kurz darüber nach, Adolf Hitler zu töten, bevor er in Deutschland an die Macht kommt; sie denkt darüber nach, wie sie es machen würde. Mit einem Schießeisen? Mit einem Messer? Mit Sprengstoff? Und ihr wird klar, daß sie nicht einmal weiß, wo sie Hitler vor 1939 ausfindig machen soll – und wie er aussieht. Woher weiß Nora all dies?

»Vielleicht ändert es auch nicht das geringste«, sagt Phyllis langsam. »Vielleicht ändert es nur Nora.« Und das, wird ihr klar, versteht sie.

»Na, es hat *sie* bestimmt verändert«, sagt Louis.

»Er hält mich für verrückt«, sagt Nora.

Ich schüttle den Kopf. »Er ist dein Mann; das legt sich wieder.«

Nora zuckt mit den Achseln. »Nun, vielleicht nicht unbedingt für verrückt. Also, das Bizarre ist, daß er nichts gegen das Prinzip hat, das mich motiviert. Er meint eben nur, es sei nicht das Richtige für mich.

Es ist in etwa so, als würde er sagen, ich hab nichts gegen das Rauchen, solange *du* nicht rauchst.«

»Dann widerspricht er sich.«

»O ja. Und das ist typisch.«

»Vielleicht solltest du ihm mal zeigen, wie der Hitler-Raum war?«

»Ich hab's versucht. Aber er ist ohnehin nur einmal im Museum gewesen. Und da hat man ihn rausgeworfen.«

»Rausgeworfen? Warum?«

»Tja, wir waren bei einer Kennedy-Sache, am Grashügel. Wo man sich unter die Leute mischen und Fotos machen kann.«

»Dafür hast du tatsächlich Eintrittskarten bekommen?« Das Kennedy-Attentat ist die beliebteste Einzelvorstellung des SPM. Ihr kommen nur Jack the Ripper und die Schlacht am Little Big Horn nahe.

»Ich habe sie ein Jahr vorausbestellt. Zu seinem Geburtstag. Er steht auf Kennedy, er kennt alle Theorien über das Attentat, und da dachte ich, es ist doch toll, das muß er sich mal anschauen, er muß es mit eigenen Augen sehen, es wird ihm gefallen. Tja, aber dann...«

»Was ist passiert?«

»Sobald er die Autokolonne sah, die am Schulbuchlager um die Ecke bog, rannte er sofort auf die Straße und schrie, sie sollten anhalten, weil irgendwo ein Typ mit einem Schießeisen wäre, mit einem Gewehr. Die Autokolonne hielt also mit kreischenden Bremsen an, Louis deutete über den ganzen Platz, und dann wimmelte es überall von Geheimdienstlern, die zwei Attentäter im Schulbuchlager, einen Typen hinter uns auf dem Grashügel und einen unter dem Kanaldeckel mitten auf der Straße schnappten. Er hat alles kaputtgemacht. Er hat es für alle ruiniert.«

Nora seufzt. »Später sagte er: ›Wie kann man da hingehen und sich das ansehen?‹ Ich sagte: ›Darum geht's doch gerade.‹ Und er sagte: ›Wirklich? Gehst du etwa auch nur zurück und schaust dir Hitler an?‹ Das war meiner Meinung nach ein unpassender Vergleich, was ich ihm auch gesagt habe, aber er hat den Kopf geschüttelt und gesagt: ›Nein, nein, nein, es geht darum: Wenn man zurückkehren kann, schaut man nicht nur zu. Dann *unternimmt* man etwas.‹«

Ich weiß, was er meint. Ich habe Hitler umgebracht. Ich bin seit den siebziger Jahren, als der Hitler-Raum mein zweites Zuhause war, Mitglied im SPM. Ich habe Hitler einige hundert Male umgebracht. Aber es war nie genug. Weil es nicht um den geht, der die Befehle gegeben hat. Und auch nicht um die, die den Abzug betätigt haben. Nicht mal um die, die gestorben sind. Es liegt an denen, die weiterlebten. Die nichts unternommen haben. Wie die Leute in Krakau, die zuschauten, als die Deutschen meine Großmutter mitnahmen. Die einfach untätig dasaßen, als sei alles nur eine Art Vorstellung, als wären sie lediglich Zuschauer. Nicht nur die Deutschen haben sie umgebracht – es waren auch die Untätigen. Doch all dies wurde mir erst klar, als ich meine Großmutter suchte. Und auf den Auschwitz-Zirkus stieß.

»Wie alt war sie?« fragt Nora.
 »Dreißig«, sage ich.
 »Meine Großeltern waren über vierzig.«
 Es ist schon seltsam, wenn wir nur hier auf der Museumsbank sitzen – die Enkelinnen von Frauen, die starben, als sie jünger waren, als wir es jetzt sind.
 Ich versuche, mir die Szene vorzustellen. Eine Straße in Krakau, schwarzweiß. Ein Gebäude. Soldaten an der Tür.
 »Was machen Sie da?«
 »Viktoria Berkowitz?«
 »Was wollen Sie?«

Vielleicht erzählen sie ihr, daß sie umgesiedelt wird. Vielleicht sagen sie, sie soll packen. Vielleicht sagen sie auch nur: »Wir müssen Ihnen einige Fragen stellen, Frau Berkowitz. Über Ihren Vater, den Rabbi. Über Ihre Schwester, Ihre Tochter. Es ist nur eine Formalität.«

Sie schleifen sie auf die Straße hinaus. Ich versuche, mir die Menge vorzustellen. Menschen in Schwarzweiß. Schweigend. Glotzend. Und sie sagen sich: »Das ist Viktoria. Meine Freundin Viktoria. Ich kenne sie. Und sie kennt mich.« Und sie wenden sich ab. Sie wissen, was mit ihr geschieht und reden sich ein, daß sie das, was ihr nun passiert (und sie haben keine Ahnung, was es ist), nur verdient hat.

Und an was denkt meine Großmutter? Immer, wenn ich es mir vorstelle, bekomme ich eine andere Antwort. Manchmal denkt sie an ihre Tochter. Meine Mutter. Die bei ihrer Schwester ist. Meiner Tante. Unterwegs nach Amerika. Manchmal denkt sie an meinen Großvater, der, als man sie vor den Nachbarn die Treppe hinunterzerrt, schon seit zwei Jahren tot ist. Und manchmal denkt sie an ihre Nachbarn. Ihre Freunde. Alle beobachten sie hinter geschlossenen Fenstern und heruntergelassenen Jalousien. Sie schauen zu und sind untätig. Sagen nichts. Man zwingt sie auf die Ladefläche eines Lastwagens. Geht sie in aller Stille? Schreit sie? Sagt sie das, was ich gesagt hätte?

»Treblinka«, sagt Nora.

»Auschwitz«, sage ich.

So, wie wir es sagen, ist es, als schüttelten sich zwei Fremde die Hände.

Weihnachtsabend 1918. Der Krieg, der alle Kriege beenden soll, ist zu Ende, und Adolf Hitler liegt halbblind und kochend vor Wut in einem Militärkrankenhaus in Pasewalk bei Berlin. Er verflucht die Novemberverbrecher, die das Mutterland verraten haben. Er kann ihre Gesichter auch ohne Augen sehen. Es sind alles Juden. Und sie haben ihn alle ausgelacht. Sie haben über seine schlechten Zähne und sein Eisernes Kreuz gelacht. Und er weiß, warum sie über ihn lachen, denn sie haben Angst vor ihm, und das aus gutem Grund – denn wenn er wieder sehen kann, wird er sich der Aufgabe widmen, die ganze Welt von ihnen zu befreien, einer Aufgabe, die der Rest der Welt ihm durchzuführen ganz sicher gestattet, weil der Rest der Welt sich insgeheim danach sehnt und nur nicht stark oder ehrlich genug ist, es vor aller Welt auszusprechen. Im Gegensatz zu ihm. Ja, denkt er, die Juden, und er murmelt den Text einer Rede vor sich hin, die er gern halten möchte; eine Rede, die ganz Deutschland auf seine Seite bringt – vom kleinsten Bauern bis zu der lächelnden Krankenschwester neben seinem Bett, die sich gerade mit einem Kissen in den Händen über ihn beugt, einem Kissen, das ihn langsam erstickt; einem Kissen, das so weiß und weich ist wie der Schnee auf dem Friedhof, wo seine Mutter liegt.

»Hörst du damit auf?« fragt Louis.
»Womit?«
Louis macht eine Geste. »Damit«, sagt er.
Nora möchte »Womit damit?« sagen, aber der Ausdruck auf Louis' Gesicht hält sie zurück. Sie seufzt. Keinen Streit, sagt sie sich. Jetzt hast du ihn endlich überredet, mit ins Museum zu gehen, also fang jetzt bloß nicht an, dich mit ihm zu streiten. Wenigstens nicht heute.

Sie sind im SPM-Café, im Gartenraum. Das SPM-Café ist eine Village-Institution, seit es 1967 seine Tore öffnete. Es wurde während des Aufstiegs des Off-Broadway-Theaters sofort zu einem Flaggschiff-Cabaret und hat eine Reihe verschollener und ungeschriebener Stücke produziert – wie Sheridans *Gallantry*,

Shakespeares *Love's Labour's Won* und Marlowes *The Maid's Holiday*. Die dazugehörigen Plakate hängen hinter Louis und Noras Tisch.

Louis macht eine erneute Handbewegung. »Warum machst du das?«

»Weil es das einzige ist, was ich *machen* kann.«

»Nora, es ändert doch nichts.«

»Natürlich ändert es was. Es ändert alles.«

»Erweckst du dadurch irgend jemanden wieder zum Leben?«

»Alle. Jedesmal, wenn ich es tue.«

Louis schnaubt. Er zahlt die Rechnung und läßt sich von Nora ins Museum führen.

Das SPM ist nicht leicht zu finden. Es liegt an der Ecke West Tenth und West Fourth, was in jeder anderen Stadt außer New York unmöglich wäre.

Das Museum wurde 1964 unter dem ursprünglichen Namen Camelot Hotel gegründet und durch anonyme Spenden der Familie Kennedy finanziert, die einen lebendigen Tempel der verlorenen Unschuld, des unerkannten Potentials und der hellen Zukunft aus ihm machen wollte, die 1963 in Dallas für immer schwand. Mit dem Ergebnis, daß es niemand je Camelot Hotel nannte. Alle nannten es Kennedy-Museum oder Kennedy-Haus, und unter diesem Namen ist es bei den älteren Bewohnern des Village noch immer bekannt.

Ende der sechziger Jahre beherbergten die efeuumrankten Museumsmauern die größte Objekt-, Foto- und Aktensammlung der Welt über nie eingetretene Ereignisse und solche, die nie eintreten können und eintreten werden, ob es nun gute oder schlechte sind. Zum Beispiel sieht man nach dem Eintreten auf der linken Seite, dem Eingang des SPM-Cafés gegenüber, die sehr beliebte Ausstellung BIS HIERHER UND NICHT WEITER. Dort sieht man Präsident Bill Clinton, der tatsächlich ›Nein, danke‹ zu einer halbnackten Frau sagt. Da sind auch Nixon, der die Watergate-Tonbänder auf dem Rasen des Weißen Hauses verbrennt, und George Armstrong Custer, der ›Haut ab, haut ab!‹ schreit, und natürlich John F. Kennedy, der ›Scheiß drauf, ich schlafe heute mal zu Hause‹, sagt.

1984 wurde das Museum aufgrund seines zwanzigjährigen Jubiläums völlig renoviert, änderte seinen Namen offiziell in *Salon der Postmoderne* und betrieb Werbung nach dem Motto: »Drei Stockwerke. Keine Realität.« (Es hat eigentlich vier Stockwerke – drei Etagen und einen Zwischenstock – aber den kann man unmöglich finden).

Und mit der Renovierung wurde der gesamte zweite Stock umgebaut und zum Kernstück des neuen Museums gemacht. Alternative Realität.

»Und hier sind wir im zweiten Stock«, sagt der Führer. Er deutet nach rechts. »Über der Tür, oberhalb der Treppe? Ein Bild von John Lennons fünfzigster Geburtstagsfeier.« Wie üblich stöhnen manche Leute bei diesem Kommentar leise auf. »Der dritte Typ von links ist Jimi Hendrix.«

Noch mehr Gestöhn. Louis schüttelt den Kopf. Nora hält seinen Arm.

»Im zweiten Stock«, sagt der Führer, »befinden sich über fünfzig Räume. Jeder ist einem anderen Thema gewidmet. Hier drüben ist beispielsweise das Weiße Haus. Dort findet man Präsident George Armstrong Custer, Präsident Aaron Burr und Präsident Michael Dukakis. Und meinen persönlichen Favoriten: Präsident George S. Patton.«

Louis steht vor einem schwarzen Fernseher. »Was ist das?« fragt er.

»Ah«, sagte der Führer. »Der Werbespot, den Malcolm X für American Express aufgenommen hat.« Er schaltet den Apparat per Fernbedienung ein. Der

Bildschirm erwacht zum Leben. Er zeigt Malcolm X in einem dunklen Anzug und mit ergrauendem Bart. Er sitzt allein auf einem Festbankett.

»Kennen Sie mich?« fragt er. »In den sechziger Jahren war der Mord an Kennedy für mich nichts anderes als die typische Hühnerkacke der Weißen. Aber wenn ich heute bei Lutec mein Hähnchen esse, zahle ich mit der American Express-Karte. Denn bar zahle ich nur, wenn es sich nicht vermeiden läßt.«

Eine tiefe Stimme aus dem Off: »American Express-Mitglied seit 1968.«

Der Fernseher geht aus.

»Und dies«, sagt der Führer, »ist der sehr beliebte Hitler-Raum.«

Es ist Dezember 1907. Der Boden von Schnee bedeckt. Hitlers Mutter wird auf einem kleinen Friedhof in Leonding beerdigt. Nora deutet auf den zukünftigen Führer Deutschlands und verbirgt sich hinter Louis, als sie unter ihrem Pullover das Schießeisen hervorzieht.

Louis blickt sich besorgt um. »Nora, die Leute schauen her.«

»Na und? Die unternehmen nichts. Es sind Österreicher.« Sie reicht Louis das Schießeisen. »Los. Geh hin. Du machst es.«

»Was?«

»Geh schon. Leg ihn um.«

Louis blickt sich nervös um. Der Priester sagt irgend etwas auf Deutsch. Alle stehen mit gesenktem Kopf da. Nora flüstert auf Louis ein, treibt ihn an. Er bringt sie zum Schweigen. Die Menschen mustern sie. Besonders Hitler. Zorn ist in seinem Blick.

Das macht es leichter. Louis schaut Hitler in die Augen und sieht einen schwarzen Schornstein, aus dem zum grauen Himmel Rauch aufsteigt. Er schießt Hitler ohne nachzudenken zweimal in den Brustkorb, zweimal in den Bauch, geht dann zu seinem zuckenden Leib hin und feuert den fünften Schuß zwischen seine Augen ab.

Und wie Nora vorausgesagt hat: die sie umringenden Menschen schauen nur zu.

»Gott«, sagt Louis. Er wischt sich den Schweiß von der Stirn. Ihm ist, als hätte er eine Stunde in der Sauna verbracht. »Gott«, sagt er. »Was für ein Extrem.«

»Wenn du ein Extrem willst«, sagt Nora, »solltest du versuchen, ihn auf dem Nürnberger Parteitag umzubringen.«

Louis schaut sie wie ein kleiner Junge an, dem man gerade ein neues Spielzeug geschenkt hat. »Geht das?«

Nora lächelt.

In den folgenden Wochen tut Louis nichts anderes, als Hitler umzubringen.

»Es ist nicht genug«, sagt er.

Er weitet die Sache aus. Er legt das gesamte deutsche Oberkommando um. Er tötet ihre Eltern, Liebhaberinnen, Kinder, Frauen.

»Es ist noch immer nicht genug.«

Er erschießt die Generäle. Er ermordet die Soldaten. Er hängt die Lagerkommandanten auf. Höss. Kramer. Baer. Göth. Weiß. Ziereis. Stangl. Er metzelt die Chefs der I.G. Farben nieder, die bei Auschwitz ein eigenes Arbeitslager aufgebaut haben. Dürrfeld. Tesch. Ter Meer. Schmitz. Eisfeld.

Aber es reicht noch immer nicht.

»Warum ist es nicht genug?« fragt Nora.

»Weil nicht nur sie es sind«, sagt Louis. »Es sind alle. Alle, die untätig herumgestanden haben.«

Auf Noras Gesicht wächst ein Lächeln. »Glaubst du das wirklich?«

»Ja, ich glaube es.«

Noras Lächeln wird breiter. Es ist das Lächeln eines kleinen Mädchens, das ein Geheimnis kennt – und dessen Macht. »Dann muß ich dir etwas zeigen«, sagt sie. »Dann *muß* ich dir etwas zeigen.«

Im hinteren Teil der zweiten Etage – im letzten Raum rechts – ist der Auschwitz-Zirkus.

Als erstes sieht man eine Reihe von Fotos. Fotos, die Roman Vishniac in den vierziger Jahren aufgenommen hat. Fotos alter Leute. Fotos überfüllter Gettos.

Was auf den Bildern passiert? Was in diesem Raum passiert? Menschen werden am hellichten Tag – vor ihren Nachbarn, vor ihren Freunden – aus ihren Wohnungen geholt. Werden aus ihren Wohnungen geholt, vorbei an den Gesichtern von Menschen, die untätig zuschauen, und man steckt sie ohne Nahrung und Wasser in heiße, verschwitzte, überfüllte Güterwaggons. Aus Wohnungen in ganz Europa fahren diese Leute mehrere hundert Kilometer weit, zu einem fernen Bahnhof, unter Umständen, die jeder Beschreibung spotten.

Und als sie den Bahnhof erreichen, an dem pro Tag zehn bis fünfzehn Züge ankommen, werden sie ausgeladen, in einer Reihe aufgestellt, an einem Rossini spielenden Kammerorchester vorbeigetrieben, und Wachen mit Hunden und Schußwaffen treiben sie durch die Himmelstraße, durch einen langen, finsteren Tunnel, dessen Wände und dessen Decke Stacheldraht aufweisen, und man brüllt sie an und tritt sie über den ganzen Weg, bis sie in ein großes Zirkuszelt kommen, wo die Wachen ihre Mäntel ablegen und zu Clowns werden. Die Kinder bekommen Süßigkeiten, die alten Männer bekommen etwas zu essen. Der Auschwitz-Zirkus macht pro Tag drei Vorstellungen.

Und alle Leute, die das Glück haben, hineinzukommen, kriegen eine Nummer auf den linken Arm gestempelt, damit sie, wann immer sie wollen, hinaus- und hineingehen können – nach Tagen, Wochen, Jahren.

Der Eingang wird nie verschlossen. Er ist immer offen. Die Vorstellung endet nie.

Der Auschwitz-Zirkus.

Louis beobachtet die Soldaten, die die Menschen von den Straßen vertreiben. »Soll das heißen, es gibt keine Konzentrationslager?«

Im Hintergrund treiben die Soldaten alle fort.

»Nein.« Nora lächelt. »Nein, es gibt welche. Tausende. Über den ganzen Kontinent verteilt.«

Sie treiben alle fort, die stillen Rassisten, die absichtlich Blinden.

»Aber in der Welt des Auschwitz-Zirkus hat man alle Todeslager für die Untätigen gebaut.«

Für die, die etwas wissen und doch wegsehen. Die wegsehen und es zulassen. Die zuschauen und heimlich lächeln.

»Sie gehen in die Gaskammer. Die, die wegschauen und nichts unternehmen.«

Die Soldaten im Hintergrund führen alle in die Finsternis. Die Schuldigen Europas. Die Schuldigen Englands. Die Schuldigen Amerikas.

Und Nora und Louis lächeln, schauen zu und tun nichts.

Wenn ich an Louis denke, fällt mir ein, was er im Dallas-Raum zu seiner Frau gesagt hat. Er hat gesagt: »Wie kannst du da hingehen und zuschauen? Wenn man zurückkehren kann, schaut man doch nicht nur zu. Man *unternimmt* etwas.«

Ich denke oft an Louis. Und ich frage mich, was er wohl jetzt macht. Ich habe ihn nie kennengelernt.

Aber ich habe ihn gesehen. Ich sehe ihn ständig. Er ist der Mann im zweiten Stock, mit der Kamera in der Hand, der die Soldaten des Auschwitz-Zirkusses fotografiert, die die Komplizen des Greuels einem Schicksal zuführen, das niemand verdient hat, nicht mal die Schuldigen.

Nora? Nora sehe ich hin und wieder. Wir sagen Hallo, aber wir unterhalten uns nicht; nicht mehr so wie früher. Sie hat sich nicht verändert; sie ist noch immer so wütend wie am Tag unserer ersten Begegnung; sie haßt noch mit der gleichen Inbrunst, in reinem weißen Feuer. Ich frage mich, wie sie das macht. Das Feuer des Zorns ist zwar rechtschaffen, aber man kann es nicht anzünden und damit rechnen, daß es ewig brennt. Die Zeit löscht es aus, wie ein ständiger Regen es tötet und fortspült, bis nur noch der kalte Trost des Vergebens übrig bleibt. Es ist schließlich nur Feuer. Man muß es nähren, damit es weiterbrennt. Und manchmal denke ich, Nora erhält das ihre am Leben, indem sie das einzige nährt, das zu verlieren sie sich nicht leisten kann. Ihr Leben.

Ich habe für derlei keine Zeit mehr. Wenn ich ins SPM gehe, gehe ich zwar immer in den zweiten Stock, doch ich gehe zum Denken dorthin. Zum Nachdenken. Und um meine Großmutter zu treffen.

»Viktoria?«

Sie kommt aus dem Dunkel, aus der schwarzweißen Vergangenheit, die Frau, nach der ich benannt bin.

Sie setzt sich neben mich. Umarmt mich. Sie duftet nach Blumen.

»Und wer ist das?« sagt sie zu dem kleinen Jungen neben mir.

»Das ist Zachary«, sage ich. »Zachary«, sage ich, »das ist deine Urgroßmutter.«

»Hallo, Zachary«, sagt sie und küßt ihn leicht auf

die Stirn. »Das ist für dich«, sagt sie und reicht ihm einen dicken roten Luftballon. Sie schaut mich an. »Er ist hübsch«, sagt sie leise.

»Ballon«, sagt Zachary.

Tränen sind in meinen Augen. Als ich sie abwische, wiegt meine Großmutter Zachary in den Armen. »Wenn dir Ballons gefallen«, sagt sie zu ihm, »gefallen dir sicher auch die Clowns.«

Und sie streckt die Hand aus, um die meine zu nehmen, und wir gehen durch den Gang in den Auschwitz-Zirkus.

Originaltitel: ›The Auschwitz Circus‹ · Copyright © 1996 by Mercury Press, Inc. · Aus: ›The Magazine of Fantasy & Science Fiction‹, Juni 1996 · Aus dem Amerikanischen übersetzt von Ronald M. Hahn

Ray Bradbury

DORIAN IN EXCELSIS

»Guten Abend. Willkommen. Wie ich sehe, haben Sie meine Einladung in der Hand. Sie haben sich also vorgenommen, Mut zu zeigen, nicht wahr? Schön. Nun, denn. Halten Sie sich hier dran fest.«

Der hochgewachsene, ansehnliche Fremde mit den himmlischen Augen und dem phantastischen Blondhaar reichte mir ein Weinglas.

»Spülen Sie Ihren Gaumen«, sagte er.

Ich nahm das Glas und las, was auf dem Etikett der Flasche stand, die er in der Linken hielt. Bordeaux, las ich. Saint-Emilion.

»Nur zu«, sagte mein Gastgeber. »Es ist kein Gift. Ob ich mich wohl setzen darf? Und ob Sie wohl *trinken?*«

»Ich trinke.« Ich nippte, schloß die Augen, lächelte. »Sie sind ein Genießer. Einen Besseren habe ich seit Jahren nicht getrunken. Doch warum dieser Wein, und warum die Einladung? Was soll ich hier in GRAYS ANATOMIE-Bar und Restaurant?«

»Ich«, sagte mein Gastgeber und füllte sein Glas, »tue mir selbst einen Gefallen. Heute ist ein bedeutender Abend, vielleicht für uns beide. Bedeutender als Weihnachten oder Halloween.« Seine Echsenzunge zuckte in seinen Wein hinein und verschwand wieder in seiner Zufriedenheit. »Wir feiern, weil ich geehrt werde, und endlich ...«

Er atmete es förmlich aus:

»Weil ich«, sagte er, »ein Freund Dorians werde. Dorians Freund. *Ich!*«

»Ah.« Ich lachte. »Erklärt dies also den Namen dieses Restaurants? Gehört Dorian GRAYS ANATOMIE?«

»Mehr. Er inspiriert und beherrscht es. Und er hat es sich verdient.«

»Sie tun so, als sei es das wichtigste auf der Welt, Dorians Freund zu sein.«

»Nein! *Des Lebens!* Des ganzen Lebens.« Er wiegte sich hin und her, nicht trunken vom Wein, sondern aus irgendeiner inneren Freude. »Raten Sie mal.«

»Was denn?«

»Wie *alt* bin ich?«

»Sie sehen höchstens wie neunundzwanzig aus.«

»Neunundzwanzig. Wie herrlich das klingt. Nicht dreißig, vierzig oder fünfzig, sondern...«

»Ich hoffe«, sagte ich, »Sie fragen mich nicht, was für ein Sternzeichen ich habe. Wenn ich so was gefragt werde, gehe ich normalerweise. Ich bin bei Halbmond geboren, im August 1920.« Ich tat so, als wolle ich mich erheben. Seine Hand drückte sanft gegen mein Revers.

»Nein, nein, mein Lieber – Sie verstehen nicht. Schauen Sie hierhin. Und hierhin.« Er faßte an die Stellen unter seinen Augen, dann an seinen Hals. »Suchen Sie nach Falten.«

»Aber Sie haben doch keine«, sagte ich.

»Gut beobachtet. Ich habe keine. Und deswegen wurde ich heute abend ein neuer, phantastisch gutaussehender FREUND DORIANS.«

»Ich sehe den Zusammenhang noch immer nicht.«

»Schauen Sie sich meine Handrücken an.« Er zeigte mir seine Unterarme. »Kein Leberfleck. Ich werde nicht *verrosten*. Ich wiederhole meine Frage: Wie alt bin ich?«

Ich schüttelte den Wein in meinem Glas und musterte sein Abbild in dem Strudel.

»Sechzig?« riet ich. »Siebzig?«

»Gütiger Gott!« Er sackte erstaunt auf seinen Stuhl zurück. »Woher *wissen* Sie das?«

»Wortassoziation. Sie schwadronieren pausenlos von Dorian. Ich kenne meinen Oscar Wilde, ich kenne meinen Dorian Gray. Es bedeutet, daß in Ihrer Dachkammer ein Porträt von Ihnen steht, Sir, das an Ihrer Stelle altert, während Sie selbst alten Wein trinken und jung bleiben.«

»Nein, nein.« Der ansehnliche Fremde beugte sich vor. »Nicht jung *bleiben*. Ich bin jung *geworden*. Ich war alt, sehr alt, und es hat ein Jahr gedauert, aber nachdem ich ein Jahr mitgespielt habe, lief die Uhr rückwärts. Ich habe das bekommen, was ich *erringen* wollte.«

»Und ihr Ziel war neunundzwanzig?«

»Wie schlau Sie sind!«

»Und als sie dann neunundzwanzig waren, hat man Sie auserwählt...«

»...ein Freund Dorians zu werden! Volltreffer! Aber es existiert kein *Porträt*, auch keine Dachkammer. Es geht nicht darum, jung zu *bleiben*. Es geht darum, wieder jung *zu werden*.«

»Es ist mir noch immer ein Rätsel!«

»Kind meines Herzens, Sie könnten eventuell ein weiterer Freund werden. Kommen Sie. Vor der größten Enthüllung möchte ich Ihnen das andere Ende des Raumes und einige Türen zeigen.«

Er ergriff meine Hand. »Nehmen Sie den Wein mit. Sie werden ihn brauchen!« Er drängte mich zwischen den Tischen her durch den sich rasch füllenden Raum voller hauptsächlich junger, aber auch Männern in den mittleren Jahren sowie einigen Qualm ausatmenden Damen. Ich lief mit und warf einen Blick zum AUSGANG, als läge dort mein zukünftiges Leben.

Vor uns war eine goldene Tür.
»Und hinter dieser Tür?« fragte ich.
»Was befindet sich *immer* hinter goldenen Türen?« erwiderte mein Gastgeber. »*Anfassen.*«
Ich streckte die Hand aus und hinterließ meinen Daumenabdruck auf der Tür.
»Was spüren Sie?« fragte mein Gastgeber.
»Jugend und Schönheit.« Ich berührte die Tür erneut. »Und jeden Frühling, der je war und sein wird.«
»Gott, der Mann ist ein Dichter. Drücken.«
Wir drückten, und die goldene Tür schwang weit und lautlos auf.
»Ist Dorian hier?«
»Nein, nein, nur seine Schüler, Jünger, seine *Fast*-Freunde. Schwelgen Sie.«
Ich tat, was er gesagt hatte, und ich sah die längste Theke der Welt, Männerreihe, einen *Stammbaum* junger Männer, die sich fortwährend wie in einem Zauberspiegelkabinett reflektierten, in jener Illusion, derer man ansichtig wird, wenn man sich bis ins Unendliche wiederholt, groß, klein, noch kleiner, winzig, WEG! Die jungen Männer schauten alle an der langen Theke entlang auf uns, als seien sie nicht in der Lage, den Blick abzuwenden und einander anzublicken. Man konnte fast ihre beifälligen Rufe hören. Und mit jedem Ruf wurden sie jünger und jünger, prächtiger und schöner...

Ich erblickte einen Gobelin der Schönheit, eine goldene Phalanx, frisch aus den elysischen Gefilden und Bergen. Die Tore der Mythologie schwangen weit auf, und Apollo und seine Halb-Apollos glitten heran, jeder schöner als der vorherige.

Ich muß wohl nach Luft geschnappt haben, denn ich hörte meinen Gastgeber einatmen, als tränke er meinen Wein.

»Ja, *nicht wahr?*« triumphierte er.

»Kommen Sie«, sagte mein neuer Freund leise. »Zum Spießrutenlaufen. Zaudern Sie nicht, vielleicht finden Sie Tigertränen an Ihrem Ärmel und Ihr Blutdruck steigt. *Jetzt.*«

Und er glitt voran, wogte, nahm mich auf lautlosen Frackschuhen mit, seine Finger eine bleiche Berührung an meinem Ellbogen, sein Atem ein Blumenduft zu nah. Ich hörte mich sagen:

»Es steht geschrieben, daß H.G. Wells' Atem Frauen anzog, denn er roch nach Honig. Dann erfuhr ich, daß Atem dieser Art auf eine Krankheit hinweist.«

»Wie schlau. Rieche *ich* nach Krankenhaus und Medizin?«

»Damit wollte ich nicht sagen...«

»Schnell. Sie sind seltenes Fleisch im Zoo. Eins, zwei, drei!«

»Moment«, beeilte ich mich zu sagen – nicht vom Gehen atemlos, sondern von schneller Wahrnehmung. »Dieser Mann, und der nächste, und der *übernächste...*«

»Ja?!«

»Mein Gott«, sagte ich. »Sie sehen fast alle *gleich* aus, wie Doppelgänger.«

»Volltreffer, aber nur *halb*. Auch der nächste, der übernächste und der über-übernächste, bis ganz hinten, und auch der davor. Alle neunundzwanzig Jahre alt, alle haben goldbraune Haut, alle sind einsachtzig groß, haben weiße Zähne und einen strahlenden Blick. Jeder anders, aber wunderschön, wie *ich!*«

Ich warf ihm einen Blick zu und sah, was mich umgab. Ähnliche, aber andere Schönheiten. Soviel Jugend lähmte mich.

»Ist es nicht an der Zeit, mir Ihren Namen zu nennen?«

»Dorian.«

»Sie haben doch gesagt, sie seien sein *Freund*.«

»*Bin* ich auch. Aber wir alle teilen seinen Namen. Dieser Bursche da. Und der daneben. Ach, früher hatten wir gewöhnlichere Namen. Smith und Jones. Harry und Phil. Jimmy und Jake. Aber dann haben wir unterschrieben, Freunde zu werden.«

»Wurde ich deshalb eingeladen? Um zu *unterschreiben?*«

»Ich habe Sie vor einem Jahr in einer Bar in der Stadt gesehen und mich erkundigt. Jetzt haben Sie das passende Alter...«

»Das passende...?«

»Nun, stimmt es nicht? Sie sind doch über neunundsechzig? Werden bald siebzig?«

»Ja.«

»Mein Gott! *Freuen* Sie sich, siebzig zu werden?«

»Es wird schon gehen.«

»*Gehen?* Möchten Sie nicht *wirklich* glücklich sein, sich die Hörner abstoßen?«

»Die Zeit liegt hinter mir.«

»Aber nein. Ich habe Sie gebeten. Sie sind gekommen. Neugierig.«

»Auf was?«

»Auf dies.« Er zeigte mir erneut seinen Hals und spannte seine blassen Handgelenke an. »Und auf *die!*« Er deutete im Vorbeigehen auf die hübschen Gesichter. »Dorians Söhne. Möchten Sie nicht auch so herrlich ausgelassen und jung sein wie sie?«

»Kann ich es etwa bestimmen?«

»Gott, Sie denken seit Jahren jede Nacht darüber nach. Sie könnten schon bald ein *Teil* davon sein.«

Wir hatten das andere Ende der bronzegesichtigen Männerreihe erreicht. Weiße Zähne, Honiggeruch, wie bei H. G. Wells...

»Reizt es Sie nicht?« fuhr er fort. »Wollen Sie es ausschlagen...?«

»Unsterblichkeit?«

»Nein! Die nächsten zwanzig Jahre weiterzuleben, mit neunzig zu sterben und in der verdammten Gruft wie ein Neunundzwanzigjähriger auszusehen. Der Spiegel da hinten. Was sehen Sie?«

»Einen alten Bock zwischen Scharen von Faunen.«

»Ja!«

»Wo soll ich unterschreiben?« Ich lachte.

»Sie nehmen an?«

»Nein, ich brauche mehr Fakten.«

»Verdammt! Da ist die *zweite* Tür. Gehen Sie *rein!*«

Er öffnete eine Tür. Sie war noch goldener als die erste. Er schob mich hindurch, folgte mir, knallte sie zu. Ich blickte in eine Finsternis.

»Was ist das?« fragte ich leise.

»Natürlich Dorians Sporthalle. Wer hier ein volles Jahr Sport treibt, Stunde für Stunde, Tag für Tag, wird jünger.«

»Das ist vielleicht eine Sporthalle«, sagte ich und versuchte, meine Augen an die dunklen Umrisse anzupassen, hinter denen sich Schatten wälzten und Stimmen raschelten und flüsterten. »Ich kenne Sporthallen, die dazu beitragen, jung zu *bleiben*, aber jung *machen* sie niemanden... Jetzt sagen Sie mal...«

»Ich lese Ihre Gedanken: Gibt es für jeden alten Mann, der drüben an der Bar steht und wieder jung ist, in einer Dachkammer ein Porträt?«

»Ja, *gibt* es eins?«

»Nein! Es gibt nur Dorian.«

»Ihn allein? Und wer altert für *Sie alle?*«

»Naseweis. Schauen Sie seine Sporthalle an!«

Ich blickte in eine riesige Arena, in der sich hundert Schatten wie die Gezeiten an einer schrecklichen Küste ächzend rührten.

»Ich glaube, ich muß jetzt gehen«, sagte ich.

»Unsinn. Kommen Sie. Niemand sieht Sie. Alle sind... *beschäftigt*. Ich bin Moses«, sagte der süße

Atem neben mir. »Und hiermit befehle ich dem Roten Meer, sich zu *teilen!*«

Und wir gingen über einen Pfad zwischen zwei Fluten her, jede lag im Finsteren, jede noch schreckenerregender mit ihrem Keuchen, ihren Ausrufen, ihren körperlichen Ausrutschern, ihrem Wellengeklatsche, ihrem pausenlosen Flüstern nach mehr, mehr, o Gott, *mehr!*

Ich lief, aber mein Gastgeber hielt mich fest. »Schauen Sie nach rechts, links, nun wieder *rechts!*«

In dieser Finsternis müssen hundert, zweihundert Tiere, Bestien, nein, ringende, springende, fallende, rollende Männer gewesen sein. Es war ein wogendes Fleischmeer, ein Gliedmaßenzucken auf Hektaren von Purzelbaummatten, ein Hautglitzern, ein Zähneblitzen, dort, wo sie an Seilen in die Höhe kletterten, über Pferde sprangen oder sich über Querbalken schwangen, um von der Flutströmung der Wehklage und den gedämpften Schreien erfaßt und niedergedrückt zu werden. Ich überblickte einen Ozean sich hebender und senkender Umrisse. Ihr bestialisches Ächzen betäubte mein Gehör.

»Was, um Himmels willen«, rief ich, »hat das alles zu *bedeuten?*«

»Dort. *Schauen* Sie.«

Und über der wilden Turbulenz des Fleisches befand sich in einer fernen Wand ein Fenster, zwölf Meter hoch und drei Meter breit, und hinter dem kalten Glas war ein Etwas, das beobachtete, genoß, wachsam war, ein einziges Starren.

Und alles wurde vom Saugen eines gewaltigen Atems übertönt, einer ungeheuren Inhalation, die mit konstantem Hunger und unsichtbarer Gier an der Sporthallenluft zerrte. So wie die Schatten purzelten und zuckten, riß die Inhalation an ihnen und der rohen Luft in meinen Nasenlöchern. Irgendwo saugte eine gewaltige Vakuummaschine die Dunkelheit ein, doch ohne *auszuatmen*. Es kam zu langen Pausen, obgleich die Schatten wirbelten und fielen, dann kam wieder das genüßliche Inhalieren. Es schluckte Atem. Ein, ein, ein, ständig ein, genoß die verschwitzte Luft, fraß Gefühlsausbrüche.

Und die Schatten wurden, wie auch *ich*, zu dem riesigen Glasauge hingezogen, dem gewaltigen Fenster, hinter dem ein formloses Etwas stierte, um sich an der Sporthallenluft zu sättigen.

»Dorian?« rief ich.

»Lernen Sie ihn kennen.«

»Ja, aber...« Ich beobachtete die unbändig zuckenden Schatten. »Was *machen* die denn?«

»Ergründen Sie es. Angst? Feiglinge leben nie. Also!«

Er stieß eine dritte Tür auf, doch ob sie goldheiß und lebendig war, konnte ich nicht spüren, denn plötzlich war ich in einem Treibhaus, und die Tür knallte zu und wurde von meinem jungen blonden Freund verschlossen. »*Bereit?*«

»Gott, ich muß nach *Hause!*«

»Aber nicht«, sagte mein Gastgeber, »bevor Sie *ihm* begegnet sind.«

Er gab die Richtung an. Zuerst konnte ich nichts sehen. Die Beleuchtung war matt und der Raum, wie die Sporthalle, fast überall verdunkelt. Ich roch Dschungelpflanzen. Die Luft streichelte mein Gesicht mit sinnlichen Schlägen. Ich roch Papayas und Mangos, den welkenden Duft von Orchideen, und dazwischen das Salz unsichtbarer Gezeiten. Aber die Flut war mit dem immensen inhalierenden Atmen da, das anstieg, leise wurde und wieder von neuem begann.

»Ich sehe niemanden«, sagte ich.

»Ihre Augen müssen sich anpassen. Warten Sie.«

Ich wartete. Ich beobachtete.

In diesem Raum gab es keine Stühle, denn so was brauchte man hier nicht.

Er saß nicht, er lehnte sich nicht an, er ›streckte‹ sich auf dem längsten Bett aller Zeiten aus. Die Abmessungen betrugen etwa fünfzehn mal achtzehn Meter. Ich erinnerte mich an die Wohnung eines Schriftstellers, den ich früher gekannt hatte. Er hatte seinen Raum gänzlich mit Matratzen ausgelegt, so daß die Frauen an der Türschwelle stolperten und flach auf die Sprungfedern fielen.

So war es auch mit diesem Nest, mit Dorian, riesig, Gelatinehaut, gläserne Umrisse, wogend im Innern.

Ob Dorian männlich oder weiblich war, konnte ich nicht erraten. Da war ein riesiger Pudding, eine Qualle im King-size-Format, ein monströser Haufen sexueller Gelatine, aus dessen Innerem hin und wieder mit Furzgeräuschen ungesunde Gase entwichen. Zischende Riesenlippen. Dies und das Ächzen der arbeitenden Pumpe, sein konstantes Einatmen, waren die einzigen Geräusche in der Kammer, als ich ängstlich, beunruhigt, aber zumindest von der nach ihrer Landung im Dunkeln angeschwemmten Kreatur beeindruckt, dastand. Das Ding war ein Gelatinekrüppel, ein Oktopus ohne Gliedmaßen, eine gestrandete Amphibie, unfähig, in das ins Meer führende Rohr zurückzuquellen, aus dem es in monströsen Wogen, Lungenböen und Gaseruptionen gestiegen war, um nun hier gesichtslos mit einem bloßen Röntgengespenst von Beinen, Armen, Gelenken und Skelettfingerhänden zu liegen. Zumindest konnte ich am anderen Ende der Fleischhalbinsel etwas erkennen, das wie ein abgeflachtes Gesicht und ein zerbrechlicher, darunter befindlicher Phantomschädel wirkte, einen geöffneten Augenritz, ein heißhungriges Nasenloch und eine rote Wunde, die sich überraschend weit schlitzte und sich als Mund entpuppte.

Und endlich ergriff das Ding, dieser Dorian, das Wort.

Oder flüsterte. Oder lispelte.

Und mit jedem Lispeln, jedem Zischen, stieß er, wobei sein abscheulicher Atem meine Wangen berührte, den Geruch von Zerfall aus, wie ein gewaltiger, auf der Seite liegender nächtlicher Fesselballon im Sumpf, verloren in stinkendem Wasser. Er gab nur eine verständliche Silbe von sich.

Jaaa.

Ja, *was?*

Und dann fügte er hinzu:

Also...

»Wie lange... Wie lange«, murmelte ich, »ist es... ist *er* schon hier?«

»Niemand weiß es. Wann war Victoria Königin? Wann hat Booth sein Schminkköfferchen geleert, um seine Pistole zu verstecken? Wann hat Napoleon vor Moskau in den Schnee geschifft? Vielleicht seit Anbeginn der Zeiten... Sonst noch was?«

Ich schluckte schwer. »Ist... Ist er es?«

»Dorian? Dorian vom Dachboden? Der mit dem Porträt? Der irgendwann merkte, daß Porträts nicht reichen? Öl, Leinwand, ohne Tiefe. Daß die Welt etwas Einsickerndes braucht, das den mitternächtlichen Regen aufsaugt wie ein Schwamm; daß Frühstück und Mittagessen Zeitverschwendung sind, die Strafe für moralische Verderbtheit? Etwas, das man sich wirklich einverleibt, trinkt, verdaut; ein Eiterpickel, ein königlicher Darm. Ein *rheum aeshophagus* für Sünden. Ein Laborplättchen für bakteriellen Schnee. Dorian.«

Der lange Archipel aus membranartiger Haut überspülte mehrere tiefliegende Schläuche und Ventile, und eine Art Gelächter wurde in wasserhaltigem Gel erdrosselt und ersäuft.

Ein Schlitz weitete sich, um erneut Gas und ein einziges Wort auszustoßen:

Jaaa...

»Er heißt Sie willkommen!« Mein Gastgeber lächelte.

»Ich weiß, ich weiß«, sagte ich ungeduldig. »Aber warum? Ich *möchte* nicht mal hier sein. Mir ist übel. Warum können wir nicht gehen?«

»Weil...« Mein Gastgeber lächelte. »...Sie *ausgewählt* wurden.«

»Ausgewählt?«

»Wir hatten unser *Auge* auf Sie.«

»Heißt das, Sie haben mich beobachtet, sind mir gefolgt, haben mich ausspioniert? Gott, wer hat Ihnen das *erlaubt?*«

»Sachte, sachte. Nicht jeder wird genommen.«

»Wer sagt denn, daß ich genommen werden möchte?«

»Wenn Sie sich *so* sehen könnten, wie *wir* Sie sehen, wüßten Sie, warum.«

Ich drehte mich, um den riesigen priapischen Gelatinehaufen anzublicken, in dem schwach Bäche schimmerten, als die Kreatur ihre Lider zu Löchern weitete, um zu schauen. Dann gingen all ihre Öffnungen zu: der von einem Säbel geschlagene Mund, die geschlitzten Nasenlöcher und die kalten Augen, so daß ihre Haut gesichtslos wurde. Es zischte und pumpte in gasigem Saugen.

Jaaa, flüsterte es.

Lissste, murmelte es.

»Und *was* für eine Liste!« Mein Gastgeber zückte ein winziges Computer-Notebook, auf dessen Bildschirm er meinen Namen, Adresse und Telefonnummer eingab.

Er schaute auf, um jene Punkte abzuspulen, die mich ›verwundbar‹ machten.

»Ledig«, sagte er.

»Verheiratet und *geschieden.*«

»Aber *jetzt* ledig! Keine Frauen in Ihrem Leben?«

»Ich hab die Schnauze voll.«

Er gab etwas ein. »Besucht eigenartige Lokale.«
»Ist mir nicht aufgefallen.«
»Kreative Blindheit. Geht spät zu Bett. Schläft den ganzen Tag. Säuft an drei Abenden in der Woche.«
»An zweien!«
»Treibt – sieh mal an – *jeden Tag* Sport. Übertriebenes Konditionstraining. Lange Besuche in der Sauna, zu lange Massagen? Interesse an Sport plötzlich gewachsen. Spielt *jeden Abend* endlos Basketball und Fußball und jeden zweiten Tag mittags Tennis. Wenn das kein *Hyperventilieren* ist!«
»Es geht nur *mich* was an!«
»Und uns! Sie wandeln unbeständig am Rand. Geben Sie all diese Fakten dem einarmigen Banditen in Ihrem Kopf ein, drücken Sie seinen Arm, und schauen Sie den rotierenden Zitronen und Kirschen zu. Runterdrücken!«

Gott im Himmel. Ja! Bars. Drinks. Spätabends. Sporthallen. Saunen. Masseure. Basketball. Tennis. Fußball. Runterdrücken. Drehen. *Rotieren!*

»Nun?« Mein Gastgeber studierte amüsiert mein Gesicht. »Drei Jackpot-Kirschen in einer Reihe?«

Ich schüttelte mich.

»Indizien. Kein Gericht würde mich deswegen verurteilen.«

»*Unser* Gericht *erwählt* Sie. Wir erkennen an der Handfläche, wer ein ausschweifendes Leben führt. *Ja?*«

Einer schrumpeligen Öffnung des rastlosen Haufens entströmte Gas. *Jaaa.*

Man sagt, daß Männer in der Gewalt der Leidenschaft, der eigenen Finsternis gegenüber blind, lieben und durchdrehen. Vom schlechten Gewissen erschreckt, halten sie sich für Tiere, wenn sie getan haben, wovor Kirche, Stadt, Eltern und das Leben sie gewarnt haben. Sie gehen mit explosiver Gewalt auf die sündige Verlockung zu. Und da sie eine unheilige Provokation in ihr sehen, töten sie. Frauen, in vergleichbarer Raserei, überdosieren. Eva liegt selbstgemordet im Paradies. Adam nimmt die Schlange als Seil und hängt sich auf.

Aber hier war kein Verbrechen aus Leidenschaft, keine Frau, keine Provokation, nur der große Haufen röchelnden Atems und mein blonder Gastgeber. Und nur Worte, die mich mit Pfeilsalven verwirrten. Mein Körper explodierte wie ein gesträubtes Stachelschwein: Nein, nein, nein. Warf *Echos*, und dann: »*Nein!*«

Jaaa, wisperte der Dunst aus dem Gewebehaufen, das in uralten Suppen begrabene Skelett.

Jaaa.

Ich keuchte, um meine Spiele, Dämpfe, Mitternachtsbars und Morgengrauenbetten zu sehen: eine wahnsinnige Rechenaufgabe.

Ich bog in dunkle Gänge ab und stand vor einem Fremden, der so pockennarbig und von Leidenschaften zerknittert und geölt war, so verdreht und vom Trinken zerschlagen, daß ich ihn kaum ansehen wollte. Das Entsetzliche riß den Mund auf und griff nach meiner Hand. Ich streckte einfältig die meine aus, um sie zu schütteln und – pochte auf Glas! Ein Spiegel. Ich starrte in mein eigenes Leben. Ich hatte mich in Schaufensterscheiben gesehen, als trüben Unterwasser-Mann in Bächen. Morgens, beim Rasieren, sah ich meine gespiegelte Gesundheit. Aber *das!* Der in Bernstein gefangene Troglodyt. Ich, Momentaufnahmen wie von zehn Dutzend Sexualakrobaten! Und wer drängte mir den Spiegel auf? Mein wunderschöner Gastgeber und die hinter ihm befindlichen üblen Blähungen.

»*Sie sind auserwählt*«, flüsterten sie.

»*Ich lehne ab!*« rief ich schrill.

Und ob ich nun lauthals schrie oder bloß in Gedanken, ein riesiger Schmelzofen gähnte. Der ozeanische Haufen erbrach Gewitter gasiger Dämpfe. Mein wunderschöner Gastgeber wich zurück, betäubt, weil ihr Suchen unter meiner Haut, hinter meiner Maske, Abscheu erzeugt hatte. Wenn Dorian ›Freund‹ rief, hatten sich stets rohe Sportlerteams zusammengerottet, um sich in das glatte arm- und beinlose Sargassomeer zu stürzen. Bevor sie sich in seiner Ausdünstung wälzten, ein- und auftauchten, sich in der finsteren Sporthalle packten, miteinander rangen, um dann jung fortzurennen und sich über eine Welt herzumachen.

Doch ich? Was hatte ich zu tun gewagt, das diesen Hautsack in erbrechendem Pfeifen und verzweifeltem Wind erschauern ließ?

»Idiot!« schrie mein Gastgeber, ganz Zähne und Fäuste. »Raus! Raus!«

»Raus«, schrie ich, fuhr herum, um zu gehorchen, und rutschte aus.

Ich weiß nicht genau, was bei meinem Sturz passierte. Und ob er eine schnelle Reaktion auf das abscheuliche Gesabber und Erbrochene des ein Massensterben hervorrufenden verwesenden Haufens war, vermag ich nicht zu sagen. Ich erkannte nicht die blitzartige Erschütterung wie bei einem Mord, doch vielleicht einen sommerlichen Hitzeblitz der Rache? *Für was?* dachte ich. Was bedeutest du für Dorian, oder er für dich, das die Hydra hinter deinem Gesicht befreit oder das kleinste Bein-, Arm-, Handzucken oder den Fingernagel hervorruft, wie die letzte stinkende von Dorian kommende Luft mein Haar anbrannte und meine Nasenlöcher verstopfte.

Es war nach einer Sekunde vorbei.

Irgend etwas schubste mich. Schob mich mein geheimes beleidigtes Ich voran? Ich flog, als hinge ich an Drähten, fiel ausgestreckt über Dorian hin.

Er stieß zwei schreckliche Schreie aus, einen zur Warnung, einen aus Verzweiflung.

Ich fand mich soweit wieder, daß ich die Hände beim Aufschlag nicht tief in die giftige Hefe, dem multiroten Quallengelee versenkte. Ich schwöre, daß ich ihn nur mit einem berührte, stach, in Schrecken versetzte: dem kleinsten Fingernagel meiner rechten Hand.

Mein Fingernagel!

Und so ging dieser Dorian ein und verschwand. Und so sank das Mammut mit Gekreisch zusammen. Und so sickerte der ekelhafte Ballon, Falte für Mitternachtsfalte, in sein eigenes knochenloses Ich, ließ vulkanischen Schwefel und enorme rektale Luft ab und stieß zischende Pfiffe und ein Gewinsel selbstmitleidiger Verzweiflung aus.

»Gott! Was haben Sie *getan!?* Mörder! Verdammt!« schrie mein Gastgeber, dem das Herz brach, als er sah, daß Dorian sich bis zum Tod verströmte.

Er fuhr herum, mich zu schlagen, lief dann zur Tür und schrie: »Abschließen! *Abschließen!* Was auch passiert, machen Sie um Gottes willen nicht *auf!*« Die Tür schlug zu. Ich beeilte mich, sie zu verschließen und drehte mich um.

Dorian fiel still und leise auseinander.

Er sank in sich zusammen, fort, weg. Wie ein riesiges Zelt aus Haut, wenn man die Heringe herauszieht, verschwand er im Boden, durch Spalten und Ritzen zu allen Seiten des riesigen Bühnennests. Ritzen, offenbar erschaffen für eine gewaltige Krankheitsmasse, die sich in viröse Flüssigkeiten und Kanalgasen auflöst. Während ich schaute, wurde der Rest des üblen Klumpens durch die Ritzen gesaugt, und ich stand verlassen in einem Raum, in dem noch wenige Minuten zuvor eine entsetzliche Schicht von Ablagerungen und halb geborenen Föten gelegen hatte – Sünden, ruinierte Knochen und Seelen saugend, um Bestien von äußerlicher Schönheit hervorzubringen. Das perverse Königreich, der irrsinnige Monarch, weg, völlig weg. Ein letztes Würgen und Drosseln der Kanalöffnung unterstrich seinen Tod.

Mein Gott, dachte ich selbst jetzt, das, all das, die schreckliche Ausdünstung, das Zeug ist unterwegs zum Meer, das es mit sanften Gezeiten fortspült, bis es an den Meeresstränden liegt, an das im Morgengrauen die Badegäste gehen...

In diesem Moment...

Ich stand da, die Augen geschlossen, wartete.

Auf was? Es mußte doch noch etwas kommen, oder? Und es kam.

Da war ein Beben, ein Zittern, dann ein Wanken der Wand, aber besonders an der goldenen Tür hinter mir.

Ich fuhr herum, um zu sehen und zu hören.

Ich sah die Tür beben, dann wurde sie von der anderen Seite aus bombardiert. Fäuste schlugen zu, hämmerten. Stimmen riefen, schrien, dann kreischten sie.

Ich spürte, daß eine große Masse die Tür zittern ließ, an den Scharnieren riß.

Ich starrte, ängstlich, daß die Tür zerspringen und die Alptraumflut hereinlassen könnte; raubgierige, verschreckte Bestien, einen Zwinger sterbender Dinge. Denn nun waren ihre Schreie, als sie tobten und rappelten, um zu entkommen, um Gnade zu erflehen, so schrecklich, daß ich die Fäuste auf die Ohren preßte.

Dorian war weg, sie aber noch nicht. Schrille Schreie. Kreischen. Schrille Schreie. Kreischen. Hinter der Tür schlug und fiel eine jammernde Gliederlawine.

Wie sie jetzt wohl aussehen, dachte ich. All diese Blumen.

All diese Schönheiten.
Bald, dachte ich, ist die Polizei hier. Aber ...
Trotzdem ...
Ich würde die Tür ganz bestimmt nicht aufschließen.

Originaltitel: ›Dorian in Excelsis‹ · Copyright © 1995 by Mercury Press, Inc. · Aus: ›The Magazine of Fantasy & Science Fiction‹, September 1995 · Aus dem Amerikanischen übersetzt von Ronald M. Hahn

---

David Brin

NATULIFE™

Ich weiß, frische Nahrungsmittel schmecken besser als abgepackte. Hamburger verklumpen die Arterien und schaden dem Regenwald. Wir sollten wie unsere Vorfahren aus der Steinzeit essen, die Wurzeln ausgegraben haben, viel Bewegung bekamen und immer etwas hungrig blieben. So sagt man.

Trotzdem sträubte ich mich, als meine Frau mir Termiten auftischte.

»Komm schon, Schatz. Versuch mal eine. Sie sind köstlich.«

Gaia hatte den Stock bereits ausgepackt und aufgestellt, als ich nach Hause kam. Ich setzte meine Aktentasche ab und starrte Hunderte von teigfarbigen Viechern an, die unter einer Plastikhülle krabbelten, ihre fette Königin bedienten, Küchenabfälle verschlangen und drauf und dran waren, sich bei mir im Haus wie daheim zu fühlen.

Gaia bot mir eine Sonde an, die aus fein gemasertem Pseudoholz bestand. »Siehst du? Du benutzt dieses Stöckchen, um die schönen fetten Exemplare herauszufischen, wie die Schimpansen es in der Wildnis tun.«

Ich gaffte das Insektenhabitat an, das den letzten freien Platz zwischen unserem Gemüsehydrator und der Ablage für das Fleischsublimat beanspruchte. »Aber ... wir waren uns doch einig. Unser Apartment ist zu klein ...«

»Ach, Schatz, ich weiß, sie werden dir bestimmt gefallen. Und brauche ich nicht Protein und Vitamine für das Baby?«

Wenn ich meine Hand auf ihren anschwellenden Bauch legte, wurden normalerweise alle Einwände abgeschwächt, die ich haben mochte. Aber diesmal rebellierte *mein* Bauch. »Ich dachte, das Zeug würdest du bereits von der Hefe-Extrakt-Maschine kriegen.« Ich zeigte auf den Bottich, der die Hälfte unserer Gästetoilette vereinnahmte und nahrhafte Dämpfe aus Stapeln von naturgewachsenen Koteletts filterte.

»*Dieses* Zeug ist nicht *natürlich*«, beschwerte Gaia sich und verzog den Mund. »Komm schon, versuch mal das Echte. Es geht genau so, wie sie es im Natu-Life-Kanal zeigen!«

»Ich ... glaube nicht ...«

»Paß auf, ich zeig's dir!«

Gaia drückte den Sondenstock durch eine versiegelte Luke und grub nach einer sechsbeinigen Beute. Sie steckte die Zunge heraus, als sie sich konzentrierte, und zitterte von ihrem roten Pferdeschwanz bis hinab zu ihrem gerundeten Leib vor Aufregung. »Ich hab eins!« rief sie und hob ein zuckendes Insekt aus der Luke und an ihre Lippen.

»Du willst doch nicht ernsthaft ...« Ich verstummte, als die Termite mit dem Kopf zuerst verschwand.

Verzückung legte sich auf Gaias Gesicht. »Hmm, knusprig!« Sie schmatzte und enthüllte dabei einen noch zuckenden Schwanz.

Ich fand genug männliche Würde, um sie schwach zu tadeln. »Man ... spricht nicht mit vollem Mund.«

Als ich mich abwandte, fügte ich hinzu: »Wenn du mich brauchst, ich bin im Fitneßraum.«

Gaia hatte unser Schlafzimmer wieder umgeräumt. Jetzt verschmolz die enge Kammer nahtlos mit einem tropischen Paradies, einschließlich wüsten Vogelgeschreis und Nebel von einem tosenden Wasserfall. Die beeindruckenden Effekte machten es fast unmöglich, am Bett vorbeizukommen, und so befahl ich, das Hologramm zu leeren. Es wurde still, als die Vidwand grau wurde und nur den echten Teil ihres Taschendschungels zurückließ, mit dem ich mich befassen mußte – ein Gewirr von Topfpflanzen, die garantiert reineren Sauerstoff absonderten, als eine Schwangere aus Flaschen schnuppern konnte.

Ich watete durch Kriechpflanzen und Mutantenficusse, bis ich schließlich den moosgesäumten Wäschekorb fand und meine Arbeitskleidung hineinwarf. Die angenehm riechende Reinigungsflechte hatte meine Fitneßklamotten bereits sani-gefleddert und gefaltet. Als ich sie anzog, fühlten sie sich warm und geschmeidig an. Die organo-elektrische Kleidung kräuselte sich über meine Haut, als würde sie leben, und schien genauso versessen auf ein paar Trainingseinheiten zu sein wie ich.

Ich hatte im Büro einen höllischen Tag gehabt. Der Verkehr in der Pendlerröhre war unerträglich, und der Smogindex stand schon seit einer Woche im Rotbereich. Die Termiten waren nur der Tropfen, der das Faß zum Überlaufen brachte.

»Gehen wir«, murmelte ich. »Ich habe heute noch nichts getötet.«

Langer Stock hatte einen großen alten Gazellenbock entdeckt.

»Er humpelt«, sagte mein Jagdgefährte, erhob sich aus der Hocke und zeigte etwa hundert Meter über die trockene Savanne. »Er hatte eine Begegnung mit einem Löwen.«

Ich unterbrach meine Dehnübungen und schaute in die Richtung, in die Langer Stock deutete, an ein paar Deckung gebenden Felsen vorbei. Ein Tier stand abseits von der Herde. Der Bock nahm den wechselhaften Wind auf, drehte sich dann um und zeigte an einer Flanke breite Krallenspuren. Diese Beute war eindeutig ein Kinderspiel im Vergleich zu dem stinksauren Nashorn vom letzten Sonntag. Die Virtuelle-Realitäts-Maschine mußte gespürt haben, daß ich einen harten Tag gehabt hatte.

Meine Hände streichelten den Speer, folgten den vertrauten Kerben und Verdickungen. Die Illusion grober, archetypischer Macht.

»Die Treiber sind bereit, Häuptling«, sagte mein Jagdgefährte.

Ich nickte. »Machen wir weiter.«

Langer Stock spitzte die Lippen und ahmte den Ruf eines Bienenfängers nach. Einen Augenblick später schnaubten die Tiere, als eine Verlagerung der schweren Luft eine Andeutung von Menschengeruch hinübertrug. Weitere hundert Meter hinter der Herde, dort, wo die spärliche Pampa in ein dunkles Akazienwäldchen überging, konnte ich den Rest unserer Jagdgruppe ausmachen. Die Männer krochen langsam vor.

Meine Jäger. Mein Stamm.

Ich verspürte die Versuchung, mir an den Kopf zu greifen und den Virtu-Realitäts-Helm zu justieren, der meinen Augen und Ohren diese künstliche Welt vorsetzte, um die Bilder dieser fernen Menschen heranzuziehen. Leider hatte ich, von Langer Stock einmal abgesehen, keinen der anderen Jäger je aus der Nähe gesehen. Gute Personaprogramme sind nicht billig, und da das Baby unterwegs war, mußten Gaia und ich das Geld für andere Dinge ausgeben.

Ja, für einen beschissenen Termitenstock! Groll, der von aufwallendem Adrenalin genährt wurde. *Vertraue niemals einer Sammlerin.* Das war das Credo der Jäger. *Liebt sie, beschützt sie, sterbt für sie, aber vergeßt niemals, sie haben andere Prioritäten.*

Die Treiber sprangen wie ein Mann auf und brüllten laut. Die Gazellen wichen zurück und liefen in die andere Richtung – auf uns zu. Langer Stock zischte. »Da kommen sie.«

Der Akku-Terrain-Boden donnerte unter dem Aufprall von hundert Hufen unter meinen Füßen. Sensu-Surround-Kopfhörer trugen das Tosen der Stampede zu uns. Die in Panik geratenen Tiere hatten die Augen weit aufgerissen, versuchten inbrünstig zu überleben. Den Speer in schweißnassen Händen haltend, duckte ich mich, als grazile Tiere mit sich hebenden Brustkörben über mich sprangen.

Mittlerweile wurde ein schwaches Unterschall-Mantra rezitiert. *Ich bin Teil der Natur ... eins mit der Natur ...*

Die Jungen und gebärfähigen Weibchen ließen wir unbehelligt vorbeiziehen. Aber dann kam der alte Bock, blutend und vor Erschöpfung schon mit Schaum vor dem Mund. Seine Sprünge waren bleiern und unsicher, und ich wußte, daß das Programm es mir heute wirklich einfach machte.

Langer Stock heulte. Ich spurtete aus der Deckung und übernahm schnell die Führung. Die Buckel und Rinnen der Auto-Tretmühle entsprachen dem Terrain, das meine Brille mir zeigte, und so wußten meine Füße, wie sie landen und sich wieder abstoßen mußten. Der Bodysuit ließ synthetischen Wind über meine Haut fegen, und für eine Weile vergaß ich, daß ich mich in einem winzigen Raum eines Con-Apt im achtzigsten Stockwerk einer Vorstadt von Chitown befand und von fünfzig Millionen Nachbarn umgeben war.

Ich war tief in der Vergangenheit meiner Vorfahren, in einer Zeit, als es nur wenige Menschen gab und sie daher wertvoll und magisch waren.

Damals, als die Natur prächtig gedieh ... und uns einschloß.

Ob nun einfaches Fitneßtraining oder nicht, ich war ins Schwitzen geraten, bevor das Tier vor einem Fleck mit ausgefranstem Riedgras in die Enge getrieben war. Der Blick der schwarzen Augen der keuchenden Gazelle begegnete dem meinen mit mehr als nur Resignation. Ich sah darin Geschichten von vergangenen Schlachten und Paarungen. Von unzähligen gewonnenen Kämpfen und dem letzten verlorenen. Ich hätte nicht mehr Mitgefühl für die Gazelle empfinden können, wäre sie echt gewesen.

Mein Wurfarm schoß vor, und ich dachte: *Vor langer Zeit hätte ich das getan, um meine Frau und mein Kind zu ernähren.*

Das war damals gewesen. Und was das Hier und Jetzt betraf...?

Nun ja... das ist tausendmal besser als Squash.

Massenproduzierte Con-Apt-Gebäude geben zwölf Milliarden Erdlingen minimal anständige Wohnbedingungen, auf Kosten der Tatsache, daß wir unser gesamtes Leben in Kisten verbringen müssen, die sich bis in den Himmel erheben. Lotterien bieten geringe Chancen, Berge oder den Strand zu besuchen. Derweil hält die Virtualität uns in unseren Wolkenkratzerhöhlen bei Verstand.

Als ich nach dem Fitneßtraining zur Dusche ging, sah ich, daß Gaias privater VR-Raum in Gebrauch war. Impulsiv schlich ich auf Zehenspitzen in den Schrank nebenan, tastete nach dem Schlitz zwischen den Stapelraum-Einheiten und drückte die Augen dicht an den schmalen Lichtspalt. Gaia kauerte auf ihrem Tretmühlenboden, der ein unebenes Gelände nachbildete. Ihr Bodysuit saß wie eine zweite Haut auf ihrer schwangeren Gestalt, während der Helm und die Brille sie wie eine Art Käfer oder Außerirdischen von einem anderen Stern aussehen ließen. Aber ich wußte, daß ihr Szenario, genau wie das meine, in ferner Vergangenheit lag. Sie grub gerade mit einem Phantomwerkzeug, das sie, für mich unsichtbar, in den geschlossenen Händen hielt. Dann griff sie hinab, um einen anderen geisterhaften Gegenstand aufzuheben. Ihre Handschuhe simulierten die Berührung, so daß sie der der Wurzel oder Knolle oder was auch immer entsprach, die sie durch die Brille sah. Gaia wischte Erde von ihrem imaginären Fund und ließ ihn dann in eine Tasche neben ihr fallen.

Manchmal, wenn ich sie wie in diesem Augenblick belauschte, fragte ich mich erschrocken, wie ich während meines Trainings aussehen mußte, wenn ich herumsprang, unsichtbare Speere warf und meinen ›Jägern‹ etwas zurief. Kein Wunder, daß VR für die meisten Leute eine so private Angelegenheit war.

Gaia hielt den Kopf schief, als höre sie jemandem zu, und lachte dann laut. »Ich weiß! Haben die beiden nicht komisch ausgesehen! Wie sie so stolz mit diesem mageren kleinen Eichhörnchen auf dem Stock nach Hause kamen? So große Jäger! Das hat sie nicht davon abgehalten, die Hälfte unserer Möhren hinunterzuschlingen!«

Natürlich konnte ich Gaias Gefährten weder sehen noch hören. Wahrscheinlich handelte es sich um andere Sammlerinnen des simulierten Stammes, den sie schon besucht hatte, bevor wir uns kennengelernt hatten. Sie blieb wieder stehen, lauschte und drehte sich dann um. »Es ist dein Baby, Blume. Schon in Ordnung, ich kümmere mich um ihn.« Sie lachte. »Ich muß in Übung bleiben.«

Ich sah zu, wie sie vorsichtig ein unsichtbares Kind hochhob. Ihr Bodysuit zitterte und zog sich zusammen, als er ein zappelndes Gewicht in ihren Armen simulierte. Unbeholfen gurrte Gaia einem Kind etwas zu, das nur in einer Welt der Software und in ihrem Verstand existierte. Ich kroch zurück, um zu duschen; ich schämte mich, sie belauscht zu haben, war gleichzeitig aber auch froh darüber.

Während ich noch mein nasses Haar abtrocknete,

kehrte ich ins Badezimmer zurück und mußte feststellen, daß der Wandbildschirm auf den Mutter-Erde-Kanal Dreiundfünfzig eingestellt war. Eine Priesterin in einer grünen Robe hielt eine Predigt.

»... *zu natürlicheren Wegen zurückzukehren heißt nicht, alles Moderne opfern zu müssen* ...«

Gaia kam aus ihrem Schrank zurück. Sie trug ein Hängekleid aus heller Baumwolle über ihrem erblühenden Körper und wühlte in einer Hängetasche aus Stoff, die sie über einer Schulter trug. »Wohin gehst du?« wollte ich sie fragen, doch die lebensgroße Matrone auf dem Schirm war doppelt so laut wie ich.

»... *wir sollten essen wie unsere Vorfahren, die nur etwa zweimal pro Woche Fleisch gefangen haben. Alle andere Nahrung wurde von erfahrenen Frauen gesammelt* ...«

Ich zupfte an Gaias Ellbogen und wiederholte die Frage. Sie fuhr zusammen und lächelte mich dann an. »Zum NatuBirth-Kurs, Schatz. Ich muß noch viel lernen, bevor es soweit ist. Wir haben ja nur noch zwei Monate.«

»Aber ich dachte ...«

»... *Fette und Süßigkeiten waren damals selten, daher unser Verlangen danach. Nun muß Selbstdisziplin den Platz der Knappheit einnehmen* ...«

»Computer!« rief ich. »Stell diesen Lärm ab!«

Der Mund der Priesterin bewegte sich stumm. Gaia schaute mißbilligend drein.

»Ich mag es nicht, übergangen zu werden«, beschwere ich mich.

Gaia streichelte mein Gesicht. »Herrje, sei doch nicht gleich eingeschnappt. Heute abend sprechen wir nur über Nest- und Geburtsmethoden. Ein Mann würde sich langweilen.«

Hm. Vielleicht. *Femismo* besagt, daß Männer einige Dinge einfach nicht verstehen können. Eine beträchtliche Abkehr von dem altmodischen Feminismus, der das Teilen aller Pflichten des Alltags gepredigt hat.

Mein Dad hatte mir stolz erzählt, daß er am Tag meiner Geburt die Nabelschnur durchschnitten hatte. Mir hatte die Vorstellung gefallen, doch heute nennen sie sie unnatürlich. Geburt war immer ein weibliches Ritual. Das sagen sie jedenfalls.

»Bleib einfach zu Hause, sei schön brav und...« Gaia drückte sich liebevoll gegen mich. Ihre Augen strahlten. »Du hast eine gute Jagd gehabt, nicht wahr? Ich weiß es. Dann wirst du immer so... munter.«

Ich entzog mich ihr. »Hm. Dann geh zu deinem Kurs. Ich komme schon zurecht.«

Sie stellte sich auf die Zehenspitzen und küßte mich aufs Kinn. »Sieh mal bei der Konsole nach. Da liegt ein Geschenk für dich. Das wollte ich dir schon längst gegeben haben.« Gaia warf mir von der Wohnungstür aus noch einen Handkuß zu und war verschwunden.

Ich ging zum Haupt-Haus-Controller und fand dort eine bunte Programmplatte, die dort, wo Gaia das Rabattpreisschild vom NatuLife-Laden abgeschält haben mußte, noch klebrig war. *Etwas für den Jäger*, lautete der Titel, und ich schnaubte. Genau. Etwas, womit man den Herrn des Hauses ablenken kann; man läßt ihn mit einem Haufen imaginärer Gefährten trommeln, während die Aufmerksamkeit der Frau sich auf wichtige Dinge richtet – Kinderpflege und die Kontinuität des Lebens. Das Softwaregeschenk mochte als liebevolle Geste gedacht gewesen sein, aber just in diesem Augenblick bewirkte es, daß ich mich überflüssig fühlte, stärker übergangen denn je zuvor.

Als ich die Platte in die Konsole schob, berührte ich unabsichtlich den Lautstärkeregler, und die dröhnende Stimme der Priesterin kehrte zurück.

»... *müssen der Tatsache ins Auge sehen, daß die Milliarden Menschen der Erde es nicht akzeptieren werden, zur Natur zurückzukehren, wenn sie im Dreck wühlen und auf schmutzigen Böden schlafen müssen. Wir müssen* neue

Methoden erlernen, die sowohl natürlich als auch klüger sind...«

Ich kicherte darüber. Komisch, wie jede Generation einen anderen Begriff von ›klüger‹ hat.

Langer Stock begrüßte mich mit einer tiefen Verbeugung, die sowohl höhnisch als auch respektvoll war.
»Willkommen daheim, o großer Häuptling.«

»Ja, ja«, murmelte ich meinem simulierten Kumpanen zu. »Na schön, ich habe angebissen. Was ist diesmal anders?«

Hier im Wohnzimmer kam mir alles weniger wirklich vor; schließlich hingen mein Virtualitätshelm und der Bodysuit noch im Schrank. Der vertraute Urwald meiner privaten Welt endete nun abrupt, wo die Vidwand an die Couch stieß. Und doch hätte ich schwören können, daß mein Ersatzgefährte mir irgendwie feinsinniger, *herzlicher* vorkam.

»Die Feuerstein-Schmiede sind jetzt bereit, dir ihre Keramiken zu zeigen, Häuptling.«

»Die wer...?« begann ich. Aber Langer Stock drehte sich einfach um und ging einen schmalen Pfad in der Nähe entlang. Das Wohnzimmer verfügte nicht über einen Tretmühlenboden, und so stand ich still da und sah zu, wie der in ein gewalktes Wollgewebe gehüllte Körper von Langer Stock an Bäumen und Felsen vorbei und mehrmals auf und ab ging. Ein rhythmisches Geräusch wurde ständig lauter – ein blechernes Scheppern brüchiger Gegenstände, die aneinander geschlagen wurden und zerbrachen. Schließlich erreichten wir ein sandiges Flußbett, an dem mehrere Gestalten auf Bäumstämmen saßen und Steine aneinander hämmerten.

Ach ja. Feuerstein-Schmiede. NatuLife hatte zahllose ›Sie-sind-dabei‹-Programme über alte Künste im Angebot, vom Bronzegießen bis zum Automobildesign. Aufgrund unseres gemeinsamen Interesses am Neolithikum hatte Gaia klugerweise eine Steinzeit-Simulation gekauft, die der Computer in meine private Welt einfügen konnte. Ich konnte mir damit einen Abend lang die Zeit vertreiben, während sie sich auf die Mutterschaft vorbereitete.

Na schön, seufzte ich. *Sehen wir es uns mal an.*

Ein junger Mann mit dünnem Bart bemerkte uns, hörte mit dem Hämmern auf und stieß die anderen an – einen wettergegerbten alten Mann und einen stämmigen Burschen, dessen rechtes Bein viel kürzer als das linke war. Die Schmiede erhoben und verbeugten sich respektvoll. Natürlich handelte es sich bei ihnen nicht um voll ausgearbeitete Sim-Personae wie Langer Stock, sondern um animierte Schauspieler in einem begrenzten Szenario.

»Wir haben die Feuersteinkerne bearbeitet, die du vom Kliff-Stamm eingetauscht hast, o Häuptling«, sagte der Älteste. Er lispelte durch beträchtliche Zahnlücken. »Möchtest du sie gern sehen?«

Ich zuckte mit den Achseln. »Warum nicht?«

Er breitete ein Fell aus und zeigte mir ein Sortiment neolithischer Werkzeuge, die unter dem Ersatzsonnenlicht leuchteten. Darunter befanden sich Speerköpfe, Beile, Meißel und Schaber – sowie andere, die ich aus dem Stegreif nicht identifizieren konnte. Jeder Gegenstand war das Produkt von mindestens einhundert Schlägen, mit denen urtümlicher Stein geschickt in Gegenstände umgewandelt worden war, die man im täglichen Leben verwenden konnte. Eine prähistorische Küche, Waffenkammer und Werkstatt in einem. Die Schmiede boten mir an, die Schärfe einer Schneide zu überprüfen. Es war verwirrend, wie der Computer daraufhin ein Bild meiner eigenen Hand erzeugte, die einen Gegenstand hielt, den ich nicht fühlen konnte. Ich entschloß mich, es später noch einmal zu versuchen und das Szenario mit Körperhandschuhen zu wiederholen.

»Tja, das ist interessant«, sagte ich nach einer Weile. Ich fühlte mich erschöpft. »Aber ich glaube, das reicht mir vor ...«

Ein hoher Schrei unterbrach mich. Alle schauten an meiner Schulter vorbei, doch die Szene verharrte hartnäckig, bis von links eine neue Gestalt in das Bild trat. Sie war kleiner und schlanker als die anderen, bekleidet mit dem Rock und den Beinkleidern eines Jägers, und schritt mit einem elastischen, elfenhaften Gang aus. Der Neuankömmling trug ein Bündel schmaler Schößlinge, die genau die richtige Größe hatten, um Speere daraus zu schneiden. Erst, als sie mit einem Scheppern zu Boden gelegt wurden, stellte ich überrascht fest, daß dieser Jäger eine Frau war.

»Hallo, Häuptling«, begrüßte sie mich und nahm Langer Stock mit einem Nicken zur Kenntnis.

Mein Gefährte beugte sich zu mir herüber. »Das ist Fessel-einer-Giraffe«, flüsterte er mir zu, »Tochter von Geweih und Birnenblüte. Sie ist eine der besten Treiberinnen überhaupt.«

»Genau darüber möchte ich mit euch sprechen«, sagte die junge Steinzeitfrau und stemmte die Fäuste auf die Hüften. Sie war geschmeidig und für meinen Geschmack etwas zu schlank – und von Kopf bis Fuß mit Lehm beschmiert –, suchte jedoch kühn und provokativ den Blickkontakt. »Ich bin es leid, das Wild immer nur zu treiben, großer Häuptling. Ich will es töten. Ich will von euch beiden lernen.«

Die Steinschmiede zischten überrascht. »Fessel!« polterte Langer Stock. »Du vergißt dich!«

Das Mädchen verbeugte sich unterwürfig, doch die heftige Entschlossenheit in seinen Augen blieb bestehen. Es schien wieder etwas sagen zu wollen, als ich rief: »Bild anhalten!«

Das Geschehen wurde angehalten, und die ›Stammesleute‹ erstarrten in der Bewegung. Ein Blauhäher schwebte in angehaltenem Flug über der Erosionsrinne, während ich überrascht mit mir kämpfte. Es war nicht die *Vorstellung* eines weiblichen Jägers... viele Stämme duldeten sie gemäß ihrer Tradition. Aber warum die Angelegenheit jetzt, da die Simulation gerade zu enden schien, mit solch einer Spielerin zu komplizieren? Was hatte das mit prähistorischer Werkzeugherstellung zu tun?

»Computer. Das ist nicht einfach nur ein vorgefertigtes Sie-sind-dabei, oder?«

»*Nein. Das sind voll autonome Personaprogramme, die stochastisch in Ihrer privaten Sim-Welt funktionieren.*«

Also war Gaia doch großzügig gewesen! Langer Stock war nicht mehr mein einziger umfassender Gefährte. Aber wie hatte sie sich das leisten können?

»Darüber hinaus wurde der Kernspeicher aufgerüstet und kann nun maximal fünf flexible Personae gleichzeitig verarbeiten.«

»Oh, jetzt verstehe ich.«

Gaia mußte größere Speicherkapazität für ihre eigenen Programme benötigt haben, für die Hebammen und Klagefrauen und anderen Helferinnen, die sie brauchte, wenn das Baby kam. Die Ausgabe war bereits im Etat eingeplant. Kein Wunder, daß auch für mich ein paar Spielkameraden abfielen, die sie mit Rabatt erstanden hatte. Nachdem ich eine Minute darüber nachgedacht hatte, ob ich mich verletzt, geehrt oder erheitert fühlen sollte, kam ich zum Schluß, daß es eigentlich gar keine Rolle spielte. Ich zögerte und traf dann eine Entscheidung.

»Computer, speichere die Simulation und übertrage sie in meinen Fitneßraum.«

Kurz darauf hielt ich, voll für die Virtualität bekleidet, eins der neuen Feuersteinmesser der Steinschläger in den Händen. Jede gerundete und gezackte Schneide wurde von den raffinierten elektrochemischen Handschuhen vermittelt. Die Steinschmiede schienen sich über meine Bewunderung zu freuen. Es war ein gutes Messer, der beste Obsidian, mit einem Griff aus Elfenbein, in den Bilder laufender Pferde geschnitzt waren. Obwohl es nicht echt war, war es der schönste Gegenstand, den ich je besessen hatte.

Die Tretmühle arbeitete perfekt unter meinen Füßen und ahmte die Bewegungen nach, als Langer Stock und ich die neolithische Fabrik schließlich verließen und zum Beobachtungsstand gingen, um nach wandernden Herden von Weißschwanzgnus und Eleantilopen Ausschau zu halten. Dabei kamen wir an der jungen Treiberin vorbei, Fessel, die am Flußufer kauerte, wohin Langer Stock sie wegen ihrer Unverschämtheit verbannt hatte. Sie band Steinspitzen an die Speerschäfte und zog die Lederriemen mit den Zähnen stramm. Als sie uns sah, schaute sie reuelos auf, und ihre Augen leuchteten herausfordernd.

Ich blieb stehen und drehte mich dann zu Langer Stock um. »Wir könnten eine Späherin brauchen, die Nachrichten überbringt. Nimm sie bei der nächsten Jagd mit.«

Mein simulierter Freund sah mich scharf an, nickte aber stumm. Fessel wandte sich ab und verbarg damit klugerweise ein triumphierendes Grinsen.

Als ich meine urzeitliche Welt verließ, war Gaia bereits von ihrem Kurs zu Hause und hatte es sich in unserem kleinen, abgedunkelten Schlafzimmer bequem gemacht. Ich schlüpfte leise unter die Decke, fühlte aber kurz darauf ihre Hand auf meinem Schenkel. »Ich habe an dich gedacht«, flüsterte meine Frau, und ich spürte ihren Atem warm an meinem Ohr.

Schwangerschaft bedeutet nicht unbedingt: *kein* Sex. Die Ärzte sagen, wenn man vorsichtig ist, ist es in Ordnung.

Es kann aber auch viel besser als nur in Ordnung sein. Gaia war sehr geschickt.

Der Büffel stöhnte. Er steckte mit fünf Speeren in der Flanke im morastigen Flachwasser fest. Ich befahl, keine weiteren Speere zu werfen.

Fessel schwenkte ihren Wurfspieß und protestierte. »Warum töten wir ihn nicht?«

»Weil der Häuptling nein gesagt hat!« fauchte Langer Stock sie an. Aber ich machte eine beschwichtigende Geste. Seit ich Fessel zum Lehrling hatte, wußte ich das alte Sprichwort zu schätzen – *Man weiß nie wirklich etwas, bis man es einem beigebracht hat.*

»Denke nach. Was passiert, wenn er zusammenbricht, wo er stirbt?«

Sie betrachtete das keuchende Tier. »Er fällt in den Fl... Oh! Wir würden die Hälfte des Kadavers verlieren.« Fessel nickte ernst. »Sollen wir versuchen, ihn an Land zu holen?«

»Genau. Und zwar schnell! Wir wollen nicht, daß er unnötig leidet.«

Mehrere Stammesmitglieder machten heilige Gesten. Jäger wie diese beschwichtigten die Geister der Tiere, die sie töteten, und das erstaunte mich – würden die modernen Menschen so viel Fleisch essen, müßten sie den Geist eines jeden Stiers oder Hahns besänftigen? Mein Aufenthalt in der simulierten Steinzeit hat mich nicht zum Vegetarier gemacht, aber ich weiß nun die Tatsache besser zu schätzen, daß Fleisch einmal gelebt hat.

Langer Stock rief nach Stricken. Mit aufgerollten Lederseilen näherten wir uns dem Bullen von drei Seiten. Die Tretmühle imitierte schlüpfrigen Schlamm unter meinen Füßen, während der Bodysuit meine Nerven kitzelte, so daß ich den Eindruck hatte, mich bis zur Hüfte in schlammigem Wasser zu befinden. Elektronisch angeregte Rezeptoren in meiner Nase ›rochen‹ über dem Gestank des Sumpfes das Blut und die Aufsässigkeit des Tiers. Es war harte Arbeit, zu unserer Beute vorzudringen. Eine härtere und abwechslungsreichere, als in einer Turnhalle Gewichte zu heben, und eine schrecklichere. Der Büffel drehte sich nach rechts und links, brüllte und bedrohte uns mit seinen Hörnern.

Seit Gaia diesen zusätzlichen Speicher gekauft hatte, kam mir alles viel lebhafter vor, einschließlich des heißen Eifers des Bullen, unsere Begegnung zu überleben. »Vorsicht!« rief Fessel, als er einen Satz machte. Ich wich ihm aus und spürte eine Wand aus Fell und Muskeln, die meine Schulter streifte und den Raum vereinnahmte, an dem ich mich gerade noch befunden hatte. Im Schlamm hin- und herschwankend, sah ich ein zusammengerolltes Lasso, das auf den alten Bullen zuflog und um seinen Hals landete.

»Ich hab ihn!« rief Langer Stock.

»Ich bin dran!« rief eine höhere Stimme. Fessel warf ihr Lasso – doch es verfehlte das wütende Tier, das zur Seite sprang.

»Warte!« rief ich, als sie dem Seil nachsetzte. Zu spät, ich sah, wie das Mädchen unter der aufgewühlten, schmutzigen Oberfläche verschwand.

»Fessel!« Plötzlich hatte ich zu viel zu tun, um mich um meinen jungen Lehrling kümmern zu können. Scharfe Hörner blitzten boshaft auf, und ich mußte ihnen ausweichen. Ich wußte zwar, daß der Computer mich nicht töten würde, doch bei anderen Schnitzern im Fitneßraum hatte ich mir Prellungen zugezogen, an denen ich wochenlang meine Freude gehabt hatte.

Sie ist nur ein Programm, sagte ich mir und wich vor einem brüllenden, zotteligen Gesicht von der Größe eines kleinen Lasters zurück. *Programme können auf sich selbst aufpassen.*

»Yip-yi-i-yip!«

Der Ruf fiel mit einer plötzlichen Veränderung im Brüllen des Tiers zusammen. Es wirbelte herum, und ich riß erstaunt die Augen auf. Die junge Jägerin, Fessel, war auf seinen Rücken geklettert! Während Wasser und Sumpfried von ihr tropften, hielt sie sich an der Mähne fest und zog die Schlinge über den zottigen Kopf. Der Bulle schnaubte, von Krämpfen geschüttelt und mit wilden Augen. Andere fielen in Fessels begeistertes Jubeln ein, während sie die Taue aus drei Richtungen straff zogen.

Resignation schien das Tier zu überkommen, und es ließ sich auf festen Boden ziehen. Zwei Meter... drei...

Dann bäumte es sich plötzlich mit einem letzten verzweifelten Schütteln auf. Fessel flog herunter, schlug mit den Armen um sich und stürzte neben den trampelnden Hufen des Bullen ins Wasser.

Mit einem Schrei warf ich mich zu ihr.

Oder versuchte es zumindest. Die heutige Virtualitäts-Technik kann keinen *Schwung* simulieren, und so ließ die Maschine mich im Stich. Aber der Bodysuit trieb mich taumelnd vorwärts, und ich wich den zustoßenden Hörnern aus, während ich unter Wasser herumfuchtelte und nach meinem Lehrling suchte. Hektische Sekunden verstrichen... und schließlich spürte ich die Berührung eines schlanken Arms! Eine kleine Hand schloß sich wie ein Schraubstock um mein Handgelenk, und ich warf mich heftig zurück... während der Bulle nach vorn kippte und mit einem mächtigen Spritzen dort aufschlug, wo Fessel gerade noch gelegen hatte.

Wir kamen flußabwärts von der Stelle ans Ufer, an der der Stamm bereits das frenetische Ritual des Schlachtens durchführte. In alten Zeiten hatten die Jäger eine solche Beute bestenfalls einmal im Monat erlegt, und so sangen sie den Geistern des Wassers, der Erde und des Himmels ihre Freude hinaus. Aber die kunstvolle Zeremonie interessierte mich kaum, als ich mich den Hügel hinauf schleppte und fühlte, wie die Belastung aus meinen Beinen wich wie Wasser, das sich zögernd teilt. Das Gewicht auf meinen Armen kam mir nur allzu echt vor, als ich Fessel auf einen Flecken Gras legte.

Ich hatte mir wegen eines Stück Softwares schreckliche Schwierigkeiten eingebrockt. Man hätte logisch argumentieren können, daß gute Personaprogramme sehr teuer sind, doch der Gedanke ging mir gar nicht durch den Kopf, als ich mich schnell überzeugte, daß Fessel noch atmete. Bleich, von Kopf bis Fuß mit Schlamm bedeckt, hustete sie plötzlich zweimal pfeifend und enthüllte dann, als sie die Augen öffnete, zwei ohrschneckenblaue Blitze. Sie schluchzte unvermittelt kläglich auf und schlang beide Arme um meinen Hals.

»Urk!« antwortete ich. Noch nie zuvor hatte eine meiner Übungseinheiten mich dermaßen in eine Flut von Wahrnehmungen gezerrt. Dort, wo Kiesel eingedrungen waren, stach Schmerz in meine Handflächen. Sonnenlicht verströmte Wärme über meinen schlammbedeckten Rücken. Dann drückte ihr warmer Körper, der stellenweise viel besser gepolstert war, als ich es mir vorgestellt hatte, sich an den meinen.

Bald wurde mir klar, daß Fessel sich nicht gegen mich drückte, weil sie noch getröstet werden wollte. Sie bewegte sich und atmete auf eine Art und Weise, die nichts mehr mit Beruhigung zu tun hatte. Ich grunzte zum zweitenmal vor Überraschung und griff nach oben, um ihre Arme aufzuzwingen. »Simulation anhalten!« rief ich.

Bevor ich den Helm abriß, erhaschte ich noch einen Blick auf die dort liegende Fessel, überall mit Schlamm bedeckt, drahtig-stark und wie eine Jägerin gekleidet, und doch plötzlich völlig weiblich, wie sie mich sowohl voller Verehrung als auch Bereitschaft ansah.

Sie war nur Software – nur Illusionsbits eines Siliciumchips. Außerdem kannte ich sie kaum.

Aber sie war bereits die zweitbegehrenswerteste Frau, die ich je gekannt hatte.

Verstehen Sie mich nicht falsch, ich liebe meine Frau. Ich habe mich stets für einen der seltenen Glückspilze gehalten, deren Frauen sie ganz und gar verstehen und trotzdem viel von ihnen halten.

Also dachte ich mir: Hier muß ein Fehler vorliegen!

Zitternd schälte ich mich aus meinem Bodysuit und stolperte unter die Dusche. *Wie soll ich das Gaia erklären?* fragte ich mich.

Doch als ich mich einseifte, dachte ich: *Was gibt es da zu erklären? Ich habe doch gar nichts getan!*

Und als ich die Seife abspülte, überlegte ich: Und wenn ich doch etwas getan hätte? *Wäre es Ehebruch gewesen? Oder eine exotische Form der Masturbation?*

Ich erinnerte mich daran, wie Mom unbekümmert Dads Sammlung von leicht erotischen Magazinen toleriert hatte, ohne sich anscheinend von seinen harmlosen privaten Phantasien bedroht zu fühlen. Und Gaia hatte mein elektronisches Playboy-Abonnement anscheinend nie als Rivalin angesehen. Manchmal rief sie sie sogar selbst auf... ›der Artikel wegen‹. Allerdings... ein gewisses Ausmaß an normaler, visuell stimulierter Autoerotik mochte zwar in Ordnung sein, doch ich wußte auch, es würde sie schrecklich verletzen, sollte ich je eine richtige Affäre haben.

Also... was hatte sich da gerade in meinem VR-Fitneßraum fast zugetragen? Das Erlebnis schien irgendwo zwischen einem Verhältnis mit einer Studentin und einer Begegnung mit einer aufblasbaren Gummipuppe zu liegen.

Zu schade, daß sie nie diesen Science-Fiction-Gimmick produziert hatten, das direkte Interface zwischen Computer und Verstand. Dann hätte ich jedes Sim-Abenteuer als etwas rein Geistiges abtun können. Doch soviel von dem, was wir sind und tun, ist mit dem Körper verbunden... den Nerven, Hormonen und Muskeln. Um eine wirklich lebensechte Erfahrung zu haben, mußte man sein Fleisch mitnehmen.

Wenn das Fleisch daran teilnimmt, kann die Virtualität jede Oberfläche nachahmen. Als ich mich an meine Beute anpirschte, bin ich über Gras und durch Gezeitentümpel und dampfend heißen Sand gekrochen.

Aber eine *Frau* zu simulieren...?

»Die High-Tech marschiert unaufhaltsam weiter, aber das ist lächerlich!« Ich lachte, trocknete mich unter einem Schwall warmer Luft ab, zog dann einen Frotteebademantel an und ging hinaus, um Gaia alles zu erzählen. Ich hatte meine Frau zuletzt im Kinderzimmer gesehen, wo sie, vor sich hinsummend, schon Dinge für das Baby eingeräumt und mir fröhlich eine ›gute Jagd‹ gewünscht hatte.

Gaia war nicht dort, doch ich verspürte ein warmes Glühen, wenn ich mich nur in dem kleinen Zimmer umschaute, dessen Wände mit Hologramm-Mobiles und treibenden Planeten verziert waren. Ich hatte den Großteil der Kinderzimmer-Ausstattung selbst eingebaut, einschließlich der Bodenbastmatte mit ihrem erwärmten Flüssigwindel-Bottich. Die Auftriebkrippe war darauf programmiert, den Herzschlag meiner Frau und andere Rhythmen nachzuahmen, um das Baby in den ersten Wochen mit Wahrnehmungen zu beruhigen, die es aus dem Mutterleib her kannte.

»Gaia?« fragte ich und sah im Wohnzimmer nach. »Du wirst nie darauf kommen, was gerade passiert ist...«

Dort war sie auch nicht. Ich versuchte es in der Küche, in der es vor emsigen, scharrenden Geräuschen gefangener Insekten summte. Auch hier keine Spur von ihr.

Komisch, dachte ich. Sie hatte nichts davon gesagt,

daß sie heute noch einen NatuBirth-Kurs besuchen wollte.

»Computer, hat meine Frau eine Nachricht hinterlassen, als sie die Wohnung verließ?«

»*Ihre Frau hat die Wohnung nicht verlassen*«, antwortete die Stimme des Haupt-Haus-Controllers. »*Sie ist in ihrem Virtualitätsraum.*«

»Ach... natürlich. Jetzt ist sie dran. Muß reingegangen sein, als ich geduscht habe.«

Ich setzte mich behutsam auf die Couch; ich zitterte noch immer von der gewaltigen Anstrengung des heutigen Fitneßtrainings. Ich nahm die Fernbedienung und sah mir das Angebot im Kabelprogramm an. Außer den normalen tausend Kanälen, die Infotainment boten, gab es Amateurvideos, öffentliche Foren, Hobbysendungen und solche für spezielle Interessensgebiete, Talk-Shows mit Zuschauerbeteiligung und ›Onkel Paule‹, der Dias von seinem Flug mit dem unstarren Kleinluftschiff zum Mount Everest zeigte. Das übliche Zeug. Ich entschloß mich, ein gutes Buch aus der Bibliothek zu wählen, und starrte zehn Minuten lang tatsächlich die erste Seite von *Robinson Crusoe* an, bis mein Kopf auf das Polster sank.

»Verdammt.«

Ich sagte mir, ich würde aufstehen und mir einen Drink machen... dann auf die Toilette gehen... dann im Schrank nach meinen Tennisschuhen suchen... und dann vielleicht vor die Tür gehen und einen altmodischen Spaziergang machen.

Ich fand die Turnschuhe, wo ich sie hingestellt hatte, neben dem Spalt in der Schrankwand. Als ich mich hinabbeugte, hörte ich leise Geräusche aus dem Raum nebenan – dem Allerheiligsten meiner Frau.

Es waren keine Gesprächsgeräusche, sondern angestrengtes, schweres Atmen.

Tja, auch Sammler müssen schwer arbeiten, Fische fangen, wildes Getreide schneiden...

Als ich das Auge gegen den Spalt drückte, wußte ich, daß ich mir etwas vormachte.

Gaia trug Helm und Bodysuit und kauerte so ähnlich auf dem Boden wie beim letzten Mal, als ich sie hier beobachtet hatte, die Hände ausgestreckt und gesenkt, als hielte sie etwas fest. Unter ihr ahmte der Tretmühlenboden einen kleinen, rechteckigen Hügel nach, über dem sie mit gespreizten Beinen hockte, während sie unermüdlich vor und zurück schaukelte. Was auch immer sie in ihrer privaten Welt tat, es war anscheinend sehr anstrengend, denn sie warf den Kopf zurück und stöhnte laut.

Ich kannte dieses Geräusch. Ich betrachtete erneut die Form unter ihr und sah, daß dort kein Stück Boden nachgebildet wurde, kein umgestürzter Baumstamm. Selbst ohne Brille zum Sehen, ohne Ohrstöpsel zum Hören oder Handschuhe zum Berühren erkannte ich die Umrisse eines Mannes.

Schließlich brauchte ich die Turnschuhe doch noch. Ich verließ die Wohnung sofort und ging auf den Himmelsbrücken spazieren, die die graue Metropole auf Höhe des vierzigsten Stockwerks durchzogen und einen Blick auf das Labyrinth der Transportröhren und vibrierenden Maschinen boten, die die Stadt am Leben hielten. Als ich die sich auftürmenden, schluchtartigen Mauern von Chitown hinaufblickte, konnte ich keine Sterne sehen, nur einen verschwommenen Glanz, der infolge der Umweltverschmutzung verbreitet wurde. So spät am Abend hätte ich für die zahllosen Kameras der Öffentlichen Sicherheit dankbar sein sollen, die praktisch von jedem Laternenpfahl hinabspähten. Aber ich kam mir lediglich auffällig vor, *überwacht*. Auf der Steppe muß man keine Angst haben, von einer Million Fremden schikaniert zu werden. Vor zwanzigtausend Jahren *gab* es keine Fremden. Man brauchte nur seinen Stamm.

Ich ging in eine Bar um die Ecke, mit einem 4-D-Holoneon-Schild, bei dem eine Dimension ausgebrannt war. Das Bier war ausgezeichnet, die Atmosphäre deprimierend. Andere Männer saßen hinter ihren Getränken und vermieden penibel Blickkontakt mit denen in ihrer Nähe. Ein Drahtjunkie in der Ecke warf ununterbrochen Geldstücke in eine Stim-Zap-Maschine und steckte dann den Kopf unter die Haube, um direkte Stöße des elektrischen Vergnügens zu empfangen. Seine Seufzer waren steril und emotionslos.

Gaias waren kehlig und lustvoll gewesen.

Jetzt wußte ich, wo sie diese provokative, sich wiegende Bewegung gelernt hatte – die sie in letzter Zeit immer einsetzte, wenn wir uns liebten. Offensichtlich hatte sie einen Lehrer, und zwar einen guten. Einen, den ich niemals kennenlernen würde, ganz zu schweigen davon, ihm die Fresse zu polieren.

Fair ist fair, dachte ich. Hatte ich nicht schon Scheinbegründungen für meine eigene Erfahrung mit Sex in der Simulation gefunden, bevor ich herausgefunden hatte, daß Gaia mir zuvorgekommen war? Wenn es für mich in die Kategorie Selbstbefriedigung und nicht Untreue fiel, warum denn nicht auch für sie?

Das ist etwas anderes! erwiderte ein Teil von mir. Doch so sehr ich mich auch bemühte, ich sah keinen Unterschied. Mein ›Rivale‹ war ein Phantom, keine echte Bedrohung. Er konnte Gaia niemals schwängern, ihr eine Krankheit verpassen, sich vor meinen Geschäftspartnern brüsten, mir Hörner aufgesetzt zu haben, oder sie mir je wegnehmen.

In Wirklichkeit lief es auf das Bild im Geiste hinaus, die Eifersucht auf einer gefühlsmäßigen Ebene, tief im Bauch. Eifersucht, die auf uralten Trieben beruhte, die ein zivilisierter Mensch eigentlich überwinden können sollte.

Ich war mir nicht mehr sicher, daß ich ein zivilisierter Mensch sein wollte.

Nein, ich betrank mich nicht sinnlos, fing auch keinen Streit mit dem großen Burschen zwei Barhocker weiter an. Ich spielte mit dem Gedanken, aber, verdammt, was hatte das für einen Sinn? Mittlerweile war ich im Töten viel zu geschickt, um mir in der wirklichen Welt noch bei einer freundlichen Schlägerei vertrauen zu können. Außerdem sah mein Nachbar aus, als würde auch er Körperertüchtigung betreiben. Vielleicht hielt er sich fit, indem er mit Cochise Skalps nahm oder mit einem VD-Dschingis Khan ritt. Unter unseren grauen urbanen Verkleidungen können wir alle gefährliche Geheimnisse haben.

Ich bezahlte und ging.

Gaia schlief auf der Couch, als ich zurückkam, oder tat jedenfalls so. Sie schien erleichtert zu sein, daß ich wieder zu Hause war, und ich versuchte, meinen inneren Aufruhr nicht zu zeigen. Ich schaltete die Fernsehwand ein, und sie spürte, daß es klüger war, ins Bett zu gehen.

Eine halbe Stunde später schlüpfte ich in meinen Bodysuit und kehrte in meine private Welt zurück.

Wochen verstrichen. Gaias Bauch wurde immer größer. Wir sprachen wenig miteinander.

Meine Unternehmensberatung bekam schließlich den Auftrag von Taiko Tech, der ein paar Millionen wert war. Ich eilte nach Hause und feierte mit Fessel, indem wir zuerst einen Löwen töteten und uns dann in einer kühlen Biegung des Flusses liebten. Wir lagen nebeneinander, lauschten den Heuschrecken und dem Wind in den sich sanft wiegenden Ästen, während eine trockene Hitze alle feuchten, übelriechenden Bürogerüche aus meiner Haut zu saugen schien. Die Anspannung im Büro hatte überall auf meinem Rückgrat Verknotungen hinterlassen, die Fessel mit ihren starken Händen beseitigte.

Sie lauschte ruhig meinen Erzählungen von Rückschlägen und Siegen in der Geschäftswelt, ohne ein Wort davon zu verstehen. Das spielte keine Rolle. Mein VR-Stamm wußte und akzeptierte, daß ihr Häuptling viel Zeit weit entfernt verbrachte, im Land der Götter. In gewisser Weise war Fessel ein perfekter, unkritischer Schalldeckel.

Wäre es doch nur so einfach gewesen, sich mit der im Raum stehenden, unausgesprochenen Spannung zwischen mir und Gaia zu befassen. Fessel hätte sich auch das angehört, aber was gab es zu sagen?

Die ganze Sache war absurd und meine Schuld. Warum störte es mich, was meine Frau in ihren Phantasiespielen trieb?

Es störte mich. Es trieb uns auseinander.

»Ich will dir etwas zeigen«, erklärte Fessel, sammelte ihre Kleidung ein und wich meinem Griff aus. »Komm«, drängte sie. »Langer Stock kann ein paar Jungs ausschicken, die den Löwen holen. In der Nähe ist etwas, das du sehen mußt.«

Ich legte achselzuckend mein Gewand an. »Was denn?«

Sie lächelte nur und bedeutete mir, ihr zu folgen. Noch immer damit kämpfend, meine Mokassins zu schnüren, versuchte ich, mit ihr Schritt zu halten, während sie mich eine bewaldete Anhöhe hinaufführte. Sie befand sich in der Richtung des ›Lagers‹, des fiktiven Dorfs, das ich während all meiner Trainingseinheiten mit kleinen Jagdgruppen nie gesehen hatte. Es wäre dermaßen viel Computerkapazität erforderlich gewesen, einen ganzen Stamm zu generieren, daß es mir einfach nie in den Sinn gekommen ist, in diese Richtung zu gehen.

Wir erreichten den Gipfel des Hügels und hörten kurz darauf schwache Geräusche... menschliche Stimmen, die sprachen und lachten. Wir näherten uns verstohlen und legten die letzten paar Meter kriechend zurück, bis wir einen steilen Hang hinabschauen konnten. Dort sahen wir, ein paar hundert Meter von uns entfernt, eine kleine Gruppe von Menschen, die sich um eine Eiche scharten. Sie schlugen mit langen Stangen auf einen Gegenstand ein, der hoch in den Ästen hing. Gelegentlich ließ eine von ihnen ihre Stange fallen und sprang herum, schlug mit den Armen durch die Luft, während die anderen lachten.

Sammlerinnen, wurde mir klar. *Die es auf einen Bienenstock abgesehen haben.* Das war mein erster Blick auf die andere Hälfte meines ›Stammes‹. Ruhig stellte ich fest, daß viele Frauen von Kindern begleitet wurden... und eine von denen ohne Kinder hochschwanger war.

Ich hielt den Atem an, als ich die rundliche, lachende Gestalt plötzlich erkannte.

Die ganze Zeit über hatten Gaia und ich in unseren eigenen vorgetäuschten neolithischen Welten gespielt und nicht mal vermutet, daß wir verschiedene Teile ein und desselben Stammes waren!

So hatte es nicht angefangen. Wir hatten die ursprünglichen Versionen unserer Programme unabhängig voneinander gekauft, noch bevor wir uns kennengelernt hatten. Doch in der Rückschau kam es mir völlig logisch vor, daß der Computer versucht hatte, Speicherplatz zu sparen, indem er unsere Abenteuer in derselben metaphorischen Landschaft stattfinden ließ.

»Es betrifft uns«, sagte Fessel.

»Wen?«

»Uns. Dein Volk.« Sie zeigte auf die Sammler, schlug sich auf die Brust und deutete dann nach Osten, wo die Jagdgruppen herumstreiften. »Es tut uns weh.«

»Was tut euch weh?« fragte ich verwirrt und beunruhigt.

»Der Bruch... der Schmerz zwischen euch.«

Ich war zu verblüfft, zu neugierig auf diese neue Wendung der Ereignisse, um zu begreifen, was sie sagte. Ich schaute zu den Gestalten unter mir hinab und sah zwei *Männer* unter den Frauen dort, die ihnen halfen, Honig zu stehlen. Genau, wie einige Frauen Jäger sein konnten, hatten gewisse Männer die Riten und Rhythmen der Sammler gewählt. Wahrscheinlich war einer von ihnen mein Rivale, Gaias synthetischer Buhle.

Plötzlich kam es mir sehr wichtig vor, näher an sie heranzukommen. Doch als ich mich in Bewegung setzte, hielt Fessel mich fest.

»Das kannst du nicht«, sagte sie.

»Was meinst du?«

»Dazu sind gewisse Zaubersprüche nötig. Um uns zu vereinen. Um die Stämme zu vereinen.«

»Zaubersprüche?«

Sie nickte. »Aus dem Land der Götter.«

Es dauerte eine Weile, bis ich dahinterkam. »Ach, ich verstehe.«

Sie meinte mehr Speicherkapazität, viel mehr. Bis vor kurzem hatte ich mit nur einem Gefährten gejagt, dann mit etwa zehn. Um die beiden simulierten Welten zusammenzufügen und mehrere Dutzend personifizierte Charaktere darzustellen, war mehr Kapazität erforderlich, als unsere Apartmentkonsole hatte.

Aber das war kein Problem! Man hatte mir eine beträchtliche Gehaltserhöhung angekündigt. Ich konnte mir die Chips sofort auf Kredit kaufen! Ich ballte erwartungsvoll die Fäuste zusammen. Morgen um diese Zeit konnte ich mir das Arschloch näher ansehen, das...

Plötzlich verstummte das Gelächter unter einem lauten, trällernden Schrei. Eine der Frauen ließ ihre Stange fallen und krümmte sich unter Schmerzen, griff sich an den geschwollenen Leib.

Ich handelte, ohne nachzudenken. Mit einem Schrei

sprang ich auf, lief den Hügel zu der kleinen Gestalt hinab, die sich zwischen den besorgt zusammengelaufenen Frauen wand. »Gaia!« rief ich, frustriert darüber, daß der Boden mit jedem Schritt schwerer wurde. Und die Sammler schienen an den Rändern zu verschwimmen, als ich mich ihnen quälend langsam näherte. Die Erde erzitterte, und Fessel ergriff meinen Arm.

»Nicht da lang!« rief sie und zuckte zusammen, als ich wütend herumfuhr. »Du mußt gehen!« Sie schlug sich an die Schläfe und zeigte dann auf mich.

Dieser verdammte Realismus!

Fluchend riß ich den Helm herunter und schlitzte dabei mit dem Riemen meine Wange auf. Der Bodysuit bildete noch immer eine Matrix aus Erfahrungen aus einer anderen Welt – heißer Savannenwind und grobkörnige Mokassins. Doch abrupt sahen meine Augen einen winzigen, gebrochen weißen Raum, dessen grober Nadelboden einen steilen Hügel nachahmte. Die sich widersprechenden Sinneseindrücke ließen mich verwirrt schwanken, als ich auf die Tür zuhielt.

»Ich komme, Gaia!« rief ich und stolperte in meiner Eile, zu meiner Frau zu gelangen, in die Diele.

Sie haben eine große Sache daraus gemacht. Ich wurde von einigen kleineren Magazinen interviewt. Man spricht sogar davon, wieder Entbindungskurse für Ehegatten einzuführen. Aber das ganze Theater ist lächerlich. Jeder andere Mann hätte dasselbe getan. Wichtig ist nur, daß alles schließlich ein gutes Ende genommen hat.

Tommy junior gedeiht, während seine Stim-Krippe ihn in seiner knalligen Multiwelt beruhigt. Er wird in Chitown aufwachsen, und auf dem Mars, im mythischen Griechenland und einem neolithischen Clan. Er wird Wälder durchstreifen, um zu wissen, was wir verloren haben. Als Teenager wird er Phantasien ausleben, von denen Jungen in meiner Zeit nur geträumt haben. Doch selbst seine Generation wird lernen müssen, die Wirklichkeit zu erkennen. *Wirklichkeit* ist, was noch immer weh tut, wenn man den Anzug ablegt.

Gaia und ich haben unsere Probleme gelöst, nachdem wir unsere Stämme vereinigt haben. Wir beide spielen gelegentlich noch immer mit Personae. Trotz des plötzlichen Gemaules der Neo-Prüden – wer könnte dem schon widerstehen? Auf jeden Fall kommen wir beide immer wieder zueinander nach Hause, und darauf kommt es an. Virtualität macht Spaß – es ist schön, der Häuptling zu sein –, aber nichts kommt der Süße ihrer wirklichen Haut gleich, oder der Unvorhersagbarkeit ihres wirklichen Verstands.

Mein Blutdruck ist niedrig. Meine Arterien sind blitzsauber, die Muskeln drahtig, stark. Wie meine Vorfahren bleibe ich stets ein wenig hungrig, und vielleicht werde ich über hundert Jahre alt. In einer überfüllten Welt von zwölf Milliarden Seelen kann ich stundenlang laufen und sehe nur Gazellen, oder einen einsamen Falken.

Die Löwen sind so schlau, einen großen Bogen um mich zu machen.

Sollen andere in ihren privaten Bereichen Götter sein. Ich gebe mich damit zufrieden, ein Mann zu sein.

Laßt mir Zeit. Ich lerne sogar, Termiten zu mögen.

Originaltitel: ›Natulife™‹ · Copyright © 1994 by Mercury Press, Inc. · Aus ›The Magazine of Fantasy & Science Fiction‹, April 1994 · Aus dem Amerikanischen übersetzt von Uwe Anton

Harlan Ellison

IN EINER VERNÜNFTIGEN STADT

In der dritten Prozeßwoche versuchte einer der Jungs von der Dienstaufsicht, den die Staatsanwaltschaft als verdeckten Ermittler in Gropps Einrichtung eingeschleust hatte, unter Eid zu beschreiben, wie furchteinflößend Gropps Lächeln war. Der Typ von der Dienstaufsicht stammelte etwas vor sich hin, sein Gesicht wirkte seltsam farblos; aber er versuchte es tapfer, obwohl er kein Dichter war und ihm die anschauliche Ausdrucksweise nicht in die Wiege gelegt worden war. Und nachdem der Ankläger ihm etwas auf die Sprünge geholfen hatte, sagte er:

»Haben Sie jemals... wenn Sie sich die Zähne geputzt haben... wenn Sie fertig sind, und Sie spucken die Zahnpasta und das Wasser aus, und Sie ziehen die Lippen zurück, um sich Ihre Zähne anzusehen, ob sie weißer geworden sind oder so... und Sie beißen die Zähne fest zusammen und zeigen so ein Totenschädelgrinsen, bei dem die Lippen zurückgezogen sind und Sie die Zähne vorgeschoben haben... Sie wissen, was ich meine... na ja...«

Alle der in einem Hotel in der Innenstadt isolierten zwölf Geschworenen starrten an diesem Abend auf die Spiegel von Badezimmerschränkchen, zogen die Lippen zurück, spannten die Halsmuskulatur an, bis die Sehnen hervortraten, bissen die Zähne zusammen und betrachteten ein grotesk verzogenes Gesicht.

Zwölf Männer und Frauen überlagerten mit ihrem Spiegelbild dann das Gesicht des Angeklagten, das sie drei Wochen lang gesehen hatten, und stellten sich das Lächeln vor, das sie während dieser Zeit kein einziges Mal gesehen hatten.

Und in dem Augenblick, da das Phantomgesicht sich über das gespiegelte Gesicht schob, wurde Gropp verurteilt.

Police Lieutenant W. R. Gropp. Reimt sich auf *hopp*. Der Bulle, der einen städtischen Schandfleck namens Internierungs-Einrichtung führte, der jedes Jahr auf dem Budget des Stadtrats auftauchte. Internierungs-Einrichtung: tropfende Nässe, kaltes Eisen, Geruch von Urin, der mit dem säuerlichen von Schnaps verschmolz, der durch schmutzige Haut ausgeschwitzt wurde, Männer und Frauen, die des Nachts schrien. Eine Befestigungsanlage, ein Gefangenenlager, Gulag, Getto, eine Folterkammer, Leichenhalle, ein Schlachthaus, Herzogtum, Lehen, ein Speiseraum im Army-Stil, der von einem halslosen Schläger geführt wurde.

Der letzte der siebenunddreißig ehemaligen Insassen, der zur Aussage vorgeladen worden war, erinnerte sich: »Am liebsten holte Gropp 'nen armen Sack aus seiner Zelle, ließ ihn splitternackich ausziehn und *rollte* ihn dann.«

Beim Kreuzverhör erklärte der ehemalige Bewohner von Gropps Herberge – kein Verbrecher, nur ein Alki, der zu tief in die Flasche geschaut und sich damit eine zehntägige Ausnüchterung in der Internierungs-Einrichtung eingebracht hatte – dieses ›Rollen‹ etwas genauer: »Gropp schlang seinen großen, haarigen Wurstarm um den Hals des Typen und *rollte* ihn dann über die Gitterstäbe, richtig schnell und fest. Bis der Kopf des Burschen über die Stäbe knallte wie eine Roulettekugel über die Schüssel. Rumms, rumms, genau so. Normalerweise brachen die Typen bewußtlos zusammen, wenn ihre Köpfe gegen die Gitterstäbe und in die Zwischenräume rammten, bumm, bumm, bumm, einfach so. Ihre Augen sahen nichts mehr, wurden ganz weiß. Aber Gropp nahm den Wurstarm nicht vom Hals des Burschen und knallte und rammte ihn weiter gegen die Stäbe, und es machte ihm 'n Mordsspaß, den andern zu sagen, daß dieser verdammte Verbrecher viel größer als *er* war. Ja, klar. Das war für Gropp das Schönste, er suchte sich immer 'n armes nacktes Arschloch aus, das doppelt so groß war wie er.

So hat er vier der Typen abgemurkst, die er umgebracht haben soll. Mit seinem Wurstarm um ihren Hals. Ich hab die Klappe gehalten; ich war froh, an einem Stück da rauszukommen.«

Eine furchterregende Aussage, die letzte von siebenunddreißig. Aber so überflüssig wie Federn auf einer Aubergine. Vom Augenblick der Überlagerung der Gesichter im Spiegel mit dem Phantomgesicht an raste Police Lieutenant W. R. Gropp auf der Überholspur seinem Schicksal entgegen. Er würde die letzten Jahre seines Lebens wegen Brutalität im Dienst – ein *schwerer* Verstoß – in einem Hochsicherheitstrakt verbringen, der vollgepfropft mit Straftätern war, deren Brüder im Geiste er verstümmelt, zermalmt, erniedrigt, geblendet, abgeschlachtet und getötet hatte.

Ähnliches war für Gropps gigantischen Magog bestimmt, Deputy Sergeant Michael ›Mickey‹ Rizzo, der drei Zentner Lebendgewicht auf die Waage brachte, gehirnlose Boshaftigkeit, die sich in seinen stets gewienerten Dienststiefeln mit Stahlspitzen über einen Meter und neunzig hoch erhob. Mickey mußte sich lediglich in siebzig Anklagepunkten verantworten, im Gegensatz zu Gropps vierundachtzig hieb- und stichfesten Greueltaten. Doch sollte es ihm gelingen, obwohl er mit seinen Stiefeln Köpfe von Menschen zerquetscht hatte, das Urteil Todesspritze zu vermeiden, würde er ebenfalls mit Sicherheit für den Rest seines affenähnlichen Lebens wegen verbrecherischen Verhaltens in den Hochsicherheitstrakt wandern.

Mickey hatte schließlich einen Typ zwischen die Gitterstäbe gezerrt und war auf ihm herumgesprungen, bis er ihm den Arm aus der Pfanne gerissen hatte, glatt rausgerissen. Später hatte er ihn dann unmittelbar vor dem Abendessen im Speisesaal auf die mit Dampf beheizte Platte zum Warmhalten des Essens geworfen.

Der untersetzte, kugelköpfige Troll Lieutenant W. R. Gropp und die geistlose Mordmaschine Mickey Rizzo. Auf der Überholspur.

Also ließen sie gemeinsam die Kaution verfallen, als die Beratung der Geschworenen in die zweite Stunde ging.

Warum warten? Gropp sah, wie es lief, trotz des Uniformbonus. Die Stadt brach alle Brücken zwischen der Abteilung und ihm und Mickey ab. Warum also warten? Gropp war ein praktischer Mensch, sehr pragmatisch, keine Scheiße. Also ließen sie gemeinsam die Kaution verfallen, nachdem sie schon Wochen zuvor alle Vorkehrungen getroffen hatten, wie jeder vernünftige Verbrecher, der die Flatter machen wollte, es getan hätte.

Gropp kannte einen Schmiermaxe, der ihm einen Gefallen schuldete. Zwei Häuserblocks vom Gericht entfernt stand ein halbschneller, vier Jahre alter Firebird mit makellosen Papieren und kehligem Motorgeräusch in einer Parkbucht im fünften Stock einer anscheinend verlassenen Kleiderfabrik.

Und um den Brunnen abzudecken, nachdem das Kind – oder in diesem Fall der Pontiac – hineingefallen war, trug Gropp seinem Halbaffen Mickey auf, den Schmiermaxe in den Fahrstuhlschacht der Fabrik zu werfen. Das war nur vernünftig. Schließlich hatte der Typ sich ja nun mal zu weit aus dem Fenster gelehnt, und dabei brach man sich eben den Hals.

Als die Geschworenen später an diesem Abend zu einem Urteil gelangt waren, befand Lieutenant W. R. Gropp sich außerhalb des Staates und irgendwo in der Nähe von Boise. Zwei Tage später hatte der Firebird auf Umwegen die andere Seite sowohl des Snake River als auch der Rockies erreicht und befand sich zwischen Rock Springs und Laramie. Weitere drei Tage später waren Gropp und Mickey in Nebraska, nachdem sie in großen Kreisen gefahren waren und in Cheyenne halt gemacht hatten, um etwas zu essen und ins Kino zu gehen.

Weizen drängte sich der Sonne entgegen, blaue Stürme ballten sich an den Horizonten zusammen, und Hitze zitterte am Rand eines jeden Blattes. Krähen bewegten sich auf weiten Feldern, erhoben sich über zerstörte Felder und flatterten in den Himmel. So sah es dort aus: Diese Worte sind aus einem Gedicht.

Sie waren mitten in den Staaten der Großen Ebene, über Grand Island, unter Norfolk, irgendwo mitten in der Wildnis sozusagen, gammelten einfach herum, hinterließen keine Spuren, entschlossen sich, nach Kanada zu fahren, oder in die andere Richtung, nach Mexiko. Gropp hatte gehört, daß man in Mazatlan hervorragend Geschäfte machen konnte.

Es war eine Woche, nachdem sie die Geschworenen des Vergnügens beraubt hatten, ihre Gesichter zu sehen, als diese sagten: »Stoßen Sie die Nadel in das brutale Arschloch. Füllen Sie den Kolben mit einem sehr guten Unkrautvertilgungsmittel, stechen Sie die Nadel in die Brust des brutalen Arschlochs und drücken Sie den Plungerkolben runter. Schuldig, Euer Ehren, schuldig der Anklagepunkte eins bis vierundachtzig. Geben Sie ihm das Unkrautvertilgungsmittel und lassen Sie uns zusehen, wie das fette Dreckschwein tanzt.« Eine Woche der schnellen und dann wieder gemächlichen Fahrt, des Kehrtmachens und ziellosen Treibens.

Und irgendwie hatte Mickey zuvor an diesem Abend eine Abzweigung verpaßt, und nun waren sie auf einem Stück Superhighway, der keine wichtigen Abfahrten zu haben schien. Dann und wann sahen sie kleine Städte, deren Lichter in einiger Entfernung funkelten, doch falls sie sich in der Nähe einer großen Metropole befinden sollten, gab die Landkarte ihnen nicht die geringsten Hinweise darauf, wo sie sein könnte.

»Du hast 'ne falsche Abzweigung genommen.«
»Ach, was?«
»Ja, *bestimmt* was. Schau gefälligst auf die Straße.«
»Tut mir leid, Lutännent.«
»Nein. Nicht Lieutenant. Das hab ich dir doch gesagt.«
»Ach ja, richtig. Tut mir leid, Mr. Gropp.«
»Nicht Gropp. Jensen. Mister *Jensen*. Du bist auch Jensen, mein kleiner Bruder. Du heißt Daniel.«
»Schon gut, mir fällt's ja wieder ein: Harold und Daniel Jensen, das sind wird. Weißt du, was ich gern hätte?«
»Nein, was hättest du gern?«
»'ne Schachtel Schokoriegel mit Trauben und Nüssen. Ich könnt sie hier im Wagen liegen haben, und wenn ich mächtigen Hunger krieg, könnt ich einfach mit der Hand reinfassen und ein paar essen. Das würd mir gefallen.«
»Schau gefälligst auf die Straße.«
»Was hältst du also davon?«
»Wovon?«
»Davon, daß ich bei der nächsten Ausfahrt vielleicht rausfahr, und wir sehn mal in einer dieser kleinen Städte, ob vielleicht 'n 7-Eleven auf hat, und ich hol mir 'ne Schachtel Schokoriegel mit Trauben und

Nüssen. Irgendwann müssen wir sowieso tanken. Siehste den kleinen Pfeil da?«

»Ich seh ihn. Der Tank ist noch halb voll. Fahr weiter.«

Mickey schmollte. Gropp schenkte ihm keine Beachtung. Es war immer mit Nachteilen verbunden, mit jemandem reisen zu müssen. Aber es gab viele Sackgassen und Müllgruben zwischen diesem Stück gebührenpflichtiger Autobahn und New Brunswick, Kanada oder Mazatlan im Bundesstaat Sinaloa.

»Was ist das, der Südwesten?« fragte Gropp und schaute aus dem Seitenfenster in völlige Dunkelheit. »Der Mittelwesten? Was denn nun?«

Mickey sah sich auch um. »Keine Ahnung. Ist aber schön hier. Richtig ruhig und schön.«

»Es ist stockdunkel.«

»Ach, was?«

»Fahr einfach, um Gottes willen. Schön! Gott im Himmel!«

Sie fuhren schweigend siebenundzwanzig Meilen weiter, und dann sagte Mickey: »Ich muß mal pissen.«

Gropp atmete laut aus. Wo waren die Sackgassen, wo waren die Müllgruben? »Na schön. In der nächsten Stadt, ganz gleich, wie groß sie ist, fahren wir raus und sehen, ob wir 'ne vernünftige Unterkunft kriegen. Du kannst dir 'ne Schachtel Trauben-Nuß kaufen und aufs Klo gehen; ich kann mir 'n Kaffee trinken und die Karte bei besserem Licht studieren. Hört sich das gut an ... Daniel?«

»Ja, Harold. Siehste, ich weiß es noch.«

»Wie schön ist es doch auf der Welt.«

Sie fuhren weitere sechzehn Meilen, ohne ein Abfahrtsschild zu sehen. Aber vom Horizont kroch langsam das grüne Leuchten heran.

»Verdammt, was ist das?« fragte Gropp und betätigte den elektrischen Fensteröffner. »Ist das 'n Waldbrand oder so? Wie sieht es für dich aus?«

»Wie ein grüner Himmel.«

»Hast du je darüber nachgedacht, was für ein Glück du gehabt hast, daß deine Mutter dich ausgesetzt hat, Mickey?« sagte Gropp müde. »Denn wenn sie dich nicht ausgesetzt hätte, und wenn man dich nicht vorübergehend im Bezirksgefängnis untergebracht hätte, bis man 'ne Pflegestelle für dich gefunden hat, und wenn du mir nicht aufgefallen wärst und ich nicht dafür gesorgt hätte, daß du bei den Rizzos leben kannst, und wenn ich dich dann nicht im Knast hätte arbeiten lassen und dich nicht zu meinem Deputy gemacht hätte ... weißt du, wo du dann heute wärst?« Er hielt einen Augenblick lang inne, wartete auf eine Antwort, kam zum Schluß, daß die ganze Frage rhetorisch – und überdies völlig sinnlos – gewesen war, und sagte: »Ja, der Himmel ist grün, Kumpel, aber das ist ziemlich seltsam. Hast du schon mal 'nen grünen Himmel' gesehen? Irgendwo? Irgendwann?«

»Nee, hab ich wohl nicht.«

Gropp seufzte und schloß die Augen.

Sie legten schweigend weitere neunzehn Meilen zurück, und das grüne Miasma in der Luft umgab sie. Es hing über ihnen und um sie herum wie Nebel vom Meer, kühl und mit winzigen Tröpfchen Feuchtigkeit, die Mickey mit den Scheibenwischern beseitigte. Es erhellte die Landschaft auf beiden Seiten des Superhighways schwach, durchschnitt die undurchdringliche Dunkelheit, ließ das Terrain aber auch flackernd und leicht geisterhaft wirken.

Gropp schaltete die Leselampe am Himmel des Firebird ein und studierte die Karte von Nebraska. »Verdammt«, murmelte er, »ich hab nicht die geringste Ahnung, wo wir sind! So ein Freeway ist nicht mal hier eingezeichnet. Du hast 'n Stück zurück aber 'ne verteufelt falsche Abzweigung genommen, Kumpel!« Leselampe wieder aus.

»Tut mir leid, Lu ... Harold.«

Ein großes, grün und weiß reflektierendes Reklameschild, kam auf ihrer Rechten in Sicht. RESTAURANT/TANKSTELLE/HOTEL/10 MEILEN stand darauf.

Auf dem nächsten Schild stand: AUSFAHRT 7 MEILEN.

Auf dem nächsten Schild stand: OBEDIENCE 3 MEILEN.

Gropp schaltete die Leselampe wieder an und sah auf die Karte. »Obedience? Gehorsam? Verdammt, was für ein ›Gehorsam‹? Der Ort ist gar nicht auf der Karte. Was ist das, eine alte Karte? Wo hast du diese Karte her?«

»Gekauft. An 'ner Tankstelle.«

»Wo?«

»Keine Ahnung. Ist schon lange her. Daneben war der Stand, wo wir das Dunkelbier gekauft haben.«

Gropp schüttelte den Kopf, biß sich auf die Lippe und murmelte etwas vor sich hin. »Obedience«, sagte er. »Gehorsam. Ach, was?«

Sie sahen die Stadt zu ihrer Rechten lange, bevor die Ausfahrt kam. Gropp schluckte heftig und gab ein Geräusch von sich, das Mickey veranlaßte, zu ihm hinüber zu schauen. Gropps Augen waren groß, und Mickey konnte das Weiße sehen.

»Was'n los, Lu ... Harold?«

»Siehst du die Stadt da draußen?« Seine Stimme zitterte.

Mickey schaute nach rechts. Ja, er sah sie. Schrecklich.

Als Gropp vor vielen Jahren kurz auf dem College gewesen war, hatte er einen Einführungskurs in Kunstgeschichte belegt. Kurs Eins-Null-Eins; grundlegende Kenntnisse, ein Kinderspiel, man mußte sich nur blicken lassen, um den Schein zu kriegen. Alles, was man über Kunst wissen mußte, von Höhlenzeichnungen der Vorzeitmenschen bis Diego Rivera. Eins der Gemälde, die man der Klasse – einer verschlafenen Runde, die um acht Uhr morgens zusammen kam – per Dia gezeigt hatte, war *Das Nymphenecho* von Max Ernst gewesen. Ein grünes und schwelendes Bild von einer uralten Ruine, die von sich windenden Pflanzen überwuchert wurde, die Augen und einen eigenen Willen und ein boshaft fröhliches eigenes Leben zu haben schienen, als sie ausschwärmten und dahinglitten und die steinernen Gewölbe und Altäre des verzerrten, beunruhigend resonanten Grabes überrannten. Wie eine talgige Zyste lag etwas Verdorbenes unter den smaragdgrünen Blättern und dem hungrigen schwarzen Erdboden.

Mickey schaute nach rechts zur Stadt. Ja, er sah sie. Schrecklich.

»Fahr weiter!« rief Gropp, als sein Fluchtpartner abbremste und auf die Ausfahrt zusteuerte.

Mickey hörte ihn, doch seine Reflexe waren langsam. Sie zogen weiter nach rechts, der ansteigenden Ausfahrtspur entgegen. Gropp griff hinüber und zerrte das Lenkrad hart nach links. »Ich sagte: *Fahr weiter!*«

Der Firebird geriet ins Schleudern, doch Mickey bekam ihn sofort wieder unter Kontrolle, und einen Augenblick später waren sie achtern der Ausfahrt, dann an ihr vorbei, und rasten von dem alptraumhaften Anblick hinter und etwas unter dem Superhighway davon. Gropp betrachtete die Stadt wie erstarrt, als sie an ihr vorbeifegten. Er sah Gebäude, die sich in obszönen Winkeln neigten, den grünen Nebel, der durch die heimgesuchten Straßen rollte, auf denen es eindeutig spukte, die schattenhaften Gestalten mißgebildeter Dinge, die an jeder dunklen Öffnung lauerten.

»Das sah ja echt unheimlich aus, Lutä... Harold. Ich glaub nicht, daß ich da unbedingt hin will, nicht mal, um die Schokoriegel zu kaufen. Aber wenn wir vielleicht ganz kurz und schnell reingingen...«

Gropp drehte sich auf seinem Sitz zu Mickey um, so weit die Muskeln und das Fett seines Körpers es zuließen. »Hör mir zu. Es ist 'ne Tradition in Horrorfilmen, in Krimis, in Fernsehserien, daß die Leute immer in Spukhäuser gehen, auf Friedhöfe, in Kriegsgebiete, wie die reinsten Arschlöcher, wie Idioten aus Stein! Weißt du, wovon ich spreche? Weißt du es?«

»Äh ...« sagte Mickey.

»Na schön, ich nenn dir ein Beispiel. Weißt du noch, wie wir uns diesen Film *Alien* angesehen haben? Weißt du noch, welche Angst du hattest?«

Mickey nickte schnell, und seine Augen wurden vor Furcht größer, als er daran dachte.

»Na schön. Weißt du noch, wie dieser Typ, der Mechaniker, der Bursche mit der Baseballmütze, wie er nach einer Katze oder irgendeinem gottverdammten Vieh sucht? Erinnerst du dich daran? Er ließ alle anderen zurück und wanderte allein los. Und er ging in diesen großen Frachtraum, und das Wasser tropfte auf ihn hinab, und die Ketten hingen runter, und überall Schatten ... *erinnerst du dich daran?*«

Mickeys Augen waren kreidige Höhlen. Er erinnerte sich daran, o ja; er erinnerte sich daran, wie er Gropps Jackenärmel umklammert hatte, bis Gropp seine Hand hatte wegschlagen müssen.

»Und erinnerst du dich daran, was in dem Film passiert ist? In dem Kino? Erinnerst du dich, wie alle geschrien haben: ›Geh nicht da rein, du Arschloch? Das Ding ist da drin, du Depp! Geh nicht da rein!‹ Aber weißt du noch, er *ist* da rein gegangen, und das Ding mit den großen Zähnen tauchte hinter ihm auf und hat ihm den dummen Kopf abgebissen! Erinnerst du dich daran?«

Mickey krümmte sich über das Lenkrad und gab Gas.

»Tja, so sind die Leute nun mal. Sie sind einfach nicht vernünftig! Sie gehen an solche Orte, bei denen man sieht, daß der Tod dort wartet; und sie werden gefressen, oder man saugt ihnen das Blut aus, oder sie werden zu Anmachholz verarbeitet... aber ich bin kein Depp, ich bin ein vernünftiger Mensch und benutze das Gehirn, das meine Mama mir mitgegeben hat, und ich geh nicht mal in die *Nähe* von solchen Orten! Also fahr, als ob der Teufel hinter uns her wär, und bring uns hier weg, und wir kaufen deine verdammten Trauben-Nuß-Riegel in Idaho oder sonstwo... wenn wir je von dieser Straße runterkommen...«

»Tut mir leid, Lieutenant«, murmelte Mickey. »Ich hab 'ne falsche Abzweigung genommen oder so.«

»Ja, ja. Fahr einfach wei...« Der Wagen wurde langsamer.

Es war wie eine Standbildaufnahme. Gropp jubelnd, er war kein Depp, er vermied das Klischee, er blieb diesem Spukhaus fern, dem ominösen dunklen Schrank, dem verdammten Ort. Sollten die anderen Idioten doch freiwillig vom Highway fahren, in die Stadt, in der sich der Souterraineingang zur Hölle befand, oder was auch immer. Aber nicht er, nicht Gropp!

Er war zu klug, um das Naheliegende zu tun.

In diesem entscheidenden Augenblick.

Als der Wagen langsamer wurde. In dem giftigen grünen Nebel.

Und als rechts von ihnen die obszöne, furchterregende Stadt Obedience, die sie vor fünf Minuten hinter sich zurückgelassen hatten, vor ihnen neben dem Superhighway wieder auftauchte.

»Hast du noch eine Abzweigung genommen?«

»Äh... nein, ich... äh, ich bin nur schnell weitergefahren...«

Auf dem Schild stand: NÄCHSTE RECHTS. 50 METER. OBEDIENCE.

Der Wagen wurde langsamer. Gropp reckte seinen

halslosen Hals, um die Benzinuhr sehen zu können. Er war ein pragmatischer Bursche, ein nüchterner und sehr praktischer Mensch; aber sie hatten kein Benzin mehr.

Der Firebird wurde immer langsamer und rollte schließlich aus.

Im Rückspiegel sah Gropp, daß der grüne, heranrollende Nebel immer dichter über der Straße lag. Und über dem Bankett kamen die Bewohner von Obedience zum Vorschein, eine rempelnde, sabbernde Horde, stöhnend und geifernd; verfaulte Körperteile fielen von ihnen ab, und sie hinterließen Leuchtspuren von Wurmschlick, während sie ihre mißgestalteten, breiigen Körper über den Asphalt schleppten. Ihre Augen, geschlitzt wie die von Schlangen, leuchteten im Nebel grün und gelb, während sie sich zum Wagen krallten, zerrten und kräuselten.

Die Industrie- und Handelskammer des Ortes hätte diesem gesunden Menschenverstand applaudiert: Wenn die Touristen nicht in die Stadt kommen, muß man die Stadt eben zu den Touristen bringen. Besonders, wenn der Highway die Laufkundschaft direkt an der Stadt vorbeiführt. Besonders, wenn die Stadt frisches Blut braucht, um zu gedeihen. Besonders, wenn man die Bedürfnisse der Stadtbewohner erfüllen muß.

Grüner Nebel hüllte den Pontiac ein, und die seltsamen Geräusche, die aus ihm drangen. Geh nicht in das dunkle Zimmer – das ist eine vernünftige Einstellung. Und ganz besonders in einer vernünftigen Stadt.

Originaltitel: ›Sensible City‹ · Copyright © 1994 by Mercury Press, Inc. · Aus ›The Magazine of Fantasy & Science Fiction‹, Oktober/November 1994 · Aus dem Amerikanischen übersetzt von Uwe Anton

Douglas Adams

Kultautor & Phantast

Einmal Rupert und zurück
Der fünfte »Per Anhalter durch die Galaxis«-Roman
01/9404

Douglas Adams/
Mark Carwardine
Die Letzten ihrer Art
Eine Reise zu den aussterbenden Tieren unserer Erde
01/8613

Douglas Adams/John
Loyd/Sven Böttcher
Der tiefere Sinn des Labenz
Das Wörterbuch der bisher unbenannten Gegenstände und Gefühle
01/9891 (in Vorb.)

01/9404

Heyne-Taschenbücher

Das Comeback einer Legende

George Lucas ultimatives Weltraumabenteuer geht weiter!

01/9373

Kevin J. Anderson
Flucht ins Ungewisse
*1. Roman der Trilogie
»Die Akademie der Jedi Ritter«*
01/9373

Kevin J. Anderson
Der Geist des Dunklen Lords
*2. Roman der Trilogie
»Die Akademie der Jedi Ritter«*
01/9375

Kevin J. Anderson
Die Meister der Macht
*3. Roman der Trilogie
»Die Akademie der Jedi Ritter«*
01/9376

Kathy Tyers
Der Pakt von Pakura
01/9372

Dave Wolverton
Entführung nach Dathomir
01/9374

Oliver Denker
STAR WARS – Die Filme
32/244
(Oktober '96)

Heyne-Taschenbücher

Michael McCollum

schreibt Hardcore SF-Romane, die jeden Militärstrategen unter den SF-Fans und Battletech-Spieler begeistern.

Bisher erschienen:

Treffer
06/4811

Die Lebenssonde
06/5381

Antares erlischt
06/5382

Die Wolken des Saturn
06/5383

Weitere Romane in Vorbereitung

06/5383   06/5382

Heyne-Taschenbücher

Das hat es noch nie gegeben!

Dreimal wurde die Autorin **Lois McMaster Bujold** mit dem begehrten HUGO GERNSBACK AWARD für den besten SF-Roman des Jahres ausgezeichnet.

Bisher erschienen oder in Vorbereitung in der Reihe

HEYNE
SCIENCE FICTION
& FANTASY

Scherben der Ehre
06/4968

Der Kadett
06/5020

Barrayar
06/5061

Der Prinz und der Söldner
06/5109

Die Quaddies von Cay Habitat
06/5243

Ethan von Athos
06/5293

Grenzen der Unendlichkeit
06/5452

Waffenbrüder
(in Vorb.)

Spiegeltanz
(in Vorb.)

Heyne-Taschenbücher